文治
© wénzhì books

更好的阅读

不一样的天空

What's Eating Gilbert Grape

[美] 彼得·赫奇斯 著

何雨珈 译

浙江人民出版社

图书在版编目（CIP）数据

不一样的天空 /（美）彼得·赫奇斯著；何雨珈译
.—杭州：浙江人民出版社，2024.3
ISBN 978-7-213-11337-6

Ⅰ.①不… Ⅱ.①彼…②何… Ⅲ.①长篇小说—美国—现代 Ⅳ.①I712.45

中国国家版本馆 CIP 数据核字（2024）第 018869 号

浙江省版权局
著作权合同登记章
图字：11-2023-347

WHAT'S EATING GILBERT GRAPE by Peter Hedges
Copyright © 1991 by Peter Hedges
Simplified Chinese translation copyright © 2024 by Beijing Xiron Culture Group Co., Ltd.
Published by arrangement with Curtis Brown Ltd. through Bardon-Chinese Media Agency
All RIGHTS RESERVED

不一样的天空

［美］彼得·赫奇斯 著　何雨珈 译

出版发行	浙江人民出版社（杭州市体育场路347号　邮编　310006）
责任编辑	徐　婷
责任校对	汪景芬　陈　春
封面设计	胡崇峯
电脑制版	冉冉工作室
印　　刷	三河市冀华印务有限公司
开　　本	880 毫米 × 1230 毫米　1/32
印　　张	11.75
字　　数	300 千字
版　　次	2024 年 3 月第 1 版
印　　次	2024 年 3 月第 1 次印刷
书　　号	ISBN 978-7-213-11337-6
定　　价	65.00 元

如发现印装质量问题，影响阅读，请与市场部联系调换。
质量投诉电话：010-82069336

献给我的母亲,她不胖。

献给我的父亲,他没死。

目录

第一部分 · 001

第二部分 · 061

第三部分 · 135

第四部分 · 195

第五部分 · 267

第六部分 · 327

第七部分 · 353

第一部分

1

和弟弟阿尼站在镇子边上等候已经成为每年例行的仪式。

我弟弟阿尼特别兴奋，因为再等几分钟或者几个小时，反正就是今天的某个时刻，卡车啊、拖车啊、露营车啊就会一辆接一辆地开进我们家所在的这个小镇——爱荷华州的恩多拉。有辆卡车上拉的是大章鱼弹跳机，另一辆车的红蓝相间的车厢里装着旋转过山车，摩天轮要用两辆车才能运完，最重要的是，车子还会拉来旋转木马。

阿尼觉得这比圣诞节还棒，而且也打败了"牙仙"[①]和"复活节兔子"[②]，这些傻不拉叽的东西也只有小孩和智障者才放在心上。阿尼就是个智障者。他快满十八岁了，我们家计划给他办个大派对。以前医生说，他能活到十岁就是福大命大了。他活过了十岁，长大了，现在医生总说"随时，阿尼随时都可能会走"，所以我姐和我，还有我妈，每天晚上睡觉的时候都会想着，明早他还能不能醒过来。有些日子，我们希望他活着，有些日子又不希望。比如此时此刻，我真想一会儿把他推到车子前面去。

我大姐艾米给我们准备了丰盛的野餐。保温瓶里装了将近一升黑樱桃味的"酷爱"[③]，阿尼急赤白脸地喝了个精光，上嘴唇蒙了一圈浅

[①] 西方国家传说中的妖精。传说小孩换了乳牙之后，把牙齿放在枕头下面，晚上牙仙就会拿走枕头下面的牙齿，留下一枚金币，象征小孩要换恒牙，长成大人。
[②] 复活节的吉祥物之一，象征着春天的复苏和新生命的诞生。
[③] 酷爱，美国卡夫公司出品的饮料，也有饮料粉，有多种颜色和口味。

紫的"小胡子"。说到阿尼，有些事儿要先讲清楚，其中之一就是总能从他脸上看出吃了什么喝了什么——"酷爱"啊、番茄酱啊、面包屑啊。他脸上就是各种甜点的展示台。

阿尼是最温柔的男孩子，但有些时候也真是吓死我这个哥哥了。夏天，他捉了蚱蜢，放在信箱的边缘，然后把信箱盖子放下来，把蚱蜢的头都弄断了。做这事儿的时候，他总是咯咯地笑，直笑得歇斯底里，简直像在享受这辈子最美妙的时光。但是昨天晚上，我们坐在门廊上吃冰激凌时，肯定是之前夏天那些无数无头蚱蜢的尸体排山倒海地在他面前显了灵，他突然就跟世界末日来临似的，又哭又抽抽，不停地说："我弄死它们了，我弄死它们了。"我和艾米抱着他，拍拍他的背，说"没关系，没关系"。

阿尼哭了好久，哭得睡着了。我在想，要是所有犯错的人能像他这么忏悔，那这个世界会变成什么样子。我真好奇，他们有没有想过自己造了什么孽，会不会有那么一瞬间，他们会因为自己造的孽身上发痛？还是说，他们都聪明得很，能骗我们，也骗自己？阿尼最好的一点就是，他太傻了，傻得没法骗人；又或者他是太聪明了。

我拿着望远镜往十三号公路上看，根本没有嘉年华车队的影子。阿尼这孩子跪在地上，双手在野餐篮里翻来倒去。他早就把两袋薯片都吃了，两个抹了花生酱加果酱的三明治和两个巧克力甜甜圈也都下了肚。他搜刮出来一个青苹果，咬了一口。

想要不注意阿尼咂巴嘴的声音，真是不可能。跟你说吧，他嚼起东西来，就跟刚发现自己有嘴似的，那声音听起来比较粗鲁，但感觉还不错。

六月二十一日，夏季第一天，也是全年白天最长的日子。还没到早上七点呢，我就站在这儿，拉着我的弟弟。此时，不知道在什么地方，聪明的人还在睡觉呢。

"吉尔伯特？"

"嗯？"

阿尼把T恤拉过膝盖，面包屑和大块的花生酱从衣服上滚落。"吉尔伯特？"

"啥事儿？"

"还有多远？"

"不知道。"

"还有多远啊？那些马啊什么的离这里还有多远啊？"

"三百万里。"

"哦，好吧。"

阿尼的两片嘴唇发出摩托艇一样"突突突"的声音。他绕着野餐篮打转，口水到处飞。最后，他像印度人那样盘腿坐下，开始默默地算车队还有多远。

我也没闲着，捡起小石子朝那块写着"爱荷华，恩多拉"的牌子扔去。那牌子是绿色的，字是白色的，还挺新的，只不过上面贴着一块我去年这时候扔石子留下的草皮，上面写着"恩多拉的人口是一千零九十一"。这肯定不对啊！因为昨天我二年级的老师布勒内尔夫人坐在门廊秋千上，被鸡骨头噎死了。没有人觉得特别伤心。

布勒内尔夫人都退休好多年了，她就住在离镇广场半条街的地方，所以我基本上每天都能跟她打个照面。她总是冲我笑，似乎希望我忘记她以前给我造成的各种痛苦。真的，这女的一直都在笑。有一次，她在店里买了东西刚要走，装得满满的购物袋破了，黄桃罐头和果味鸡尾酒掉在地上，碎玻璃把她的脚指头割破了。是老板和我亲眼看见的。她挤出一个灿烂的笑容，眼泪却顺着脸颊滚落。我帮她重新装好罐头和酒，但她就是一直又哭又笑停不下来，脚指头的血也一直在流。

听说他们在门廊上发现尸体的时候，她双手捂着喉咙，脖子周围和嘴巴都给抓红了，指甲里还有一小块一小块的肉。不知道她当时是不是还在笑。

反正，他们把她送去了莫特利的麦克伯尔尼殡仪馆。明天下葬。

"吉尔伯特？"

"咋了？"

"嗯。"

"咋啦？"

"嗯。马呀，车呀，马呀，会来的吧？会的吧会的吧？"

"会的，阿尼。"

我们在恩多拉，你要知道，这个地方简直就像没有音乐还要硬跳舞一样。反正它就是个镇子。农民。镇广场。那家很旧的电影院早关门了，所以要看电影还得开车二十多千米去莫特利。大概半个镇子的人都是六十五岁以上，所以你能想象周末晚上恩多拉镇是个多无聊的地方。我之前那个毕业班上，一共二十三个人，现在留下来的只有四个人。大多数都跑去了爱姆斯市或者得梅因市，特别敢闯的则去了奥马哈。留下的有一个是我哥们儿，塔克尔，另外两个是拜尔斯家的两兄弟，蒂姆和汤米。他们是因为遇到了一场差点儿丢掉命的车祸，成了残废，才待在镇上的。他们每天就在广场上开着电动轮椅转上一圈又一圈，就像镇上的吉祥物。最棒的是，他俩是长得一模一样的双胞胎。出事前没人分得清他俩谁是谁，后来蒂姆的脸烧伤了，植了猪皮一样的东西。两兄弟都瘫痪了，但是只有汤米没了双脚。

有一天，在每周的《恩多拉快报》上，猪皮蒂姆写文章指出了这些事情的光明面。现在很容易就能分出他俩了。这么多年了，蒂姆和汤米终于有了自己的身份。这事儿最近在恩多拉可重要啦，身份。还有光明面。这儿的人们啊,有的被银行征收了农田,有的被战争夺去了孩子,有的被疾病带走了亲友,结果他们却直勾勾地看着你的眼睛,微微咧嘴笑,告诉你事情的光明面。

这样的早上,你叫我怎么去看光明面呀!不得不承认,我一个二十四岁的大男人,根本还没出过爱荷华。我长这么大,做成的事情也就是照顾我这弟弟,为我妈买烟,为尊敬的恩多拉人民装杂货。

"吉尔伯特?"阿尼说。他嘴上沾了一圈糖霜,视力比较好的那只眼睛上面沾了一坨果冻。

"咋了,阿尼?"

"他们肯定会来的吧?我们站了好久了呀。"

"是的,他们随时会来。"我从篮子里拿出一片纸巾,往上面吐了口痰。

"不会来的!"

"过来,阿尼。"

"不来!"

"过来。"

"谁都要给我擦嘴!"

"你觉得这是为什么呢?"

"因为。"

这就算是阿尼的答案了。

我放弃了,不想在他脸上做"春日大扫除",便抬眼望着远处的路。公路空空荡荡的。

去年的大车队来得蛮早的,拖车和露营车是之后跟来的。阿尼真正感兴趣的,其实只有旋转木马上的马。

我说:"喂,阿尼你看,睡神还在我眼睛里呢。"但他不感兴趣,只是咬着自己的下嘴唇。他在想事情。

我这个弟弟，长得圆鼓鼓的，老婆婆们一看他那乱蓬蓬的头发，总想帮他梳整齐。他比我矮一头，一口牙齿很凌乱，平添了他脸上的疑惑和不解。他智力有问题这事儿，藏也藏不住，你一见他这样子，马上就明白了。

"吉尔伯特！他们不来了！"

"别喊！"我制止道。

"他们不会来了，吉尔伯特。车子都被撞了，所有的工人都上吊了……"

"他们会来的。"我说。

"他们上吊了！"

"没有。"

"你不懂！你不懂！"

"又不是是个人就会上吊，阿尼。"

他没听到我说的这句，光顾着将手伸进篮子里了。他把剩下的所有青苹果用衬衫兜着，撒腿就往镇子里跑。我朝他大喊，叫他停下。他没停，于是我追上他，抱住他的腰。我把他举到半空，苹果掉在棕黄的草地上。

"放开我。放开我。"

我架着他往野餐篮那边走。他紧紧地靠着我，双腿夹紧我的肚子，手指掐着我的脖子。"你越长越大了，知道不？"他摇摇头，觉得我肯定在说瞎话。他倒没有比去年更高，而是更圆更鼓了。要是继续这么下去，他很快就会胖得我都拎不动了。

"你还在长，我抱你越来越费劲了，而且你也越来越壮了。"

"没有。是你，吉尔伯特。"

"不是我的原因。相信我，阿尼·格雷普会越长越大，越来越壮。

肯定的。"

走到野餐篮旁边,我放下他,上气不接下气,脸上沁出豆大的汗珠。

阿尼说:"是你变小了。"

"你觉得呀?"

"我敢肯定。你越来越小了。你在缩。"

傻子往往能说出最棒的至理名言。就连阿尼也知道我陷在走不出来的困境里。

我不搞戴手表那一套,所以不知道到底几点了。但就在这一刻,这个傻弟弟掀开我心上的伤口,随之而来的便是一声尖叫。是阿尼在叫。他指着东边,我举起望远镜,看到一个小黑点正往我们这边移动,后面还跟着几个黑点。

"是他们吗?是他们吗?"

"是的。"我说。

阿尼的下巴都快掉了,他跳起舞来。

"马儿来啦!马儿来啦!"

他大喊大叫,上蹿下跳地转着圈,嘴里不断喷溅着口水。阿尼好像进了天堂。我站在那里看着他,他看着越来越近的车队。我继续站在那里,只希望他不会突然生出翅膀飞走。

2

同一天的同一个早晨,我在家里的沙发上睡觉。

我很享受这样小睡的时光。突然,一股难闻的味道不由分说地钻进我的鼻子,尖叫着冲上我的头。我猛地睁开眼睛,四下看了看,视线还有些模糊,结果发现是我妹妹穿着短裤和吊带坐在那儿,涂着脚指甲。那指甲油的味道呀,我的妈呀。

我妹妹叫艾伦,上个月刚满十六岁,不久前刚摘了牙套。一连好几天,她总在家里窜来窜去,舌头在嘴里东舔西舔,"呜哇呜哇"地发出声音,好像不敢相信舌头舔牙齿是这种感觉。

自从艾伦摘了牙套,就一直讨人嫌得不行。现在,她突然又迷上涂唇彩和大红的指甲,简直变成了一个最烦人、比之前还要烦人的烦人精。

指甲油的味儿太难闻了,我只好坐起来,直视着她的眼睛。她继续摆弄着自己那比天还重要的指甲。于是我说:"妹妹啊,非得这样吗?"她继续涂着,一个脚指甲接着另一个脚指甲,不理我,不回答。于是我说:"你!不!能!去!别!的!地!方!涂!吗?!"

她看也不看我一眼,开始大谈特谈她的歪理:"吉尔伯特,有些人才十六岁。有些人想抓紧一辈子只有一次的机会干点儿事。我在尝试新的东西,我在涂全新的颜色。我需要你的支持和鼓励。要是得到了你的支持和鼓励,我可能会考虑换个地方。你是我哥哥啊,要是你都不支持我迈出新的步伐,谁会支持我呢?谁会呢?告诉我,谁会呢?!"

她用鼻子呼了几口气,发出口哨一样的声音。

"我这个年纪是多么艰难啊。我这个年纪的女孩子都会流血。我们每个月都流血,可是我们什么也没做错啊。我们就坐在教堂里……"

"你又不去教堂。"

"是假设,懂吗,吉尔伯特?"

"你不要说得那么文绉绉的。"

"好吧。有时候我在干活,比如混着糖霜或者做松果什么的,突然就感觉要来了要来了,可是我什么也没做啊。你是个男的,所以你不懂这是什么感觉。你应该善解人意，让我安安静静地做唯一能让我快乐、觉得人生完整的事情。所以，谢谢你，吉尔伯特，非常非常感谢你！"

我盯着她，思考着如何以最小心谨慎的方式杀掉一个人。但她突然转过身，跺着脚走出房间，只留下她新涂的指甲油的味道。我决定把自己给闷死，于是立刻行动了。我拿过来一个旧的橘黄色沙发靠垫蒙在脸上，开始"自杀"。恰恰到了肺想要呼吸，心却一点儿都不想求生的有趣时刻，突然有人戳我的胳膊。这个家啊，不消停！如果是艾伦，我就把她给闷死，绝对的，马上行动。如果是阿尼，我们就来一场枕头大战，大笑一番，然后我再把他闷死。

但耳边响起的声音是我姐的，艾米。她轻轻对我说："吉尔伯特，过来。"

我没动。

"吉尔伯特，麻烦你……"

我都"死"得差不多了，这她总看得出来吧。

"吉尔伯特！"

我让了步，勉强放了点儿空气进来，从靠垫下面说道："我很忙。"

"你看着一点儿都不忙。"

艾米一把掀开靠垫，从我手里抢了过去。眼前突然有了光，我的视力过了一会儿才调整过来。她脸上是忧虑的表情。但能有什么新鲜事儿啊？这种恐惧的表情经常出现在她脸上，我倒是越看越喜欢。我觉得这种意料之中的事情不知怎么的，让人安心。要是艾米笑了，那肯定是出了不好的事儿。

艾米是我们格雷普家孩子里年纪最大的。她三十四岁，比我大十岁。很多时候，我感觉她不像我们的姐姐，倒像个妈。她在莫特利的首蓿山小学工作，是食堂的经理助理，负责给那些小孩舀豆子、香肠，发甜饼干什么的。她也做助教，整夜整夜精心地在没犯错误的学生卷子上画笑脸。不过，最重要的是，暑假的时候艾米不上班。所以，一等到开学，我们家便散掉了，但等到六、七、八月份，她又会把我们凝聚在一起。

"我在睡觉，"我说，"我想睡觉。"

艾米用肥肥的胳膊夹住靠垫，她上身穿着浅蓝色的猫王T恤。她眯着眼睛，直勾勾地盯着我。

"艾米，我求求你。上帝啊，要是有上帝的话，求上帝开恩啊。我带那孩子去等车队了。我们四点半左右到的。我得补觉。我十点还得上班。艾米，求求你了！别这么盯着我！"

"你想想妈妈吧。"

我想说，自己随时都在想着妈妈。我每走一步、每动一下心里都想着她。但我还没来得及开口，艾米就拉住我的手腕，把我拽起来。"哎呀。我这就来了。"

艾米拉着我往餐厅走。

"这个家臭死了，"我说，"这味儿啊，我的天哪！"

艾米停了下来。

我们站在厨房里，里面堆了好几天没洗的碗盘和无数袋垃圾。

她小声说："那你想怎么样？根本没人帮着干家务。艾伦什么都不干。你呢又一直上班上班，家里都见不到你的影子。我一个人不可能把什么都包了。"

她深呼吸了一下，像时装模特一样转了个身。

"你看看我。看看！"

"咋啦？"我说。

"你看不出来吗？"

"新衣服？哎，我不知道啊。你想让我看什么呀？"

"我越来越像妈妈了。"

我撒了谎:"你没有啦。"

"我的肉都要鼓到衣服外面去了,也不能很轻松地坐到那些椅子里了。"

"妈妈那是胖出了境界。你根本比不上……"

"这些都是早期,吉尔伯特。你看到的是早期。"艾米用手背擦了擦眼睛,笑了。

啊,天哪。

好吧。

接下来该说道说道我妈妈邦妮·格雷普了。其实关于她的事情,我们很少说。

不管怎么跟你开口,这话都不会好听。我妈就是头猪。从十七年前我爸爸被发现死亡的那天起,她就开始暴饮暴食,一直不停地吃啊吃啊,体重也一直不停地涨,一年又一年地变胖。直到现在,我们谁也不知道她到底有多重,家用体重秤根本承受不了那么大的重量。

妈妈住在楼上第一间,但她不喜欢爬楼梯,连走路都不愿意。她整天就睡在一张蓝色的软垫椅子上,醒着的时候不是吃饭,就是抽很多很多烟。她晚上不睡觉,但还是待在椅子上,一边一支接一支地抽,一边看着电视。我们花了很多钱,给她买了一台带遥控器的电视机。妈妈走路的时候需要扶着旁边的东西,紧靠着台子和架子才挪动得了身子。她若要走到浴室,得花十五分钟。她讨厌洗澡,说实话,她都很难把自己塞进浴缸里。这位女士不是很开心,不过阿尼跳舞给她看,总能逗得她哈哈大笑;某个孩子,通常是我,给她拿去一包烟的时候,她也会满脸堆笑。她喜欢抽酷儿(Kool)薄荷烟。

她已经三年多没出过家门了。这三年多以来,除了她的孩子们,还有个别偶尔来访的朋友,镇子里没人见过她。人们会议论她,这是肯定的啦，但多数时候都是悄悄地说，只有每月上门抄水表的人才能好好地偷看一下妈妈。有一次，我们以为她心脏病发作了，请来了哈维医生。然而我们搞错了，她好像是吞错了什么东西噎住了，或者血管胀气之类的吧。

你要是跟我妈谈她的体重问题，或者用任何方式表达你对她逐渐加重的肥胖的担忧，她就会说："喂！我这不好好儿地在这儿嘛！活着呢！我又不像别的人，要放弃自己！"

我一直想告诉妈妈，她这吃法，也算得上自杀了。但这样的话总是不好说出口。

所以……

艾米拉着我走过厨房。我们在餐厅附近停下了。妈妈就坐在里面，大张着嘴，打着鼾。艾米指着妈妈的脚，很肿，红得发紫，干得开裂了。她的脚再也穿不上任何鞋子了。

"我又不是没见过她的脚。"我小声说。

她又指了指，用口型说："地板。"

我真是不敢相信，妈妈身下的地板向下凹陷，像隐形眼镜片一样。"我的天哪。"我说。

"这可不是开玩笑的，吉尔伯特。"

有一次，我们喝了几瓶啤酒，我对醉醺醺的艾米说，妈妈可能会压穿地板掉下去，那我们就解脱了。当时我俩哈哈哈一笑了之。

"这次咱们必须得想想办法。"艾米说。这回她笑不出来了。

你们得知道，我可不是木匠，在修补家具、做手工活方面，我一点儿门道都不懂。即便这样，艾米还想着让我来修地板。

"要背着她干。"她压低声音朝我耳语一句。

艾米说得对。要是妈妈知道她正缓慢地给家里钻洞，肯定又得哭上好几天。

"我去找塔克尔。"

塔克尔是我最好的朋友。他就喜欢做做手工活,鸟屋呀、木鸭子呀,还做了架子放他收集的啤酒罐。

"你什么时候找他?"

"很快。一定会很快的。我保证。"

"今天就去找。"

"我今天要上班。"

"这事儿很急。"

"我知道,艾米。"我赶紧开溜,因为她的脸又开始扭曲成很诡异的样子。

"那今天晚一点去找。好吗,吉尔伯特?吉尔伯特,好吗?"

我喊了一声:"好!"妈妈"哼哼"了一下,醒了。

"早啊,妈妈,"艾米说,"你想吃早饭吗?"

接下来的事情完全可以预料。妈妈会说:"你还不知道吗?"艾米会问:"今天想吃什么?"妈妈就会点一摞煎饼或几块华夫饼或法式吐司,再加将近一斤的培根,可能再来几个鸡蛋,要么煎,要么炒,还要加很多很多胡椒。什么都得加胡椒。妈妈点什么,艾米就做什么,她做的味道非常好,妈妈就像肥胖的小女孩一样,把盘子舔个精光。

我本来就不想吃饭,这下更是胃口全无,于是准备出门去呼吸新鲜空气。我推开纱门时,看到阿尼正一头扎进邮箱旁边的常绿灌木丛。他很喜欢躲起来,但前提是你必须花时间去找他。我觉得,可能大多数人都是这样的,不过只有智障者或小孩子才会承认。

"不知道阿尼在什么地方啊,"我非常大声地说,"他能去哪儿呢?"

艾米站在门前,透过纱门说:"谢谢你去找塔克尔。"

我朝她做了个鬼脸,意思是没问题,然后指着灌木丛说:"你看到阿尼了吗?我怎么到处都找不到他呢。"

艾米也是这个游戏的超级玩家。"吉尔伯特,我以为他跟你在一起呢。"

"没有啊,没跟我在一起。"

"糟了,我还指望他帮我做早饭呢。"

"我到处都找过了。"

常绿灌木丛咯咯咯笑了起来。

"妈妈起床了,她很饿。哎,煎饼我得自己一个人做了!"

车库门打开了,艾伦穿着印着拐杖糖的比基尼出现了,手指甲和脚指甲都涂成了大红色。她把家里唯一的草坪躺椅打开,舒舒服服地躺着,晒着早晨的太阳。我想让她也加入这种极为少见的家庭活动,于是说道:"艾伦,你看见你哥了吗?"

她没理我。我看着艾米。灌木丛出现了小小的骚动。

"妹妹啊,你听到我说话了吗?我们找不到阿尼了。"

艾伦百无聊赖地翻着《时尚》杂志,她还在为今天早上的事情生气。

艾米说:"我们找得好辛苦!你看到他了吗?"

她假装看杂志。

艾米不喜欢问了问题对方不回答,她又问:"艾伦,你听到我说话了吗?"

"他在灌木丛里啊!"

我要杀了她。

"没有,他不在,"艾米说,"吉尔伯特找过那边了。"

"是的。"我说。

"吉尔伯特睁眼说瞎话,特别特别蠢!"

阿尼在我们不注意的时候站了起来,像往常一样喊着"噗!

噗"。我大喊一声,倒在地上。"你吓死我了,阿尼。天哪,你吓死我了。"

阿尼头发上多了一片松针,嘴巴上有一圈厚厚的土。他大笑起来,那是属于智力低下的儿童的笑声。

艾米说了声"早饭",然后跑进厨房看她的锅碗瓢盆。

我走到自己的小皮卡旁边,上了车,很快就发动了。这辆皮卡是一九七八版的福特,蓝色的车身,车底已经生锈得厉害,但我相信你一定想坐上它兜兜风。

开车之前,我仔细地审视了我那个妹妹。一般大家都是在后院晒日光浴,至少爱荷华的一般人是这样。但艾伦会第一个站出来告诉你,她可不是一般人。她知道自己是这片儿最好看的姑娘。她很有心机地躺在我们家布满油渍的车道上,一整天来自全国各地的汽车、卡车、自行车都会经过这里,看着她晒黑自己的皮肤。艾伦喜欢引人注目。

我梦想着能给阿尼建个卖柠檬汁的小饮吧,让他守在那儿做生意。这孩子肯定能赚大钱。

我按了按喇叭,虽然根本受不了那个声音。艾伦抬头朝我这边看,我想跟她讲和,于是挥挥手喊道:"过得开心哦!"

她什么也没说,手背朝着我,往前伸出拳头,中指指向太阳,像蜡烛一样挺立着。

她是爱我的,只是她自己还不知道而已。

我等着她把中指收回去,但没等到,于是只好换了挡,松开刹车。我的卡车缓慢朝她开过去。她抬头看着,很自信,觉得自己能赢。我离她越近,她就笑得越放肆。

还剩下一米左右,我使劲按喇叭,她从躺椅上跳起来。她还没来得及把椅子拉走,我就加速碾了过去,碾了个稀巴烂。

那椅子死翘翘了。

艾伦站在旁边，脸涨得跟比基尼的图案一样红，和脚指甲的颜色一样红。她想哭，但一流泪妆就会花。

真是爽到家了。

我一边换倒挡，一边对自己说："吉尔伯特·格雷普可惹不起！"

艾伦吃力地弯下腰，想把椅子拼回原形。我倒车出了车道，看到阿尼在客厅窗户前往外看。他开始用额头去撞窗玻璃，撞了七八下，艾米才把他拉开。

3

恩多拉有两家杂货店。小镇广场上那个特别显眼的是兰姆森杂货店，就是我上班的地方；小镇边上的那家叫"福联"，大家都在那儿买东西。

福联是去年十月建好的。一眼看过去，里面摆着满架子的各种谷物，挂着各种意大利香肠，没有你买不到的，就怕你想不到。他们说，这家杂货店有十四条过道，每一条过道都能找到一个面带微笑的员工。他们装了几个电子门，只要你脚踩上黑色橡胶门垫，感应门就会打开。很多人都说，这是恩多拉目前为止最大的事情。他们还安装了音响系统，放着音乐，感觉有点儿像牙科诊所，或者乘坐电梯，反正每个人听音乐的感觉不同啦。据《恩多拉快报》报道，这音乐是想让顾客平静，安抚人心。我求求你，别这么安抚我们了，行吗？福联还配备了专门的现金收银系统，有传送带，就像得梅因的那种款式，我还以为这东西永远都到不了恩多拉呢。

三月，福联举行了盛大的开业典礼。艾米叫我载她和阿尼去看。我早就下定决心，永远不会踏进这家杂货店一步，于是坐在自己的卡车里,艾米带着我那个智力低下的弟弟进去了。她说,阿尼第一次看到那些豆子、馅饼和花生酱在传送带上向前移动着,突然就大喊大叫起来。

真抱歉,我必须向你描述福联。我平时对这个垃圾场几乎是提都不提。但这是个绕不开的话题,我得让你充分了解兰姆森先生和兰姆森杂货店,以及我,吉尔伯特·格雷普仍然是他的店员的原因。

兰姆森杂货店没有电子门、传送带、电脑收银这些东西。店里只有四条过道,每条只有约六米长。兰姆森杂货店里有正常人生活所需的一切。但如果需要高科技做诱饵你才觉得自己很划算地买到了好货,那我就劝你趁早挪动你那没脑子的身体,滚去福联吧。

在兰姆森杂货店,每件商品的价格都是我们手写上去的。我们会和顾客聊天,问候他们的时候脸上也不会挂着假笑。我们能叫出他们的名字。"你好呀,丹。""你好呀,卡罗尔。""你好呀,玛蒂,需要帮助吗?"要是有顾客想写支票,我们也不会问他要很多信息,或者让他证明他是他。这些烂事儿我们都不干。我们嘴上不说,但行动上却表明,我们信得过他。接着我们就把他买的东西都装好,帮他搬到车上。

可能就是因为这种过分的诚信,大部分人都不来兰姆森杂货店。也许大家看见兰姆森先生,就会想起自己的缺点。这个人呀,整天从早忙到晚,天天如此,热爱着自己拆开箱子拿出来放好的每一个苹果,珍惜每一罐汤。这样一个人,肯定会让我们每个人都羞愧难当。

从十四岁开始,我就给兰姆森先生做兼职店员了。七年前,我高中毕业,变成了全职员工。

这家杂货店有着白色的外观、灰色的阶梯、红色的边框,还有一块牌子,用非常真诚的语气写道:"兰姆森杂货店——从1932年起为您服务。"

我推开写着"请进"的门,看见兰姆森先生坐在收银台前。他那个老伴儿千年不变地坐在那个用作办公室的橱柜一样的小隔间里,她在码放硬币。店里空荡荡的,一个顾客也没有。我从钩子上取下围裙。他说:"早上好,吉尔伯特。"

"老板好,"我又把头伸进小隔间说,"早上好,兰姆森太太。"她抬头看我一眼,露出最纯良的微笑。我从后面拿出扫帚,开始清扫第一条过道。

兰姆森先生朝我走来,双手揣在口袋里:"孩子,你还好吧?"

"嗯……很好啊。为什么这么问?"

"你看着像老了十岁。亲爱的,你看看吉尔伯特啊。"

"我在数钱呢。"

"家里出事儿了吗?"

家里总是有事儿的啊。"没有,先生。"我说。

兰姆森太太从办公室探出头来。"哦,他只是看起来有点儿累。你只是看着有点儿累而已。"

"是这个原因吗?"

"看你这样子还以为我要死了呢。求你别这样。我死不了。今天起了个大早,我带阿尼去看嘉年华车队进镇子。我没睡多久。"

"怎么样?"

"车队吗?还行吧。你懂的啊,还是原来那样的车队。"

兰姆森先生点了点头,摆出一副明白我意思的样子。他来到收银台,按了下按钮,钱盒弹了出来,然后拿出一张崭新的五美元钞票递给我。"这个也许能帮忙。"

"啥?"我说。

"让阿尼去坐旋转木马。这钱够他坐上几圈的了,对吧?"

"是啊,先生,"我说,"能买好多票呢。"

"好。"兰姆森先生走开了。

为了阿尼,他什么都愿意做。我把五美元塞进屁股口袋里,继续扫地。

我正在清扫第四条过道,"呼呼呼"正起劲呢,突然看到两只穿着女鞋的脚。鞋上飘过一阵尘灰。我抬头看,站在我面前的是贝蒂·卡佛夫人,穿得跟主日学校老师似的。她打了个喷嚏。

"吉尔伯特。"

"嗨!"我说。

"保佑我。"

"啥?"

"有人打喷嚏,你就得说'上帝保佑你'。"

"哦。上帝保佑你。"

"我够不着桂格燕麦片,你能帮我拿一下吗?"

"好的,夫人。"

我说"夫人"的时候,她笑了。我发现自己的指甲很脏,赶紧把手往后藏。

桂格燕麦片在第三过道最高的架子上,我够得着。我递给她一盒。兰姆森先生走过来招呼道:"哦,吉尔伯特帮您拿了,很好。"

贝蒂·卡佛夫人突然问:"吉尔伯特是个好员工吗?"

"是的。有史以来最好的员工。"

"我猜他是挺靠得住的。尽责吗?"

"嗯,非常。"

她跟着他去了收银台。"那我就有点儿想不通了。你觉得他为什么不快点儿来付保险费呢?卡车的保险费。你觉得是什么原因?"

贝蒂·卡佛夫人是肯·卡佛的老婆,他是恩多拉唯一的保险人。

"这个我觉得你得问吉尔伯特本人。"

她转身看着我。

"不好意思,"我说,"我马上处理。"

"你当然要马上处理。"兰姆森先生说,"这样吧,吉尔伯特,你马上去把这件事情办了吧。"

我低头看着双脚,没说话。

贝蒂·卡佛夫人拎着桂格燕麦片走了。

"那个女人当电影明星都可以。"兰姆森夫人说,"你觉得呢,亲爱的?"

"可能吧。"兰姆森先生边说边看着我,"你觉得她能当电影明星吗,吉尔伯特,哈?"

我找到扫帚,继续扫地。

四十分钟过去了,贝蒂·卡佛夫人走了之后,还没有一个客人上门。我在店后面干活,兰姆森先生和夫人守在前面。我打开一盒鸡蛋,掉了两个在地上,又把另外三个的蛋壳碰碎了。我像摔倒一样叫了一声,然后就大喊大叫起来:"天哪,烦死了!这怎么办呢?"

兰姆森先生急匆匆地赶到三号过道。"怎么了?出什么事儿了?"

他看到鸡蛋了。我坐在地上,双手捂着脸。"怎么可能有今天这样的日子。不好意思。真的很抱歉,老板……"

"没关系的,孩子。你今天过得太不顺了。"

"是啊,先生。"

"听着,把这些都清扫了,好吗?然后,你今天就休假吧。"

"不行,我不能这么干。"

"必须。"

"但是……"

"吉尔伯特，你什么时候该休假我最清楚。"

我用双手拈起那些蛋壳碎片，把剩下的东西都清理干净。一方面，我为自己的演技这么好而感到惊讶；另一方面又很羞愧，因为我骗了他。从来没见过这么老实、这么好的一个人。

我把围裙挂在钩子上，兰姆森先生又走了过来。"善意地提醒一下，我知道不关我的事……"

"保险？"我问。

"对。"

"我准备今天就去处理这件事，先生。"

"我知道你会的。你是个好员工，孩子。你是我雇过的最好的员工。"

曾经，我也同意他这句话。

我正往店门那边走。他突然说："吉尔伯特，坚持住啊。"

我停下来，看着他。

"你觉得为什么应该坚持住呢？"

我什么也说不出来。我完全被难住了。

"因为……"兰姆森先生停顿了，好像在说，他就要说最重要的人生真理了，"因为……"

"我在听呢。"我催他快点儿说。

"因为有很棒的惊喜在等着你。"

我消化了一会儿这句话，然后笑了，好像在说"希望如此"，然后走出了门。

我上了卡车，发动了。

店里的夫人给丈夫拿去一块干净抹布，他开始擦收银台。他们肯定感觉到我在看了，于是朝我这边看，一起挥着手。

我开车离开了。

他们这么相信我，我真为他们难过。我已经不是曾经的那个勤杂工了。而且，最糟糕的是，你明明知道自己是个坏人，却被别人说是好人。有那么一瞬间，我甚至为那些鸡蛋感到悲伤，它们在一个谎话连篇的店员手里突然惨死。也许生活真的像兰姆森先生说的那样，充满了惊喜。但除此之外，我更相信，生活充满了不公平。我就是用这些鸡蛋的命运来证明自己的观点的。

4

还没到上午十一点，人就热得发烫，卡车的坐垫像着火了一样，我汗流浃背。真想变成一条鱼啊。

我开了两个街区，来到一个安全保护措施像堡垒一样的地方，卡佛保险公司。这里过去是加油站，经过改装变成公司。恩多拉有很多改装或翻修过的楼，只有兰姆森杂货店一直没变过。

我在碎石子铺成的停车场把车停好。下车的时候，豆大的汗珠一连串地从我小腿肚子上滚下来。我走进去的时候很小心，因为门上有个铃，能把你的耳朵吵得受不了：丁零，当啷，咚咚，梆梆。

卡佛先生的秘书梅兰妮抬头看了我一眼，大吃一惊，似乎不敢相信自己看到了一个人。她给涂改液盖上盖子，说："嗯，你好啊，吉尔伯特·格雷普。"

"嗨！"我说。

梅兰妮把一头红发烫成"蜂窝"，很过时的发型。她脸上有一颗黑痣，肯定有一斤多重。我觉得她算是个好人。她已经四十多岁了，但一直要求我们只叫她的名字。我上学的时候，她就是图书馆的监察员，她会允许我睡在自习室。有一次，我看到她在抽烟，不知道为什么，这件事情让我有点儿失望。

"你是来见卡佛先生的吗?"

他在后面喊道:"是你吗,吉尔伯特?梅兰妮,是吉尔伯特吗?"

"是啊,您好,"我说,"我的保险费好像晚交了。"

梅兰妮根本没有翻看我的档案。"确实晚了,吉尔伯特。给我们写一张一百二十三美元四十美分的支票,你就可以走了。"她关上通往卡佛先生办公室的那扇门,"你总是晚交,为什么突然做出一副负责任的样子?为什么是现在呢?"

"哦,我在努力啊,就是,努力让生活好起来。"

梅兰妮笑了。"让生活好起来""有一个全新的开始""光明面",天天把这些概念挂在嘴边,你就能在恩多拉生存下去,甚至还能过得风生水起。

"你不用预约对吧?只要把钱交齐就行了。"

"不用。嗯,不过关于那个什么什么保险,我有些地方搞不清楚。"

"你是在问自己的收益,是吗?"

"是的,就是这个。"

"所以,我的理解就是,你其实是需要预约的。"

我也不知道梅兰妮是怎么理解的。面对顶着这样发型的她,我无法继续与之交谈。真希望我有一罐油漆和一把修剪花草用的大剪刀。好在我想了一下怎么表达我内心的想法。

"预约见面时间是再合时宜不过的了。"

"吉尔伯特,你词汇量真大啊。"

我想解释说,我表现出来的任何转瞬即逝的知识之光,都是在向学校图书馆里很多供我睡觉的自习室致敬。"我的词汇量都要感谢你。全靠你,梅兰妮。"

"你这小嘴儿甜得哟。"

"不，我是认真的。"

"嗯，那你太夸张了。"

"没有，不夸张。我们一起在自习室度过那么多日子。你是学校里最棒的自习室监察员。这一点我毫不怀疑，别人也会说毫无疑问。"

"你真是个好心人，这么说。"

"如果是说实话，还算好心吗？"

"这个我就不清楚了。反正，我肯定是很喜欢为卡佛先生工作的，这个我是不会变的。我也觉得保险很值得做。不过，说句真心话，我还是很想念在高中工作的时光。"

"高中也很想念你，肯定的。"

"那所高中都关门了，吉尔伯特。怎么会想我呢？"

"要是能想，肯定会想的。"

"我这个人不容易生气的，这你知道，但对那些决定关掉咱们高中的人，我真是想一口把他们的头给咬下来。这么多的孩子啊，都被赶去莫特利了。"

"这个嘛，大家随时都在换地方。"

"我明白，但到底还是……"

"我刚入学的时候，班上有三十九个人；毕业的时候，只剩二十三个了。"

"可不是嘛。哎呀，我们一聊能聊一整天，是吧？我们的共同话题太多啦，你觉得呢？"

我只能撒个彻头彻尾的谎，不然也不知道该怎么回答。"很多共同话题，是啊，想想还真是。"

"我总觉得我俩年纪不一样真是遗憾。要么你大一点儿，要么我年轻一点儿。我俩在一起很般配的，你觉得呢？真的，真遗憾。"

"可惜。"

"是啊,'可惜'这个词用得好。"

这是几个小时前的对话了,但不知怎么的我的嘴仍然在动,还形成了一个个词汇,没有一句冒犯的话。惊人啊,思想。我是说我的思想,不是她的。

梅兰妮突然又摆出一副公事公办的样子。她的声音变得尖锐刺耳。"所以你想约见卡佛先生?"

"是的,夫人。劳驾。"

"等等。"她站起来,来到卡佛先生办公室门口,很轻很轻地敲了敲门,然后轻轻推开。我听到办公室里传来古典音乐的声音。我等了几分钟,她很快就出现在门口,看那笑容好像要宣布世界上最棒的消息。"运气真好啊。你愿意的话,现在就可以见卡佛先生了。"

卡佛先生喊道:"见到你很高兴!快进来,咱们看看该怎么办。"

"谢谢您,卡佛先生,但我得以后再来了,还有很多杂事要办。"

卡佛先生说:"哦。"感觉他快哭出来了。梅兰妮笑了,咂咂嘴说:"我懂的。我每天从早到晚都有杂事要办。有时候我觉得自己就是个干杂事的。"

"这个嘛……"

她打开预约用的日历查看,有一个星期三,就是入夏的第一天,还是完全空白的。"嗯,你这个日子选得好啊。卡佛先生正午准时吃饭,下午一点准时回来。四点钟,他和夫人会开车去布恩,看参加教堂夏令营的儿子们,给他们个惊喜。所以,四点之前的时间段,你可以随便挑。"

"两点怎么样?"

"很好。约见的话这个时间特别好。如果你也合适的话。"

"嗯,挺好的。"

"那么咱们两点准时见。"

"好的。"

"今天要开心呀。替我向艾米和你们一家人问好。我好几年都没见过你妈妈了,她怎么样啊?"

"哦,你知道的……"

"我不知道啊。都好久没……"

我说:"她遇上大事儿了,大事儿。"然后朝门边退去。

梅兰妮伸出手指放在嘴上,示意我安静,然后又招手叫我过去,悄声说:"你都没提我的新发型。"

"是没提。"

"你喜欢的,对吧?"

"哦,就很'你'啊。"

"你真这么觉得?"

"特别适合你。"

梅兰妮沉默了一会儿。她全身都在发光,身材娇小,从头到脚都在发光。我也不知道怎么做到的,但我点亮了她的一天。"如果我再年轻点儿……"

我的妈呀,又来了。

吉尔伯特,快点儿逃出去!"拜拜啦!"我慢慢打开门,但铃铛还是叮叮叮地响了。

5

我开车走了,车窗没摇上。我的头发被吹得乱七八糟,都扫到眼睛了。我的头发太长了,都开始吃我的头了。

车子经过"恩多拉美人",小镇上的两个美发店之一。突然,梅兰妮那艳红色的棉花糖头的形象又浮现出来,像鬼影一样缠着我。那头发直直地挺立着,就像旧铅笔头上安了新的橡皮。我想象着她早上冲过澡之后的样子,头发湿答答地滴着水。她看着镜子,为自己撒一个谎,以便振作起来开始这一天的生活。我永远也想不明白,她怎么就能这么积极乐观。换成我,估计得整日整夜地哭个不停。

看看卡车的汽油表,得走了。我开到镇子的另一边,把车停进戴夫·艾伦的加油站。从戴夫那里买汽油,我总是特别开心,因为他那根绳子,或者说管子,反正就是贯穿整个加油站的那个黑色的东西。本来轮胎碾压过去时,那东西会发出"乓乓""乓乓"或"叮叮"的声音,但戴夫家的好几年前就没声儿了,他也不修,因为他和我的想法一样:我们都不用被什么东西提醒自己的存在。

所以我总是开车去他那儿加油。没有绳子,没有"乓乓""乓乓""叮叮",真是幸福。

我加了几美元的油,又从自动售货机买了一瓶橙汁汽水和一袋奇多。我用零钱付款,该多少钱就多少钱。

戴夫说:"嘉年华。"

"咋啦?"

"很能带动生意,你懂的。"

"真的呀?"我说。

"有的设施要靠汽油。"

"希望他们在你这里加油。"

"是啊。"戴夫笑了。我从来没见过他这么自豪的样子。

我开车出了镇子,在路上看到奇普·迈尔斯,他正在他爸的农场上开着拖拉机。我按响喇叭,奇普招招手。我猜他应该很高兴被人认出来吧。奇普算个好人,很强壮,都是平时甩干草练出来的。他是莫特利那所高中校队的摔跤冠军,几个星期前毕业了。奇普的悲剧在于,他在那里上了整整四年高中,却一个女朋友也没交到。哎,他的一颗门牙上镶了银套子，哪个女孩子看了不躲得远远的呀？讲话的时候，他的上唇几乎不动。但如果你像我刚才一样出其不意，他就会大张着嘴，喊一声"嘿——"，牙齿立马闪过一道银光。

在保险预约的时间之前，还有时间可以打发。我要好好放松放松。我踩了油门，将时速提到一百一十到一百二十千米，往我最喜欢的乡间道路飞奔。

恩多拉周围的路全都是笔直平坦且毫无趣味的，只有二号公路例外，也就是我现在开上的这条路。这条路有弯道，还要经过一座小桥，架设在臭鼬河上。哎，其实连条小溪都算不上啦，但正式的名字就是河，所以人人都觉得这就是条河啦。

开了快十八千米，我就到了县上的公墓。我开过那个勉强算是门的金属框框，给卡车熄了火，在坟墓之间走着。找到地方之后，我坐下来，吃了奇多，喝了橙汁汽水，然后躺下来看着天空。每隔五分钟左右我就能听到汽车或半挂车经过。我看着天上的云，今天的云都不能算云，而是一小捆一小捆白丝，小小的一条一缕，不停飘动，没什么趣味；连云都会犹豫疑惑呢。

我一口汽水、两片奇多，很快吃完喝完了。我翻了个身趴着，试着想象我爸现在是什么样子。皮肯定都没了，心啊、脑子啊、眼睛啊也发生改变了，可能都已经化为灰尘。有人告诉我，全身上下最后腐烂的是头发。骨头嘛，肯定是还在的，还在继续烂下去。

他的墓碑旁边长了两丛野草。我扯了出来，扔到了几米开外别人的墓上去了。

我的心在跳，说明我还活着。今天这样一个日子，坐在这样一个公墓中，我觉得自己很特别，出类拔萃。

我又躺了下来，呼吸着，睡着了。

车子开进公墓的声音吵醒了我。两个男人开了辆液压挖掘机,他们好像是来挖坟的。

太阳已经升得很高了。我脸上有点儿热。真是干了件最蠢的事儿,没抹防晒霜就在很晒的地方睡着了。我的皮都晒熟了,晚上我说不定在黑暗里会发光呢。我走到那两个挖坟的人身边,说:"嘿,知道几点了吗?"

"四点来钟吧。"

"谢了。"

现在脸上已经火辣辣的了,我赶快让自己分分心。"挖坟是这么操作的啊?我还以为直接用铲子呢。"

"哥们儿,铲子好多年前就不用了。"

突然间我就对他们的操作产生了非常浓厚的兴趣。"你们会挖很多坟吗?"

"嗯。我跟我搭档,县上三个公墓的坟都是我们挖的。"

"你们是为谁挖的这个坟,不可能清楚吧?"

"清楚的啊。在单子上写着呢。"

还没开过口的那个人看了眼单子。

"我在想啊,"我说,"昨天我一个朋友死了。"

"很遗憾啊,哥们儿。"

"这个嘛,有时候事情就这样。"

"是啊,有时候就是要死人。"

"说得对。"我说。

"她叫布雷德尔。"

"布勒内尔,就是她。"

"我们挖的是你朋友的坟?"

"是啊。"

031.

我努力摆出一副悲伤绝望的表情。

"你好像不怎么伤心嘛。"

"不是,你懂的,我都是在人后才哀悼她。"

"嗯,这也挺好。"

他们大概挖了一米,我说:"这洞挖多深都行。"

"啥?"

"哦,没啥。回见。"

我正要走开,一直没开口的那个男人朝另一个人嘟哝了句什么。

"嘿,哥们儿,你……"

"咋啦?"

"嗯……我搭档想问你点事儿。"

"问呗。"我跟他们之间已经隔了十座坟。

"他想问你是不是格雷普家的,我们是莫特利的。我们一直听说那家人的事情……"

我关了两下才把车门关好。卡车卷起云一样的尘土,我走了,让他们想去吧。我开车回家。我当然是格雷普家的啊,我本来想向他们大喊:"我是吉尔伯特·格雷普!"

6

我飞速开车回镇子,路上看到恩多拉的水塔,银色的塔身上有黑色的字母,样子像一只很旧的口哨,又像一枚很简陋的火箭。如果真是个火箭,我就跑进去,轰的一声消失掉。

我又开车经过了奇普·迈尔斯。他还是招了招手,但这次我没按喇叭。

稍微瞥一眼后视镜就能确定情况了。我的脸已经晒成粉红色,等睡觉的时候，肯定会变成亮红色。

离我们家还有几栋房子的地方，有什么东西在路中间。我减了速，按了几下喇叭。但那个东西没动。

我刹了车，停好，走过去。我悄声说："走——开——"然后喉咙一抽，发出要吐口水的声音。小东西一点儿也没被吓退。于是我尖叫起来："我的天啊！阿尼死了！！！"

他笑了，好像觉得不错。

"我都看到啦。"我说。

"看到什么？"

"你笑了。"

"但是我都死了啊，吉尔伯特。我的妈啊！"

"你没死。"

"我死了！死了！"

我开始哭，又抹眼泪又出声的，当然都是假装的，因为阿尼还活得好好的呢。要是有邻居在看，肯定不敢相信我在干吗。我是不会哭的。从来没哭过。也没人想过我会哭。我想喊。至少这儿有事儿！至少我们在这里在做兄弟之间的事情！如果你睁开眼睛，看看窗外，会看到这里有活生生的事情！但我只在内心默默大喊，然后一手伸到阿尼腋窝底下，一手伸到他膝盖窝底下，把他给举起来。他的头往后垂着，又在装死。我让他躺在皮卡的车斗上，开进了车道。

阿尼跳下车，跑进屋里，砰的一声甩上纱门。他活了这么久，真是个奇迹。到七月十六日他就满十八岁了，从今天算起还有不到一个月的时间。谁又想得到呢？我们正在计划一个史无前例的超级大派对。对我们家的人，特别是妈妈来说，阿尼的十八岁生日绝对是有生以来最重要的日子。比感恩节还要隆重，礼物要比圣诞节还多。不过也有不好的地方，格雷普家别的人也会来参加阿尼的生日派对。

我的妈妈是个话很少的女人,她说话简直惜字如金,而且所有的话大概可以分为三类。

第一类,也是最常说的一类:"吃的呢?""晚饭吃啥?""我怎么没闻到做饭的味道呢?"这类就是"吃"。

第二类差不多都是:"给我拿烟来。""我的烟谁拿走了?""火柴,火柴!谁给我拿火柴!""抽。"

第三类通常是一模一样的话,语序不变,每天至少说一次。这时的妈妈最让人心酸。是这样的:"我要求不高,让我能看到儿子满十八岁。这个要求不过分吧,啊?"爸爸的葬礼上,我看到妈妈在一张纸巾上写了点儿东西。我不确定,但猜测就是这些话。

我开门进屋,看见阿尼躲在妈妈的桌子下面,手臂抱着脚。妈妈正在说:"……满十八岁。这个要求不过分吧,啊?"

"妈——"我说。

她点了一支烟,用乌青的嘴唇深深吸了一口。她笑了,不是因为我,而是因为脚边那个儿子和嘴里的烟。"吉尔伯特,你饿不饿?"

突然间,妈妈和阿尼消失了,掉到地下。我跑到他们弄出来的洞边上,看见他们还在往下掉,风呼呼地吹着,他们穿过地心,到了地球的另一边,可能是越南之类的地方;他们还在往下掉,往太阳的方向,然后掉到了太阳上,那光太亮了,温度太高了,整个地球都融化了,什么也没剩下。

幸好,这只是我的想象而已。

我瞥了一眼妈妈身下的地板。那个袋子一样的凹陷比今早又深了些。我走进厨房,艾米在烤肉糜卷。"真香啊。"我说。

"你觉得香啊?"

"嗯。"

要是我下班回来能给她一个拥抱,艾米会很高兴。但吉尔伯特·格雷普不搞拥抱那一套。

"我打电话叫你带点儿土豆回来做晚饭。兰姆森先生说你……"艾米抬头看到我的脸,顿住了。

"吉尔伯特,我的天。"

"嗯,哎呀呀,是吧?今天的太阳可真狠……"

艾米转身看着烤箱,摇着头。

"兰姆森先生给我放了一天假。"

"我们需要那份钱。你不能就这么休一天假跑去晒太阳……"她拿了根牙签,插进一个肉糜卷里。

"只不过今天不太舒服而已……"

检查第二个肉糜卷时,她的两根手指被烫到了。"哎哟,好烦好烦!"艾米从来不说脏字。她拿冷水冲手。我拿着隔热手套取出了第二个肉糜卷。

"你没事吧?"

"当然没事。"

我撒了个谎:"看着真好吃啊。"

"对了,梅兰妮打了电话来,说你没去跟卡佛先生见面……"

"啊,糟了。"我把这事儿忘得一干二净。

"她可不太高兴……"

"我重新约……"

"她说卡佛先生不一定能再抽出时间见你。"

餐厅里,妈妈让阿尼拿了电视遥控器,他不停地按着各种按钮。

"我觉得我可能知道你为什么请假。至少我希望是这个原因。他会帮我们吗?拜托告诉我他会。"

"谁啊?"

"塔克尔啊。"

"对,对,当然啦。"

"所以你找他了?"

"嗯。"

"所以你请了假,要解决地板的事情。"

"嗯?"

"你这话像带了个问号。你是在问我还是在告诉我啊?"

"塔克尔很乐意帮忙。"

艾米不知道该不该相信我。她关了水,在围裙上擦干手。她脸上露出似是而非的微笑,突然抬起脚,往地上跺了跺。

"蚂蚁,"她说,"这屋里到处都是蚂蚁。"

"说明至少还有东西喜欢我们。"

"别抖机灵,吉尔伯特。"

"如果艾伦肯洗碗……"

艾伦负责洗碗,我负责洗衣服,别的事情都是艾米包办。

"对了,你今天早上还真做得出来。你知不知道那是爸爸的椅子。"

"我知道啊。"

"那是他最喜欢的躺椅。"

"这个嘛……"

"艾伦一上午都不见人影儿。"

"她做得出来。"

"求你了,求你别再刺激她了。"艾米在用"刺激"这种大词,其实就是在宣称:"我是个助教哦。""我跟她讲了,希望今天就解决这件事。我希望这个家的所有人都团结合作。我们不用互相有爱,但至少要好好相处。你听见了吗?"

"听见啦。"

"你要做好自己该做的。你比她大……"

艾米讲完今天的"课",指了指贴在冰箱上的一个粉红信封。上面用紫色的笔写了个巨大的"G"[①],我把信拿去楼下的卫生间,坐在便桶上,开始读。

亲爱的哥哥:
对不起。
我不是那个意思,却偏偏说出那样的话。
我自己都不明白自己怎么了。
男人是理解不了我的变化的。

你的妹妹

这封信最下面有个小小的水印,艾伦用绿色的马克笔圈了出来,写道:"你让我流了很多眼泪,这是其中一滴。"

我慢慢地揉皱这封短信,扔进马桶,冲走了。

艾米把一块肉糜卷分成两块,一半给阿尼,一半给我。另外一块肉糜卷在妈妈盘子里,她正狼吞虎咽地吃着,咬一口肉糜卷,给电视换个频道,再咬一口。

"你不吃啊,艾米?"

"不吃。我要减肥,"她小声说,"从!今!天!开始!"

"哦,但你好歹吃点儿东西啊。"

"你看看我的鬼样子,吉尔伯特。"

说得有道理。

---

① 即 Gilbert,吉尔伯特。

要是艾米这么担心地板塌下去,为什么还给妈妈一整个肉糜卷?这事儿我最好别问。所以我就没问,只是从抽屉里拿了一把叉子,结果发现上面沾了一片麦片。我又拿了一把叉子,上面还残留着什么东西,好像是肉汁。我拿出一把又一把叉子,上面要么有油渍,要么有黄油之类的,全都很脏很恶心。所以我直接用手抓起肉糜卷,像个野蛮动物一样吃掉了。艾米走进来的时候,我正在想,至少我知道这双手干过什么。

"我的天哪,艾米,你看这些叉子,"我嘴里塞满了肉糜卷,"看到没有?"

艾米一个字也没听清楚。"先把东西咽下去再说话。"

"这些叉子,是我那因快要来月经了而烦躁的妹妹精心洗过的;我爱她,喜欢她,珍惜她……"我顿了顿,从牙齿缝里掏出一块肉,"这些叉子说明……"

艾米在笑。她就喜欢看我生气的样子。我猜,这能说明她对我这个弟弟还是有感情的。

"这些叉子说明……"

"说明什么?"

"真理是存在的!"

妈妈放下餐具:"艾米?"

"妈妈,你说。"

"告诉他,这是我的家。告诉他吃晚饭的时候不能大喊大叫。你跟他说清楚。"

"他明白的,妈妈。吉尔伯特没想大喊大叫。"

妈的,我就想大声喧哗。

"让他给他妈妈弄点儿烟。"

艾米朝餐厅走来,说:"你还有整整一包呢。"

"但抽完了呢？抽完了以后我抽啥？！"

艾米从冰箱上的福爵咖啡罐里拿了一张十美元钞票，递给我。"给她买点儿烟。求你一定要找到塔克尔。你要是没找他，就别告诉我你找了，好吗？九点去艾伦上班的地方接她。她喜欢你去接她。她会感激的。"

"好的，艾米，我会照办的。"

"很好，我就知道你靠得住。"

每到这种晚上，我就在家里待不住。我会开车在镇子上转转，梦想着能去各种各样的远方。我梦想拥有小时候在电视上看到的那种家庭。我梦想遇见好看的人们，开速度快的好车。我梦想着我还是我，但家人换了一批。我梦想着我还是我。

7

塔克尔说："你听说了吗？听说了吗？"

"听说啥啊？"

"他们终于修了……"塔克尔得闭嘴了，因为一只虫钻进他嘴巴里了。

"终于修啥了？"

"谷仓汉堡。"他看着我，好像希望我马上手舞足蹈。

我说："嗯，所以呢？"

"你不知道这是什么意思吗？你难道不知道这有什么……呃……呃……"

"含义。"

"对，对，就这个词。谷仓汉堡只是第一步。总有一天我们也会有必胜客、肯德基，说不定还会开一家塔可钟①。我能找份工作，穿上其中一家店的制服。"

"好！"我说。

"吉尔伯特，我恨死你了！我一整天就等着跟你说这事儿呢，可你却跟电线杆子似的。"

"你有啤酒吗？"

"塔克尔有啤酒吗？塔克尔有加拿大啤酒。"

"嗯，所以呢？"

"加拿大啤酒是专用水酿的。"

"很了不起吗？"

"就是很了不起！吉尔伯特。不是每种啤酒都用这种特殊的加拿大水。"

他甩了两罐给我，我打开喝了起来。

塔克尔住在他父母家后面改装过的车库里。他有一个小冰箱和一个便携电炉，后者基本上是做做样子，因为他每顿饭都跟爸妈一起吃。车库改装是他们父子俩亲手做的，虽然看上去平淡无奇，但这个车库兼公寓的功能倒是挺齐全的。他们在车库门上打了个洞，镶上一块有骏马图案的玻璃花窗。除此之外，整个房间灰尘很大，也很阴暗，特别符合塔克尔的风格。他们安了射灯，照亮了塔克尔收集的那些啤酒罐，一共有九百多个。只要去他那儿，那味道闻起来就像走进了酒吧。不过这个酒吧里没有女人，因为塔克尔从来没跟谁约会过。

我快喝完第一罐了。他说："我想就是因为加拿大那种特殊的水。"

---

① 塔可钟（Taco Bell），世界上规模最大的提供墨西哥式食品的连锁餐饮品牌。

"不是。"

"就是因为水,你就认了吧。"

我宁愿自己说错,也不愿意承认塔克尔是对的。我从来不会让他的,有时候感觉他要赢了,我就别无选择,只能改规则了。

"不说这个了,说说谷仓汉堡。你知道吗,他们派来了一群专家,修了个东西,从头到尾用了不到三十天。我今天开车出去了,他们就把它修在福联旁边。他们已经把地面整平了。你猜什么时候开业?七月中旬!"

塔克尔简直是超常发挥。通常他得喝上两罐啤酒才会喜欢自己,今天却只喝了半罐。

"我说啊,"他滔滔不绝地讲,"今天早上,我从床上坐起来,在房间里四下看看,觉得到处都是自己的成就。我觉得自己有生活。有些人根本没有我拥有的这些,对吧?我有自己的地盘,还有手艺,对吧?"

我点点头,但已经神游天外了。

"我今天下不了床。我动都动不了了!你遇到过这种事吗?你肯定遇到过。不过,最后我还是起床了,走到我的卡车旁边……"

我买了皮卡一个星期之后,塔克尔也买了辆皮卡。他那辆是全新的,还一分钱没花,因为是他爸爸借了一笔贷款去买的。那车到现在依然很新很完美,因为塔克尔每天晚上都用一块黑油布把它盖得好好的。

"……我的卡车马上就发动了,引擎的声音很好听,我就开去福联买甜甜圈……"

我想说,兰姆森杂货店有本小镇最好吃的甜甜圈。我捏紧拳头想捶他的胳膊,却突然停下了,因为我看到他眼里泛泪。

"……然后我就突然不想过现在的生活了,你懂吗?我就在想,

'就这样了吗?'你懂不懂?我是不是已经发挥了全部的……呃……"

"潜力。"

"潜力,对。"

啊,他不会是要流泪了吧?肯定是眼睛进了小虫子或灰尘。

"我希望自己还没有。人为什么要起床?为什么要醒过来?你懂吗?然后我就看到一些标语,说要开谷仓汉堡了……我也不知道该怎么说……反正就是突然之间我的生活就……就有了……呃……"

"意义。"

"对。还有……"塔克尔擦了擦眼睛,真的是眼泪,我突然觉得好恶心,"我就知道这肯定是……呃……命中注定的。我已经到底了,现在开始往高处走了。"

塔克尔不说话了,等着我的回应。我开了第二罐啤酒,咕咚咕咚地喝着。

"你不为我高兴吗?你不为我高兴吗?你不为我高兴吗?"

第二罐啤酒已经下肚,我可以回答他了。"塔克尔,"我说,"我为你高兴。"

他笑了。我撒谎的时候他都看不出来。他从我手里拿过那个空罐子,在小小的水槽里洗了洗,用毛巾擦干。他打开射灯,也没什么仪式感,就让这个罐子住进了新家,加入啤酒罐的队伍。"啊,今天真是个大日子,我得放松一下。摔跤比赛还有几分钟就要开始了,你留下来一起看吧。"

"呃,我就不看了,哥们儿。"

他把他的懒人沙发搬到屋子中间,打开电视,坐下来,沙发里的小球粒发出窸窸窣窣的声音。"行,"他说,"那就回见了。"

"塔克尔,我想请你帮个忙。"

"我就知道。你一说'哥们儿'我就知道了。今天叫我帮忙不太好,对吧?天哪,我真的很累!"

"但是……"

"我刚刚跟你讲了这一整天的事情。真是很不可思议。我消化不了其他的……"

"是我妈。"

"什么?"

我重复了一遍"是我妈",塔克尔突然就很有兴趣了。他爱我妈,说不定胜过自己的亲妈。

"她生病了吗?她还好吗?"

"嗯,塔克尔,这几年见过妈妈的人不多,你是其中一个。"

"是啊,我很感动。"

"你也知道,她大概是这片儿最胖的人了。"

"我去了州上办的博览会,看到一个男的,比她还要胖……"

"嗯,不过……"

"我想说,我见过的人里面她不算最胖的。我就想说这个。"

我给他讲了地板凹陷的事。

他说:"你妈妈才没有那么胖。"

"你亲眼看看就信了。"

"我明天过去一趟。"

我站起来,走到他的电视前,用身体挡住屏幕,把手伸到后面关掉电视。"妈妈今晚就需要你。"

我们往家里走去,路上在"恩多拉长队"买了包烟,这真是我见过最蠢的店名了。我走进去,叫麦琪还是乔什或是什么的店员递给我一包酷儿,我还没走到收银台,对方就把这个款项记录到现金进出机里了。有这么个一成不变的妈妈,倒也是有好处的。

进了屋，我们发现妈妈和艾米在看"新约会游戏"，阿尼在地上睡觉。

"塔克尔想和我一起玩牌，"我边说边把那包酷儿递给艾米，"或者玩玩飞镖。"

"玩飞镖小心点。"艾米说。

塔克尔招了招手说："嗨，格雷普夫人。"

妈妈刚刚选了三号单身贵族，双眼一动不动地盯着电视。她没理塔克尔，也没有谢谢我给她买烟。她的感激不是用嘴巴说的，是用实际行动表现的。我想，她感谢我的方式，就是把每一包里的每一根烟都抽光。

到了楼下，塔克尔张大了嘴。他震惊了。从下面看，那个凹陷的地板感觉更糟糕。他拿出卷尺说："我们得快点儿行动。这些梁随时都会断的。"他想跟妈妈聊聊，"看看她愿不愿意先暂时挪个地方。"

"她不会挪的，"我说，"还有，她要是知道自己在地板上弄了个大洞，肯定会崩溃的。特别是她钻洞的地方恰好就在我爸上吊的正上方。"

"啥？"塔克尔的脸上突然出现了神经质的表情，"就这儿？他们就是在这儿发现你爸的？"

"嗯。他就吊在那边的那根梁上。他下面有一摊尿，还吐得到处都是。"我指了指洗衣机和烘干机，"发现他的时候，他正摇来晃去，身体还有点儿温温的，但已经太晚了。"

塔克尔没听明白。于是我就解释，人死的时候，消化系统会最后放松一次。"你会把屎拉在裤子里，尿顺着腿流下来，如果你上吊的话。"

他说，不明白我怎么能这么冷冰冰地说这些话。

我说，如果你天天经历这些事情，时间长了，也就觉得很正常了。"而且，我在这儿哭哭啼啼的，什么也改变不了啊。已经这样了，他做了。现在最要紧的是，要是我们不快点儿采取措施，妈妈就会从上面掉下来。"

塔克尔预测说，下周初她就会掉下来。"很有可能今晚就会。"说完，他抓住我的胳膊，把我推了出去。

我说："你干吗啊？"

"她可能现在就会掉下来。"

上了楼，我们出门朝我的卡车走去。

艾米说："牌打得挺快啊。"

我扯了些"没有心情玩"之类的话，然后朝艾米眨眨眼，暗示她我们正在解决地板的问题。我猜她没有接收到我的信号，因为她说："记得去接艾伦。"

"好，好，好。"我说。

"拜拜，格雷普夫人。"塔克尔喊了一嗓子。

妈妈没有动。我突然想到，塔克尔爱我妈，也许就是因为她根本对他没任何兴趣。

* * *

我们上了卡车，突然听到阿尼的尖叫声。我赶紧跑回家里，心想一定是妈妈掉进地狱了。我猛地推开门，发现艾米正抱着阿尼，原来他刚刚做噩梦惊醒了。"没事，没事。吉尔伯特。你跟塔克尔去吧，好好玩去。"她边说边眨眨眼。

看来之前的信号她接收到了。

8

"要救你妈妈得好好规划一下，没有地板能承受这么……这么……"
"我懂的，哥们儿，我懂。但如果说有谁做得到……"
"谢谢。你夸我，我很高兴。"

塔克尔家到了，我停下车。还没停稳，他就跳下了车，喊道："我马上就开干！"喊完就冲进屋开始画图了。

我妹妹艾伦打工的店叫"冰雪梦"，还是"什么什么梦"来着。这家的冰激凌可以配甜筒、彩色苏打水、糖果、小糖粒、坚果、麦芽酒、果昔等。店门口安了铃铛，只要有人进来，就会叮当作响，真是神经病，娘里娘气的，烦死我了。

进入这家"什么梦"之前，可以先往里面看看，随便观察正在工作的女孩子。别让她看见你，你就能观察到她多讨厌自己的工作。你能看得出来，她想坐快车兜风，或者回家做指甲，反正待在哪儿都行，就是别在"梦"里。这时候你再推门，她会听到铃声，脸上会突然挤出一个微笑，像突然把拉链拉开了一样，仿佛不这样上帝就会把她的脸整个翻过来。突然间，她笑得像选美皇后，那么友好温暖，那么充满热情，那么幸福开心。

我把车停在"冰雪梦"门前，注意到三个女孩。其中两个都是胖乎乎的，不惹眼，正朝"梦"里走去。她们看起来很面熟。第三个女孩我倒没见过。她叉开双腿坐在男士单车上，一动不动，正盯着什么东西。这是个让人无法忽视的女孩。

她有一头黑发，浓密又顺滑，披在肩上。她的腿，我的天哪。从我坐的地方看过去，她真是惊为天人。她就像月光女神。

我停好车，关掉发动机，熄掉车灯，很慢很慢地把车窗全部摇下来。我呼吸很困难。这一切肯定都是我想象出来的。我四下观察,看是否身在真实的生活中。这是我的卡车,我的手也在。我的妹妹正在软糖机里舀东西。啊,是,这是真实的生活。

两个胖乎乎的女孩走进店里点东西,而让我痴迷的那个没动。铃铛叮叮当当响个不停,其中一个女孩把住门,以为单车上的那个女孩要进来。她正盯着"梦"那脏兮兮的白泥外墙上的什么东西,所以朝同伴挥了挥手,示意"不用了,谢谢"。

好了,吉尔伯特,现在就下车吧!

我想起自己身上还带着酒气,赶紧在车上储物箱里翻出点儿火箭炮口香糖,快速地嚼了嚼,然后慢慢关上车门。我的心跳得"咚咚咚"的,像在喷射血弹。几分钟以前我还那么冷静,简直像一具行尸走肉。现在,就几秒钟,我如此庆幸自己活着,同时又如此害怕。

她好像是在看什么虫子或者蜘蛛。我又挪近了一点儿,想看看她在看什么,也努力不去看她。我走得很近了,能闻到她发丝间的香味,看清楚她鼻子的轮廓和漂亮的双唇。她戴着黑框圆眼镜,奶油色的皮肤,完美无瑕的皮肤。

我见到了上帝,就是这个女孩。

我最好赶快说点儿什么。我的嘴巴干得不行。我在她身后往前走。她说:"螳螂。公螳螂偷偷爬到母螳螂身后。它想交合。要是不小心点儿,母的可能就会转过来咬掉它的头。它还会本能地继续交合。但只要一完事儿,母螳螂就会把剩下的都吃掉。螳螂就是这么交合的。有趣吧?我叫贝琪。"

她转过身,摘下眼镜,看着我。

"啊。"我只挤出这么一个字来。

"我是安阿伯人。我外婆住这儿,我是来看她的。我外婆很老了,头发都变成蓝色了。她很快就会去世。你想抽烟吗?"

"不用了,谢谢。我在戒。"

"真的呀。为什么要戒?"

"让我皮肤不好?牙齿也很恶心?"

"你觉得是的话,那我就觉得是吧。"她把一支烟叼在那完美的嘴唇之间,"抽根烟我就能感觉自己还活着,能帮我熬过一些事情。你懂吧,就是那种糟心事?"

我点点头,因为她无论说什么我都会同意的。她点燃那根烟,看起来就像杂志广告里的人。

"你喜欢我,对吧?"

"嗯。"

"你觉得我很美。"

我不想点头,但控制不住。

"我现在可能是很美,但总有一天我也会头发变蓝,皮肤上长满斑,安假牙,可能只剩下一个乳房。如果你想到这个还觉得不错,那我们就可以聊聊,一起出去玩。但如果你只迷恋表面的东西,这副皮相什么的,那我可能就得转过身,咬掉你的头,把你吃掉。"

我哈哈大笑,但不知道为什么笑。这个叫贝琪的女孩脸上一丝笑容都没有。她进了店,那该死的铃铛又叮当作响。我无力地靠在"冰雪梦"的泥墙上,心想,刚才是一阵风把我吹晕了还是怎么着?

接着我听到一声轻柔的"咔嚓",好像是什么东西在咬牙。我转过身,看到那只母螳螂抓住了公螳螂,后者的头已经被咬下来了。母螳螂在嚼,公螳螂在蠕动,我跑到车上,飞速地开走了。她本以为我会跟她进去的。我想我已经告诉她答案了。

停下车后,我脑中突然浮现出艾伦的脸贴在外卖窗上的样子。啊,天哪,我把艾伦给忘了。我必须回去。

天哪,天哪。

9

"那第三个女孩呢，跟着她们走进来的那个？"

"不知道你在说谁。"

"她……她……哎呀……你都看见她了呀！"

艾伦打开车上的收音机，叫我把车开快点儿。

"她的眼睛，她有一双深棕色的眼睛。她的头发就是那种颜色的……嗯，还有她的鼻子……斜斜的……"

"她穿的什么衣服？"

"这我不知道。我又不是时尚专家。"

"那我帮不了你。"

"你刚刚还给她端了菜！她……"

艾伦发出专属于她的尖厉的咯咯咯笑声，划破了夜晚的空气。我特意看了看她那边的车窗有没有锁好。没有，我内心真的希望手伸过去，打开门，把她一把推到车外面的大街上。

但我没这么做，只是说："我太谢谢你了，艾伦。"

"客气什么，我的好哥哥，今儿早上真的太谢谢你了。"

"不用谢。"

我今儿早上做了什么事儿吗？感觉是很久很久以前的事了，就像是一九八三年发生的。

"今儿早上的天气晒太阳最好不过了，"艾伦闭着眼睛却没闭嘴，"谢谢你毁了我的早晨……"

哦，躺椅的事儿。"哎，家人嘛，应该的。"

她的声音突然变得温柔，还有点儿沙哑，就像刚亲热完那种感觉。"我一直都不知道，你到底为什么要跟我对着干？真的，可能你觉得当我哥哥很遗憾，因为这样你就没法跟我约会。是不是因为这个，你才一直待在恩多拉？"

这问题我都懒得回答，太抬举她了。

"我们都希望地板能赶快修好。毕竟，你是家里的男人啊。"

"这话什么意思？"

"男人负责修东西。"

"啥？"

"女人负责煮东西，男人负责修东西。"

"哦。"

"这就是美国的规矩。男人有自己的事情，我们女人也有自己的事情，但是你，吉尔伯特，要是你不去修地板，那你什么也没有了。"

我加速了。

"艾伦，到家了。"

她打开副驾驶那边的门。顶灯被触发打开了，她才看清我晒伤了。

"哎，你就喜欢哪壶不开提哪壶，这种事你做得出来！"

"啥？"

"你可以晒太阳，我就不行。真是公平呢。行！"她重重地跺着脚进屋了。

我先坐了一会儿。

坐在卡车里，我能看到艾米和妈妈一起在看电视。屋里没开灯，只有屏幕闪烁发出的光。楼上艾伦房间的灯亮了。她脱掉了那件"冰雪梦"的白色腈纶制服上衣。她没拉上百叶窗，应该是希望我能看见她。我没看，而是专心研究起我们这栋房子。挺大，有点儿白。屋顶的瓦得换了，所有的地板都在塌陷，门廊也是斜的。无论里外都急需重新刷漆。爸爸在和妈妈结婚那年亲手修了这栋房子，为了纪念他们的婚礼。怪不得现在是这副鬼样子。

我正往门廊那边走,艾伦突然打开她的窗户,问我想不想看看躺椅悲惨的残骸。"死都死了,我没心情看。"我边说边进了门。

屋里的电视正在插播广告,艾米和我妈看电视时最喜欢的就是广告。我转身朝厨房走去,但也不知道为什么要去,于是又转过身,迅速朝楼梯走去,希望不要跟任何人接触就能回房间。但我遇到了阿尼,他在大衣柜里睡着了,嘴巴周围有一圈巧克力渍。我没有把他弄醒,而是伸出双臂费力地把他弄起来。这孩子越来越胖了,我的胳膊本来就被太阳晒伤了,这会儿一用劲儿就有点儿痛。

咱们上楼去。

我伸脚踢开他房间的门。他睡在双层床的上铺,因为觉得那里就是天堂。我们曾经同住这个屋,后来有个格雷普搬出去了,我就有了自己的房间。阿尼的房间里全是玩具,有条小路弯弯曲曲地通向他的双层床。每天早上都是艾米给他铺床。

我把他放在下铺,把上铺的床单整理好,扯掉他的鞋袜,开始把他向上举。这时候,阿尼爆发出一阵咯咯的笑声。我假装没听到,因为阿尼就想这么玩。但他说:"我没睡。我骗到你了。"我把被子给他掖好。"我骗到你啦!"他大喊。

我关掉他房间的门,一句话也没说。我下楼去说晚安。艾伦站在厨房里,拿着一把塑料勺子搅着她的酸奶。她负责清洗的碗盘几乎算是没洗,就连她也没法用那些来吃东西。

我走到客厅,艾米正拿着遥控器在五频道和八频道之间切换。妈妈则在喃喃自语:"让我看着儿子满十八岁。这个要求不过分……"

"不过分,妈妈。"艾米说。

"让我说完。"

"不好意思。"

妈妈停下来,肥厚的舌头伸出嘴巴,就像《国家地理》那些专题片里放的，鲸鱼浮上水面呼吸空气一样。"搞得我都忘了刚才说什么了。"她抬头看见了我，眼珠子瞬间就凸出来了，头猛地往后一靠，接着脸上的表情稍微和缓了，"天哪！"

"啥？"

"吉尔伯特，我的天哪。慢着……"

"怎么了？"艾米一边说一边把电视调成静音。

"有那么一瞬间我以为你是阿尔伯特。我差点儿就叫你阿尔伯特了。"

"没事，妈妈。"艾米说，"吉尔伯特看着是有点儿像爸爸。"

"有点儿？他俩就是一个模子刻出来的。"

我真不应该下来说晚安的，是哪根筋抽了啊？

妈妈的嘴唇伸了出来，又塞了一根烟进去。她肥硕的手指急切地要点燃火柴。她擦了好久也没点燃，于是拿起另一根。艾米伸出自己日渐发胖的手去帮忙，但妈妈紧紧拽着火柴，大笑一声，双脚重重地跺着地面。桌子摇晃着，一张画掉了下来。

"别这么跺脚！"我喊道。

妈妈停下来，把没点燃的烟给按下了，生气地瞪着我，又从烟盒里拿了一支烟。

"这是我的家吧，吉尔伯特？"

我点点头。

"我想也是。艾米，这是我的家吗？"

"是，妈妈。"

"艾伦？亲爱的，过来。"

艾伦拿着酸奶出现了。"嗯？"

"这是你妈妈的家，是吧？"

"这是我们的家。"

"但我是当妈的,对吧?"她们都点点头,"艾米、艾伦,姑娘们,你们说,我可以在自己的家里跺脚。"妈妈嘴里还叼着那根烟,她边说话,那根烟边上下晃动,"你们说,我在自己的家里,想干吗就干吗。为什么呢?你们觉得我为什么想干吗……"

"因为这是你家。"两个人都迅速回答。

妈妈看着我。

我说:"不好意思,对不起。"然后往楼梯走去。

"你爸爸就老这么说,对不起。我还以为他就叫'对不起'呢。你看到他说'对不起'是什么下场了吗?"

我想尖叫着说:"妈,那你就跺一晚上脚吧,把地板给弄穿吧!"但我没叫,只是说了声"晚安",然后一次两级地上了楼梯。

电视不再静音了,我听到里面传来录音棚的观众为哪个脱口秀演员鼓掌的声音。我站在卫生间的镜子前细细地看自己的脸。晒伤的皮肤,红得都发紫了。我在手上挤了点儿面霜,抹在脸上,希望能让自己稍微冷静一下。我的脸颊、鼻子和下巴都变得滑滑的。电视里鼓掌的声音更大了,我鞠了个躬。

10

阿尼在床上。艾伦在房间里听唱片。艾米在楼下安排各种零食,好让妈妈晚上吃。我盖上楼上的马桶盖,坐在上面打电话。

"怎么了,塔克尔,怎么了?"

"吉尔伯特,情况很不好。"

"什么不好?"

"地板。"

我也不知道该说什么。

"情况都变了,"塔克尔说,"你妈妈比我上次见的时候又胖了一倍。"

"我知道。"

"她就像气球一样,真的。"

"我知道啊,塔克尔。你觉得我还能不清楚吗?"

突然,有人猛烈地敲卫生间的门。

"吉尔伯特?吉尔伯特!"

是艾伦。

"开门,请你开门!"

"到楼下去。"

"我不要去楼下!"

塔克尔被她的尖叫惊到了。"谁在喊啊?"

"我那个小贱人妹妹。"

"倒是提醒我了。你就不能安排我跟她约个会吗?帮我安排安排。"从艾伦九岁起,塔克尔就想跟她约会。这么多年了,有求于他的时候,我就用承诺贿赂他,说以后某一天他能跟她出去约会。

"吉尔伯特,开门啊!你不懂。卫生问题,十万火急!"艾伦站在门口尖叫着,"艾米!艾米!"她捶着门,踢着门。声音可真大啊。

于是我说:"你确定想跟这个女的约会?能弄出这种噪声哦!我妹妹就是行走的噪声。"

塔克尔在那边听着,但没有受到任何影响。

阿尼也尖叫起来。他再也不会乖乖盖着被子躺在床上了。

"我这个年龄的女孩!我们……会流血!"

我把手伸到水槽下面,摸到那个粉蓝色的盒子,拿出外面有白色包装的棉条,慢慢从卫生间的门缝递出去。艾伦迅速抽走跑开了。其实她轻轻问一声就行了啊。

"地板的事儿,塔克尔,你有没有办法?"

"我倒是画了图。但我很担心,为你妈妈,为你们家那房子,为你。"

"是啊,哎,我们能做的也就这么多。"

我听到阿尼的手指在卫生间的门上嗒嗒嗒地敲着。"稍等,塔克尔。"我打开门,放他进来,又关上门,迅速锁上。阿尼笑了,就像当了某个秘密俱乐部的成员。

我说:"你刚才说到哪里了?"

塔克尔继续道:"我设计了一个方案,我觉得只有这个办法能救她。"

"行,太好了。"

"明天我们去弄木头。"

"行。"

"要花钱哦。"

"花多少钱我们都给你。"

"哦,我是不要钱的。要钱的是耗材。我免费为你们服务啦。"

阿尼扯扯我的T恤,我把他的手推开了。他拉了一下马桶的冲水把手,卫生间里充满了冲水的声音。塔克尔问道:"你在拉屎?"

"没。"

"说谎。我都听到冲水的声音了。你就是在拉屎。"

"但是我……"

"我希望你能承认。我们之间要坦诚哦。"

"但是……"

"我听到冲水的声音了,吉尔伯特。你可骗不了塔克尔·范·代克。"

"明儿见,塔克尔。"我挂了电话。

阿尼拍拍我的胳膊。"吉尔伯特?嘿……"

"咋了,老弟?"

"睡不着。"

"那也要睡啊。"

"但我睡不着啊。"

"明天可是大日子哦。我们明天要去骑马呢。"

"可以玩很久,对吧?"

"嗯嗯。"

"嗯,那我们现在就可以去嘛,现在就骑马。"

"马都在睡觉,老弟。你也该睡了。"

"哦。"

"你知道吗,明天他们给我放假哦。"

"哦。"

"你知道为什么吗?因为兰姆森先生想让你好好玩。他还出钱给你买票呢。"

"是因为马马?"

"嗯嗯。"

他转身去睡觉。

"晚安,阿尼。"

"晚见。"

"是晚安,阿尼。不是晚见,是晚安。"

"嗯。"

"离开的时候说'再见'。"他总是搞混这些说法,"你又不去哪儿。"

"嗯。"

他沿着走廊回房间,我看着他宽大的双脚和乱蓬蓬的头发在晃动。他放了屁,等味道散了我再出去。

去年圣诞节，我用自己那套木工工具给他做了个牌子，写着"阿尼的地盘"，然后钉在他门上，这样他就能找到自己的房间了。

我去房间看他，他躺在床上，双腿举起，双脚顶在天花板上。我把他的灯关了。

"晚安。"他在黑暗中说。

"对了，老弟。晚安。"

很晚了。我睡不着，因为阿尼正在有节奏地撞头。如果你阻止他，说这对他不好，他也会点头表示同意。但接着，不到一小时（我保证），你又会听到他在床上撞头的声音，这时就会明白，你努力想教他这个，但他没听懂，也学不会。于是，你就想死。哦，不，我是想说，你连死的劲儿都不想费，你就希望自己不存在，要是能一下子消失就好了。

我房间里没有钟，所以也说不清究竟是几点了。但肯定是半夜了。我晒伤了，手和脸都干得不行。我的高度超过了床的长度，所以脚就吊在床边。我躺在床单上，只穿着内裤。这大晚上的，又干燥又闷热。这段时间的天气让农民们很担心。已经好几个星期没下雨了。我的老板兰姆森先生说，这是我们自己破坏地球生态平衡的下场。他说都怪汽车尾气和大楼里的空调，还有砍伐热带雨林。

我总觉得，爸爸自杀，是因为以后的日子一眼就能看到头。他们都说，他以前是个满怀希望的人，都说他总在伸出援手，喜欢赞美别人，对谁都好言好语的。他上吊的时候，我七岁，不怎么记得清了。就算记得什么，我也成功地忘了。

艾米总说，就算日子再漫长再难熬，他也会露出笑容。

他在地下室吊死这件事，在镇子里掀起的风波不亚于肯尼迪总统被刺。这是艾米有一次对我说的。

057.

过去两个星期，至少有五个人叫我"阿尔"，我总回应说，我是吉尔伯特·格雷普，不是阿尔伯特。但人们总是相信自己愿意相信的东西。他们就那么呆呆地瞪着我，好像我是什么怪胎。"对，"我很想尖叫，"我长得像他，但我不是他啊。"

我爸爸仅剩的几张照片放在床底下的鞋盒里。鞋盒周围是大量的有关猫王的书，还有些关于猫王的纪念品，数量相对少些。爸爸的照片就这样被藏起来，好像一个可怕的秘密。

楼下，妈妈在换频道。她喜欢把电视声音开得很大，一整天都能听见。你要么让自己习惯，要么走人。

我坐起来。我房间里没有贴任何海报、照片。我喜欢什么都没有的墙。我往窗外看有没有月亮。今晚没有。

我睡着了，做起了梦。

阿尼带我去一个餐厅。我发现他比我壮很多，看上去特别自信。我说："但是，阿尼，你是个智障啊。"他说："不，我比爱因斯坦还要聪明。"他笑了，牙齿特别整齐洁白。我说："怎么回事儿啊？"他说："吉尔伯特，给你汉堡。吃吧，很好吃。妈妈也吃了，都把她给好吃哭了。大家看这边。"我转头一看，一张长桌子，全家人都坐在那里。他们都在挥手，擦着下巴上的汉堡酱汁。他们都在哭。"但是我不饿啊。"我解释。"把汉堡吃了。你得吃。"他按住我的胳膊。接着出现了"冰雪梦"前的那个女孩子，就是那个贝琪。她拿着一个巨大的汉堡，一边慢慢朝我走来，一边说："真好吃啊。"我发现她在勾引我。她说："你会爱上它，你会希望一直咀嚼它。"我悄声说："我相信你。"于是张开嘴要咬。"最棒的是，吉尔伯特，这东西吃了就会哭。""不！"我喊道，"不！！！"

我房间的灯开了。

"吉尔伯特？"

我整张脸都皱起来了,还不能适应灯光。我遮住了眼睛。"怎么了?"

"你又在梦里喊叫了。"艾米说。

"是吗?"

"嗯。"

"哈,好玩。"

"你没事吧?"

"我没事。"

她关了灯,说:"你肯定是在做噩梦。"

"啥?"

"噩梦。你在做噩梦。"

"哦,"我说,"我做的是噩梦啊?"

第二部分

11

每年都是同一匹马。白色的高头大马。阿尼连续骑了二十二次了。

负责旋转木马的人在木马之间走来走去,穿过整个设施,停在我面前。他看着那些马,对我说:"你那个骑马的朋友……"

"你是说我弟弟吧。"

"你弟弟啊,必须得这个……让一让。别人也想骑那匹马。哥们儿呀,白马是大家最喜欢的。"

我四下看了看。"很有可能,但没人排队啊。"

"这不是重点。"

我看着眼前这个油腻的肉球,参差不齐的牙齿,全身都是文身,也不知道他有没有说到过重点。"那你想说什么?"我问。

"我的重点嘛……就是,别人至少也应该有这个机会吧。应该给他们这个机会。"

塔克尔不知道从哪里冒了出来,拿着一团云一样巨大的粉色棉花糖。"吉尔伯特,他们刚刚让我去负责深水炸弹。"他撕下一片糖,朝我这边挥了挥。

"谢了,我不吃。"

"我牛仔裤里面刚好穿了泳裤。运气是不是很好?对了,你想不到吧,今年他们安了个麦克风,我就可以朝那些人喊话了。他们把棒球扔过来,打中红点,塔克尔被炸掉了。拿着。"他把棉花糖硬塞给我,半走半跑地去了深水炸弹那边。

我继续跟那个工作人员周旋，说："我弟弟特别特别喜欢那匹马。"

"但规定……"

"他每年都眼巴巴地盼着这一天。他的生活中只有这个指望了。"

阿尼转过来了，用手比枪向我射击，喊道："你死了，吉尔伯特。你死了！"

"你好好看看他，"我说，那个人照做了，"你有没有发现他的头型有点儿奇怪？"他点点头，"我弟弟……嗯，他本来和普通人一样聪明的……但去年夏天他从马上摔下来了……头被踢了好多下……就是白马……呃，所以他的头才这么奇怪。我弟弟来骑你们这个马，是战胜了他的恐惧。而你呢，你今天在不知不觉中送了他一份大礼。你给了他活下去的理由，康复的理由，继续走下去的理由。"

我请这个人来点儿棉花糖，但他摇了摇头，表示没什么胃口。

"我们最好从他那里抢走那匹马，因为这对其他孩子不公平……其他孩子马上就要来了。对他们来说不公平。人生什么时候公平过呢？这一轮一结束，我就把我弟弟弄下来。你放心吧。"

"哦，天哪。"这个人说，"别。天哪，天哪，他应该免费坐才对。"

"但这不公平……"

"就别提公不公平了，你懂吗？这孩子，你弟弟，天哪，天哪。他可以免费玩。我刚刚拍板了。就让他一直骑着那匹白马。一直骑着。"他擦了擦眼睛，重新振作起来。

我们看着阿尼转了一圈又一圈。他拍拍马身子，催它跑快点儿。

"我叫吉尔伯特·格雷普，"我说，"我弟弟叫阿尼。"

"我叫雷斯。"他边说边做好回去停下这一圈的准备。

"吃不吃？"我伸出棉花糖。

"不吃，我不能吃。"雷斯说。

"吃点儿呗，帮我吃。"

他吃了。

免费坐了七圈之后,我朝阿尼走过去:"嘿,老弟,转圈圈累不?"
"不。"
"我光是看着你就头晕了。咱们歇会儿,好不好?"
"不。"
"嘿,我们要不上天玩,上去看看?"
"不。"
我想把他从马上拉下来,但他一点儿也不让步。雷斯看到我们在拉扯,问:"怎么了?"
"一直这么转着圈儿,我得歇会儿。"我说,"我得上去,去比这高的地方。你懂吗?"
"特别懂。"
"嘿,我是这么想的,"雷斯从一个孩子手里拿过一张票,然后朝我喊道,"我帮你看着他。他有我看着,不会有事儿的。"
我朝他竖起了大拇指,走下来,又一轮开始了。那个智障根本没看到我走开。我对自己说,啊,终于自由了!
我穿过嘉年华拥挤的人群,经过旋转椅、章鱼车、各种游戏设备、玩宾果猜谜的帐篷。一路上遇到的基本都是熟人。他们说"嗨",我也说"嗨"。我经过深水炸弹池,只要有人经过塔克尔就要挑战。他身上还是干干的,不是因为人们打不中,而是因为还没人来玩。他看到我,兴奋地喊着:"吉!尔!伯!特……"我迅速从他的视线撤离。
我走到一个摊位前,买了七十五美分的票,刚好有零钱。我转头,迎面被一个蜂窝头遮挡了视线。我低头一看,她的痣好像比昨天又大了一点。我说:"嗨,梅兰妮。"

"你在躲着我,是不是?"

"没有,怎么会呢。"

"你刚才在旋转木马那里看见过我。"

"是吗?"

"是啊。你没看见我向你招手,叫你过去吗?"

我肯定是把她的头发错看成棉花糖了。"没有,没看到呀。"

"哎,你就是朝我这边看的呢。你这是有点晒伤了,我懂了。昨天你没去见面,感到抱歉吗?"

"应该抱歉吗?"

"应该啊!失约很没礼貌,也不像成年人干的事情。你甚至都没打个电话道歉。"

"对不起。"

"别跟我道歉。你要见的又不是我。"

我叹了口气,抱着头。我只是想坐坐摩天轮。快来个人,或什么东西,把我弄上去,离开这里吧。

"你想重新安排个时间吗,吉尔伯特?"

"嗯。明天吧。"

"明天他下午晚点要去教堂的营地接儿子,会是很忙的一天。他是个大忙人。但是你按之前的时间来吧,下午两点。他能见你就会见你。"

"好,很好,好的。很期待。"

"别又忘了。"梅兰妮伸出两个食指交叉在一起晃了晃,好像在责备我;又笑了笑,表示一切都过去了,接着摇摇摆摆地走了。她穿的名牌牛仔裤太紧了,那丛头发又太大了,太鲜艳了。

"给你票。"一个留着小胡子的光头管理员示意我坐下,保险栏杆弄好了，他提起挡板，我就上去了。每当有下坠的感觉时，我的大腿内侧就感到一种凉飕飕的刺痛。所以，今晚在这个摩天轮上，我的感觉很奇妙。

我闭着眼睛往上十次或十五次了，到最高处停下来时，睁开双眼看了出去。太阳下沉了。嘉年华的灯光把夜空染得五颜六色。在这么高的地方，我能看见自家那栋疲惫的房子、过去的学校，还有"冰雪梦"。我甚至还能看到远远的"美食天地"停车场的灯光。我又朝下面看，有人帮一个男孩和妈妈走下摩天轮。管理员提着一桶水，朝他们的座位上泼过去，应该是谁吐了。我检查了一下自己周围有没有谁吐剩下的东西，好在这个车厢，或者说车篮，反正不管什么名字吧，倒没什么污点，卫生状况算这种设施里面很好的了。我被暂时困在这里，继续四处瞭望。我发现旋转木马的顶棚上有裂缝，这事儿应该告诉雷斯。深水炸弹那边，塔克尔身上还是干的，没人来甩球。旋转椅那边排起了长队，不过一向都是如此。有的孩子在玩气球游戏、投篮和模拟吊车。

我继续观察着下面的工作人员清理呕吐物的情况，突然看到一个人骑着自行车过去了，是男士自行车，但上面坐着一个女孩。她穿着白T恤、蓝色牛仔裤，黑发飞扬，像马儿的鬃毛。车轮颠簸了一下，又继续前进。我注视着这个女孩骑过那些游戏设施、各种车之类的。我的车厢经过操作员时，我说"我可以下来了"，但他只是挥挥手，好像我刚才是在称赞他还是怎么着的。她朝章鱼车骑过去，经过爬爬车、爆米花摊和枕头大战屋。"让我下来！让我下来！"我尖叫道，本想装得满不在乎，但根本做不到。管理员伸手搓了搓鼻子，吐了口痰。

我又到底部了，想要继续上升。那个女孩正踩着自行车踏板朝摩天轮这边过来。她停下来，研究了一下。等我到达和她面对面的位置，都已经做好打招呼的准备了，但她又不见了。

她不见了。

又过了五分钟，我才终于下来了。

我谢谢操作员带给我"很棒"的乘坐体验，又压低声音说了句"混蛋"。那个密歇根女孩离开了，我能感觉到。我到处找过了，没有她的影子。连自行车的踪影都没有。

"谢谢你帮我看着他。"我边说边指着棚顶的裂缝，雷斯点点头，好像早就知道，"好了，阿尼，该让马儿休息休息了。"

"但我的马儿又不累……"

"阿尼！"

"但是……但是……"

"说晚安。"

阿尼抱了抱自己的马儿，又去亲马儿的鼻子。

"阿尼，行了！"

我抓住他的手，把他拉走了。

给他买了些太妃糖之后，我们正要走，突然听到有人很大声地在喊："吉尔伯特·格雷普[①]是个葡萄！吉尔伯特·格雷普是个葡萄！"

是塔克尔，还是没人去扔他。我在大概七十米开外的地方朝他竖了个中指。

"牛×啊，你这个葡萄。你还真牛×啊。"

阿尼满地乱跑，不知道这个声音是从哪儿来的，大家都看着我。而我呢，暗自希望那个叫贝琪的女孩子也在隐秘的地方看着，于是摆出一副很酷的样子朝塔克尔走去。阿尼跟在我屁股后面。

---

① 格雷普（Grape）这个姓也有"葡萄"的意思。

"哟，牛×先生来了！哎哟哟哟哟哟——我好怕呀！"

一美元三个球，我付了五美元，可以扔十五次。六次都没打中。一群人慢慢围拢过来，但还是没看到那个女孩。塔克尔说话越来越快，越来越难听。我朝他不偏不倚地扔出第七个球。铁丝围栏保护了他，但能吓吓他感觉不错。围观的人也喊得越来越大声，有一半想让塔克尔"湿身"，另一半则不想。八号到十一号球都差得很远，但第十二次是正中红心，不过塔克尔没掉下去。

"你还得再用力，使劲儿甩啊！你这个软蛋！你这个瘸子！"

他这是在借机羞辱我啊。大家都哈哈大笑起来，我突然怒了。塔克尔尽情地拿我的名字、我的头发长度和我卡车上生的锈开玩笑，通常我都可以不予理睬，但这种情况下不行，今天不行，现在不行。十三号球从我手中滑落了。我弯腰去捡，阿尼则弯腰从锯木架下面穿过，直接跑向塔克尔那边。塔克尔看到了，但还没来得及站起来，阿尼就点了红心，拖拉机轮胎做成的座位掉了下去，塔克尔掉进了水里。大家欢呼起来。

胜利，以阿尼·格雷普的方式取得了胜利。

我在"冰雪梦"给这个傻弟弟买了麦芽冰激凌，作为奖励，也是庆祝。我们开车回家。他早早上床睡了，因为骑"马马"累得他筋疲力尽。我躺在床上，满脑子都是那个密歇根女孩。我脑中出现了完美的幻想。

12

第二天一早，我去上班，讲述了阿尼的嘉年华历险。兰姆森先生笑得眼泪都出来了。"你那个弟弟啊，真是好孩子。"他说。

我正在打扫四号过道，贝蒂·卡佛夫人手里拿着一盒黄糖过来了。

"吉尔伯特？"

"是的，卡佛夫人。我知道，卡佛夫人。我约了今天下午两点见面！"我说得很大声，因为兰姆森先生肯定在听。他来到她身后，一脸困惑的样子。

"我上次失约了，很抱歉，我今天会去的。真的很抱歉，卡佛夫人。"

她把那盒黄糖递给我，问："多少钱？"

"啥？"

"盒子上没贴价签。多少钱？"

"哦。"

兰姆森先生说："肯定是贴上去以后又掉下来了，因为吉尔伯特从来不会漏贴的。"

"我不是来责怪谁指责谁的，"她说，"我就是来买盒糖。"

兰姆森先生拿过那盒糖，和她一起去扫价签。她走出门时，看了我一眼，我摇摇头。

"别担心，老板，我会利用中午吃饭的时间去赴约的。"

"没事的，孩子。"

"我星期三状态很糟糕，现在一切都乱套了。"

"生活就是这样。"

到我的午饭时间了。"恩多拉存贷"外墙上的挂钟显示着1:55，又眨了下眼，显示温度97度①，1:55，97度，1:56。我开车经过保险公司的办公室，看到卡佛先生的车。不过我没停，沿着厄梅街一路开，往南出了镇子，又开了将近四千米。我在波特桥左转，又在木瓦

---

① 指华氏度，97华氏度约合36摄氏度。

信箱那里右转，一路上的速度都要破纪录了。来到一栋安了绿色百叶窗的两层楼农庄，我开进车道。红砖车库的门开了，仿佛血盆大口，急不可耐地要吞掉我和我的卡车。我把车停进去，又用手当梳子，把发型弄得帅气了些。她就在旁边的门廊上看着我，样子挺好看，手里拿着车库的遥控器。她按了按键，车库门慢慢关上，我只得弯下腰，才及时出来。

"你的发型挺好看的。"她说，转身进屋去了。

我笑了，但心里想的是"又来了"。很快我俩都进屋去了。现在看来这么小心谨慎真是荒唐，但多年前我们刚开始的时候，也只能这样。卡佛一家搬到乡下之后，我觉得就没什么保密的必要了。但贝蒂·卡佛夫人尊重传统，而我想，这就是我俩的传统吧。

她穿上了那种能轻轻松松四处走的家居服，头发像是故意用梳子梳得随意蓬松。她涂了鲜红的口红。她身上散发着一股昂贵香皂的味道，她的牙齿白得发亮。她的样子和她的名字一点儿也不搭调。她出生在大家都喜欢旺达、多蒂、贝蒂这种名字的时候，这不是她的错。但瓦娜莎或宝琳这样的名字跟她更搭。

"你手上沾了面团什么的。"我说。

"我在做饼干。"她洗了手，然后在印花毛巾上擦干。她拿出一个厨房计时器，设了十八分钟。

我说："烤饼干要这么久啊？"

"这不是烤饼干的时间啊，你还不知道吗？"

"我知道。但十八分钟不是有点儿奇怪吗？"

"我喜欢奇怪的时间。"贝蒂·卡佛夫人从没像今天这么胸有成竹。我们上次……那啥……随便你说是什么，就是上次在这里做马上要做的事情，已经有段时间了。

"你在做什么饼干？"

"燕麦。"

"哦。"我说。怪不得周三买了桂格燕麦,今天买了黄糖。

"今天我演技很好,是不是?周三也很棒呢。演得像模像样的,谁都没起疑。没人起疑,也不会有人起疑。"

我告诉她,应该多给我点儿信号。

"周三。我本来周三就想见你的。"

计时器"嗒嗒嗒"地走着。

我刚开口想说"现在我已经来了,对吧",而贝蒂,看上去和贝蒂·卡佛这个名字不搭调的贝蒂,恩多拉唯一保险从业者的老婆,托德和道格那两个总是满脸鼻涕的男孩的妈妈,伸出她洗得干干净净散发着肥皂味的手,蒙住了我的嘴。这种时刻就别说话了。

她指着吧台上的一张小字条,我按照纸上写的号码拨号,她把发夹取下来,解开衬衫的扣子,脱掉,然后掀开我的T恤,亲吻我的肚子,红色的唇印留在上面,仿佛一道伤痕。

"正在拨号呢。"我说,希望她能等我完事儿再说。

我好像是拨错号了,于是挂上电话,她咯咯咯地笑起来。我又拨了一次。

"电话响着呢。"我说。但贝蒂·卡佛夫人根本停不下来。

"卡佛保险,下午好。"

"梅兰妮,嗯,嗯,……我是吉尔伯特·格雷普……两点整,对,我知道……我要迟到了……遇到点事儿耽搁了……"

"吉尔伯特,我就知道。"听得出来,梅兰妮很生我的气,"好吧,那卡佛先生应该等你到什么时候?"

"很快,很快的。"

"多快?我们的时间很紧,我需要一个准确的时间。你真让我失望。"

"失望的不止你一个。"

梅兰妮说:"又要来一次星期三的事儿吗?这就是你的套路吗?卡佛先生今天晚点家里有事,你懂吗?"

我发出一声"天哪"。

"不,不是天,吉尔伯特,是你。你得给个准信儿,我正等着呢。"

"可能比我想得要长。"

"吉尔伯特,你怎么回事儿!"

"好,好,十八分钟!"

"行,吉尔伯特,那我们就两点二十四分准时见。"

贝蒂·卡佛夫人前所未有地热情,我却想着那个密歇根女孩,安阿伯的贝琪,迷死人的贝琪。梅兰妮还在喋喋不休地教育我该负责任,我正要挂断,贝蒂·卡佛夫人的牙齿咬到我了。

"啊!"我喊道。

梅兰妮问:"有什么事儿吗?"

"没有,没事儿。"

"是家里的事儿吗?"

"什么?"

"你不能准时来是因为家里的事儿吗?家里一切都好吗?"

"梅兰妮,我没事,得挂了。"

"但如果我能给卡佛先生一个理由,他会比较开心。能有理由他就会理解了。"

"告诉他,都是我的错。"

我挂了电话。

贝蒂·卡佛夫人抬头看着我,眼里满是抱歉:"我应该再温柔点儿。"她又开始了。

"停下吧,求你。"

"有时候时间就是要长一些。"

"停下。"

"是因为我吗?跟我讲讲有什么不对。告诉我。"

"不是你。"

"再给我点儿时间,会好的。"

"不是你。"我说。

计时器还剩下八分钟。她萎靡地躺在地板上。今天应该完事儿了,我想。我俯身去吻她的额头。她想拥抱,但我满脑子都是那个新来的女孩,还真难做得出来。

她低声说:"我让你开心吗?"

我耸了耸肩,淡淡地说:"嗯,开心啊,开心吧。"

剩下的八分钟,我们尴尬地拥抱着。计时器响了,她突然流泪了。

"我要走了。"

"我知道。"

"求你别哭了。"

"我会不哭的。"

"你老公很快就回家了。"

"我会不哭的。"

我往外走,她悄声说:"希望我让你快乐。我想让别人快乐,就一次也好。让谁快乐一次就好。"

纱门关上了。我开车走了,贝蒂·卡佛夫人强颜欢笑着挥手。

不知道等我八十岁的时候,还会不会温柔地想起她。我想会的。我可能会觉得她是我最棒的际遇之一。我可能会想重回这些日子。

13

"吉尔伯特,见到你很开心哦。能看到你这张脸很开心。"卡佛先生招手让我进去,看样子有点儿怒气冲冲的。有两张棕色的皮椅面朝着他的办公桌,他示意我选一张坐下。看他做这些手势,我有点儿好奇,他以前是不是指挥过交通啊。

我说:"你的手势真棒啊,卡佛先生。"

"真的吗?"

"很确定,先生。"

"嗯,我很爱人类的手,这应该是我最欣赏的东西了。"他伸出手,手指朝四处晃动着。卡佛先生就一直这么晃着,直到这场景把自己逗得哈哈大笑。"贝蒂跟我以前住在贝恩,那时还没生孩子;我觉得你肯定会觉得这事儿很有趣。当时那边有个男孩,神童,八九岁的样子。好像是中国人还是日本人,钢琴弹得特别好。这是个天才儿童,但他父母都是白人,他是被收养的。这对父母给这孩子的手上了五十万美元的保险。你想都不敢想吧?"

他看着我,想得到回应,而我只想向他道歉。

"人类的手能有多么了不起,这难道不是个很棒的例子吗?还有大家投保的东西是不是也很惊人?证明了特别的东西都需要保护!天哪,我觉得自己很有用呢。你想做个有用的人吗,吉尔伯特?你有没有考虑过干保险这一行?我可以带你入行。你就跟那些购物袋说拜拜吧。"

"啊!"我能说出口的就这么一个字。

"这工作不错。我有一栋房子,两个孩子。我们有两个孩子,而且是两个儿子。我们要买一张蹦床。你一定得来家里玩玩。我们是为了国庆日订购的。我的儿子们想要游泳池,这个我虽然给不了,但至少可以买一张蹦床。哎，天哪，我可不是医生，哈维医生是买得起游泳池的。我家嘛，就只能用蹦床凑合了。"

卡佛先生继续喋喋不休地说着这张新蹦床比游泳池好上保险，他那无底洞一样的脑袋想到什么就说什么。我呆呆地盯着他。以后我会变成这样吗？

他桌子后面挂着棕色的木头相框，是最近才拍的全家福。每年圣诞季，"恩多拉存贷"都会免费给顾客拍张全家福。我们很多年没拍了，主要原因是妈妈太胖了；我想可能还因为，在我们眼里，"家"是别人才拥有的东西。

照片里，卡佛先生坐着，咧着嘴；两边各站着一个儿子，孩子们翘着嘴角，挤出微笑；贝蒂夫人站在他们后面，面无表情，眼神悲伤。

我想抓住他的衬衣领问："你有没有留意过你老婆的眼神，混蛋？"但我没这么做。他还在滔滔不绝地唠叨。电话响了，他的话还没说完，只好停下来。他说："等等，吉尔伯特……"他靠在椅子上，闭上了眼睛。他先等着梅兰妮在外面接。电话铃响一定是为数不多的他别无选择只能等的场景。

梅兰妮的假指甲轻轻地敲着办公室的门。"卡佛先生？"

"我在跟吉尔伯特谈话呢，你知道的啊。"

"我知道，先生。"

"最好是要事。"

"是您夫人。"

"跟她说我在开会……"

"好像是很重要的事。"

"行吧，行吧。吉尔伯特，等一会儿，行吧？"

我耸了耸肩，说："没问题。"但内心深处却喊了句"糟了"。

他拿起听筒："嗯，贝蒂，怎么了？"

我四下看着,装出一副没在听的样子。

"啊啊,啊啊,冷静,冷静!"他把椅子一转,尽量背对着我,"不是。对,我在开会,跟吉尔伯特·格雷普,对。"卡佛先生顿了顿,没有转过身来看我,说,"吉尔伯特,我老婆问你好不好。"

"我,嗯,还可以。"

"他还可以。嗯啊。这事儿跟吉尔伯特有什么关系?"又是一阵沉默,"亲爱的,别哭了,求你了。跟我好好说说。"

卡佛先生的声音小到几乎听不到了。他的后颈越来越红。

"我当然失望了。我当然伤心了。"

他大汗淋漓。这么强壮的一个人,肯定不怎么费力就能把我胳膊卸了。

"嗯,我担心的是孩子们。我们怎么跟孩子们说呢?这一切都是为了他们。我满脑子想的都是孩子们。一切都回不到过去了。冷静,贝蒂。不然我就回家了。对,我现在就回家。现在就回,这事儿不可能在电话里谈。"他挂了电话,一动不动地坐着。天哪。他用脚踢得椅子乱转。卡佛先生盯着我,脸上的笑容和那张照片里一样。"出了点儿事,我得走了。"

他迅速出了办公室。我站起来,茫然地跟着他。梅兰妮正在跟我说什么重新安排的事情,但我无心听她说话。我开门要离开,铃铛叮叮当当地响。外面的热浪滚滚而来,确凿无疑地告诉我,这并不是个噩梦。

"吉尔伯特,"卡佛先生站在他的福特费尔蒙旁边问我,"能开车带我回家吗?"

我停下来,站定,犹豫着该怎么回答。我心跳加速,感觉额头冒汗。

"我现在没法开车。"他露出微笑,我似乎没得选。

"但是……"

"如果不是急事的话……"

我们上了我的卡车,他伸手去摸安全带。"我把安全带拆了,"我说,"总是碍事。"

他花了好一会儿教育我什么是安全风险。"你要是不把安全带装回去,我们就要提高你的保费。"

"好,"我说,"我会装回去的。"

我们上了公路,车窗是摇下来的。卡佛先生开口说话,或者说是喊话。她跟他说了我们的事。他知道了。我敢肯定他知道了。

"女人,吉尔伯特。我跟一个女人结了婚。"他很戏剧化地顿了顿,我也不知道能产生什么戏剧效果,"天知道,我有多么爱她。苍天可鉴啊。我们生了两个儿子,这个你知道的。托德和道格,他们在教堂夏令营,很想念他们的爸爸妈妈,还有他们的家。我还想着,今天去接他们的时候,就今天下午,给他们带什么礼物呢。不用说就能表达我们的爱的东西。于是我老婆,苍天垂怜啊,今天下午她遇到事儿了,你知道是什么事儿吗?"

"嗯……"

"你猜都猜不到。"

我差点儿说"你可别这么确定",但这不是抖机灵的时候。"你老婆怎么了?"我问。

"嗯,我老婆准备给我的儿子们做点饼干。我也觉得用这些饼干当礼物太完美了。有多少妈妈会给孩子们做饼干呢?现在真的不多了。曾经所有的妈妈都会做饼干。我娶的这个女人多棒啊。但有时候,吉尔伯特,有时候我希望自己是别人的丈夫,因为有时候……"他深吸一口气,紧紧地抿着嘴,抿得嘴唇都看不到了,接着他又开口道,"我老婆……"

天哪。来了。

"我老婆……烤煳了。一炉饼干,不是什么大事儿。当然孩子们会很失望。但没什么大不了的!她现在哭得像整个人生都毁了,就因为烤坏了一炉饼干。有时候,我实话告诉你,有时候我真想把她的头塞进烤箱,把煤气也打开。"

卡佛先生突然伸出左手,用手掌按住额头。"天哪,我不敢相信自己刚才说出了那样的话。你能相信吗?我不是那个意思。真不敢相信我刚才说了那样的话。"

我开进他家的车道。透过窗户,我看到贝蒂·卡佛夫人坐在餐桌前,头垂在桌上。

"卡佛先生,我想你是说,有时候她让你神经过敏。"

"是,我就是那个意思。"

咻——呼吸,吉尔伯特,放轻松。

一阵沉默,他把上唇的汗舔掉。"哦,吉尔伯特?"

"怎么了,先生?"

"记得哦,蹦床。四号。我们很想邀请你来玩蹦床。"他下了我的卡车,拖着出了一身汗的壮硕身躯走向那栋房子。他进了屋,没有转身看我。他没有谢谢我开车载他,我很高兴。

回家的半路上,我停在十三号公路的路肩上。我拉好刹车,没关引擎。我放开方向盘。我把双手举在自己面前。我就在这儿坐着吧,等手不抖了再开车。

14

星期一到了。早上,阿尼晃动着两条胳膊,恭送装着旋转木马的车开出镇子。别的车也开过我们身边,我弟弟满脸堆笑,只要司机嘟嘟嘟(或者说按喇叭,嘀嘀嘀),他就挥手。载着银色爬爬车的那辆车开过,我说:"阿尼,就这些了,车都开过去了。"他站在那里注视着远去的车队,往前斜着身子眯着眼看着。他要等到自己注视的东西完全消失在视线之中。

"今年的嘉年华算得上最好的了,你不觉得吗,老弟?哈?不觉得吗?"

"有些地方是的。"

"哪些地方不是?"

"啊嗯。你知道有坏的,吉尔伯特,你知道什么坏吗?"

"不知道。"

"马儿们……"

"旋转木马?"

"是,马儿们今年很坏。它们朝我吐口水。"

"没有。"

"有的。"

"吐在哪里啊?我可没看见什么口水。"

"干了。"

"那些是玻璃纤维做的马儿呀,阿尼。"

"还是很痛啊,哎哟,它们很坏。它们咬我,哎哟。"

我不说话了,在我生命中的这个时刻,我不想参与这样的谈话。

一辆道奇凤冠73从我们身边驶过,后座上坐着几个孩子。阿尼挥挥手,我留意看了看有没有那个密歇根女孩。自从那天在"冰雪梦"她引起了我的注意,我就一直在寻找她。她肯定有雀斑,或者牙齿之间有道缝,总之肯定有什么让人难以忘却的特点。周五晚上她在嘉年华上短暂现身,从此之后,这个叫贝琪的小东西就没出现过。

我往家里走，阿尼紧跟着我。

"吉尔伯特，我没撒谎。"

"哈？"

"马马的事情。这事儿我没撒谎。就是……"

"就是什么？"

"马儿就是……"

"马儿们。"

"马儿是象，象什么，象象，嗯。"

"你想说'现象'这个词吧。"

"我知道的啊，吉尔伯特，天哪。"

阿尼想把自己的某根粗短手指伸进我的腰带环里，他不断地戳着我。通常我是不介意的，但放在今天，就好像在提醒我对自己的生活感到厌恶，于是我劈头盖脸地说："别弄了！"

他扯出手指，迅速走开了。他看着自己的鞋子。一辆皮卡飞驰而过，上面坐着我们不认识的人，这次他没挥手。

"那辆卡车跟我的一样啊，老弟。你看。"

阿尼一直盯着自己的脚。也不知怎的，我小小地这么凶一下，他就仿佛人生毁灭了。过去四天连续不断地坐嘉年华游戏车，他要糖果、爆米花什么的，我都买给他，站在那儿看他一连坐五十四次旋转木马，仿佛这一切都没发生过。真希望他能稍微记得一点儿这些欢乐时光啊。

他把下嘴唇伸出来，屏住呼吸，渐渐涨得满脸通红。可能他马上就会脑出血，然后死掉；我不想担上这份罪责，所以用最最温柔可亲的语气喊出了他的名字。

这孩子没有回答。他的脸更严重地揉皱成一团，现在他的脸色偏紫，拳头攥紧，指关节都发白了。一辆红色卡车呼啸而过，往镇子出口开去，但他就是不挥手。

"这是你最喜欢的颜色啊。"我说。

他全身都开始抽搐，脖子上有青筋暴出，眼睛里面仿佛突然出现了地图。

"阿尼，猜猜你是什么，猜猜。"我顿了顿，"你是象象哦，象象。是不是这个词呀？我可能说不出来。但是你就是这个，象象。是不是这么说啊？"

阿尼特别想知道自己到底是什么，也不抽抽了。

"帮我个忙，老弟。"

"好啊，吉尔伯特。"

我一遍又一遍地说"象象"，他就发出"ffffff"的声音，我们玩了一会儿。"到底是什么词我也说不出来，但我知道你就是这个。"

"我也知道我是什么，吉尔伯特。"

我趁机建议说，不如回家问艾米。

"她在学校上班哦，吉尔伯特。"

"对。要是她都不知道，那就没人知道了。"

"说得对，吉尔伯特。"他拉着我的手，我们一起回家。他跟我说话的时候，很喜欢叫我名字。我一直觉得，他是在用自己的方式，证明他还是明白一些事情的。

我们沿藤蔓街走着，经过那个赞助嘉年华的卫理公会教堂。阿尼的脚步慢了下来。我感觉他会跑过去站在曾经安放那些游乐设施的地方，于是开口说："我想起来了，想起来了，阿尼。"

"是啥是啥是啥是啥！"他连珠炮似的大声说。

"你啊，老弟，是个现象。"

"对啊！"他简直是唱出来的。

"比赛谁先跑回家。"趁阿尼还来不及去教堂的空地上，我撒开腿就跑。他在我后面追赶。

我跟他赛跑,通常是先往前跑过一两座房子,然后让他追上我,趁最后的一点儿时间,让他以几步之差赢得胜利。但今天我想让他知道,谁才是老大。

所以我跑得很快,为我自己而跑。跑到家里的车道上时,我上蹿下跳,真像运动会上得了冠军的人。我转身想给他加油,结果发现他早就退出比赛了,转过身往教堂的空地上跑去了。

跟阿尼比赛,赢了也是输了。

我还没碰到纱门呢,艾米就在厨房里喊:"阿尼呢?"

你们发现了吗,她从来不会对我说:"吉尔伯特,你好吗?""看着不错啊,吉尔伯特。""你是不是好好梳了个头啊,吉尔伯特?"她总是这么问我阿尼的事,已经很多年了。

我解释说,我们玩得很开心,而且我看着那些车队离开镇子,几乎和看着它们来一样激动。"今天阿尼向我学了一个新词,"我说,"但他特别想独自待在教堂的空地上,所以他就去那里了。我他妈绝对不可能回去找他。"

她开始抗议。

"艾米,是谁这四天整天都陪着那个小畜生啊?"

"他不是畜生!"艾米深吸一口气,"不过我知道你是什么意思。我感谢你。你帮了很大的忙。"接着她喊道,"艾伦,艾伦!"

那个小东西出现在最上面的楼梯上,看着艾米说:"我跟你说一件事,我正在看一部特别精彩的电影。别问我叫什么,我也不知道叫什么,是黑白的,很好看。当然,你让我干什么我都会干。我就是告诉你,电影很好看。你要清楚我做出了什么样的牺牲。"

"算了,"艾米说,"我自己做。"

我狠狠地瞪着艾伦。不过她已经很久都没看过我一眼了,所以也没注意。

"我不介意啊,不管干什么……"

我演了一个小哑剧,作势要把她的脖子掰断,结果也没观众。

"只是想告诉你我很痛苦。"

艾米只要想到别人很痛苦,就算是艾伦,她也无法忍受。于是她走进厨房,把拖鞋换成运动鞋,朝前门走去。

那个青春期的老妹尖叫道:"我可以做啊!"

艾米停下来说:"妈妈在睡觉呢。"说得好像是什么新鲜事一样,"回去看电影吧,快点儿回去,要漏看好多了。"

"其实那电影也没那么精彩,不过女主角长得很像我。所以,说实话,我不看这个电影呢,好像也不是多么大的牺牲。"她笑了,好像这一切都没什么毛病。她的笑会在那么一瞬间让你觉得真是什么问题都没有了,一切都很顺利,艾伦·格雷普是有人性的。艾米还什么都来不及说呢,艾伦就蹦蹦跳跳地下了楼梯,冲出门去了。

一分多钟之后,她回来了,和我擦肩而过,走到厨房。艾米正在看菜谱。

"艾米?"

"嗯。"

"那个……"

"怎么了,艾伦?"

"你想让我干什么啊?"

15

艾米正在收拾早餐餐盘,妈妈就在椅子上打呼噜。我找了一把最不脏的勺子，搅了搅泡在牛奶里的麦片。刚舀起一勺要吃，就听到塔克尔的卡车突突突地开上我家的车道。艾米抬头一看，舒了口气。

"只是先把木头运来而已，"我说，"还需要好几天才能完全修好。"

"我知道。"

"我觉得你不知道。"我站起来，往门厅走去。

艾米跟着我。"我明白，这是需要时间的。只要我们在采取行动，只要我们努力改善妈妈的生活……"

很难说安这么一大堆横梁和板子到底跟改善她的生活有什么关系。她可能活得长一点。但谁说活得更长和过得更好是一回事？

塔克尔提着红色的工具箱，蹑手蹑脚地朝屋里走来。我透过纱门喊道："塔克尔，她不会醒的！"

"你又说得不准。"他轻声回我。

"她不会醒的！吃完早饭她就没醒过！"

感觉他过个院子，就已经天荒地老了。终于，塔克尔和他的工具箱安全到达了家里。

上星期三塔克尔评估了地板的情况，星期四他就订了木头，星期五我们一起去取的。星期六我们整天都在他爸爸的作坊里，很认真地计算尺寸，切割木头。昨天他在板子上钻了孔，这样我们就能用长长的螺丝刀和螺钉来组合横梁了。这样就不用在地下室敲敲打打的，不会发出很大的声音。这样妈妈就不会发觉了。

我们手脚麻利地往地下室搬了三趟，一半的木头已经堆在地上了。我们在楼下气喘吁吁，汗流浃背。

塔克尔说："吉尔伯特？"

"嗯。"

四天了，他还是第一次笑。"会成功的。"我还没见过他为了什么事情这么骄傲过。他开始展现一个负责任、有担当的新形象了。

"真棒。"我回答道。

沉默中流动着光荣与梦想,他正在绞尽脑汁地想新话题。他检查了一块板子。"这块变形了。"

"没事。"

"我觉得有事。"

"不会有人到这下面来的。这又不是要展示给谁看。咱们要干的工程是纯粹功能性的。"

"这个我明白。你觉得我能不明白吗?"

我拿手掌揉揉鼻子,因为只要听到这家伙讲话,我就想打个喷嚏把他给忘了。

"我坚信,对最好的人一定要用最好的东西。你妈妈就属于最好的人。"

我想说我妈就是头肥牛。但我只是开口说:"我们应该赶快搬完,中午我还得去上班。"

"哦,你是在强调吗?"

"强调什么?"

"你有工作,我没有。"

"不是,我什么也没强调。只是说我今天还要上班。咱们赶快搬吧。"

"我是打算要找份正经工作的。"

"嗯,我知道。"

"我这样的人是能帮助谷仓汉堡的。我想做经理助理。给我头衔,就是给我权力。"

我说:"咱们加油干吧。"这时候艾米把地下室的灯开了又关。

塔克尔有点儿焦躁。"上面怎么了?怎么回事儿?"

地下室的灯亮了,又灭了,又亮了。

"她醒了。"

"谁?"

"那头搁浅的鲸鱼。"

"吉尔伯特。"

"这下只能等待了。"

我躺下来,闭上眼睛。"希望妈妈不会往外看到你卡车里那些没搬完的木头。"

塔克尔走来走去。"要是你直接告诉她——要是你跟她说实话……"

"不行。"

"难道诚实不是最好的……"

"不好意思,塔克尔。"

"但是……"

"只能这么办。"

只听到楼上传来电视换台的声音,还有艾米闷闷的说话声。

"啊,吉尔伯特,天哪天哪。我突然想起有条大新闻!我本来就想给你打电话来着。"

"啥事儿?"

塔克尔跪在我身边。"今天早上我开车出去,到了谷仓汉堡准备开店的那个地方哦。"

"你别跟我说他们已经开始修建了。"

"是的!不过我还看到别的……"

我跟塔克尔说,我一点儿也不在乎谷仓汉堡。"我绝不会去那里吃的。"我说。

"跟谷仓汉堡没关系……"

"塔克尔,光想想我就要死了。所以,请你闭嘴,行吗?"

此时此刻,嘎吱嘎吱的碎裂声离我们越来越近。塔克尔站起来,突然一下就特别紧张。"我的老天爷，天哪，上面是怎么啦？"

我解释说，是妈妈要去上厕所。

"不可能吧。"他抬头看着，开始夸张地喘气。我们盯着地下室的天花板。妈妈每踏一步，表面就会产生裂缝。"感觉她在画地图。"

"天哪。"塔克尔边说边用胳膊抱头，挡住掉落下来的石膏碎片。

妈妈花了好几分钟才到厕所。她坐定以后，嘎吱嘎吱的碎裂声也停了。艾米打开艾伦的音响，放的是猫王《夏威夷的问候》①那张专辑，他正唱着《猜疑的心》。

"信号来了。"我说。我们要以冲刺的速度跑上楼，把剩下的木头全搬下来。

我们跑了三趟才全部搬完。塔克尔和我冲出门，艾米关掉了猫王的专辑。我们上了各自的卡车。艾米站在门口，朝我们竖起两个大拇指，但突然又转过去了。肯定是听见妈妈冲水的声音了。

我们开着车在路上飞驰。在藤蔓街左拐，经过那个卫理公会教堂。我突然看见艾伦拽着阿尼的脚踝，我赶快减速。我的傻弟弟趴在地上，抓着一把把干枯的草，有效地拖慢了艾伦的速度。她抓着他的头发，使劲儿往上拉。我踩了刹车，跳下车。"住手！住手！"她松开他的头发，拨开贴在脸上的刘海，脸上的笑好像在说，"就当这事儿没有发生过吧"。

"你这个小贱人。"我在街对面吼道。

阿尼蜷缩成一个小小的球。艾伦哭了起来。"我能怎么办啊？他就是不愿意回家！我什么办法都试过了！给他吃糖！给他钱！他说什么都不肯回家，我……我……"

---

① 专辑英文名为 *Aloha From Hawaii*，是猫王的夏威夷演唱会全程记录。

"你怎么了?"

"你知道的啊,我有事儿要做。"

"你要是再敢打他……"

"他一直在吃人家剩下的爆米花。黏糊糊的,脏兮兮的……"

"你要是再敢打他,我就……"

艾伦捧着自己的脸,以便让我看到她的眼泪。

我是哥哥,是格雷普家的人,所以忍受了很多东西。我的姐妹,我的妈妈,这个小镇。我什么都能忍,只有一件事情忍不了,任何人都不能伤害阿尼。

为了那孩子,我能杀人。

"我其实不是打他……"

"你要是再拉他头发,或者再敢碰他,我肯定揍你。"

"你可真凶啊。"

我的傻弟弟正往这边爬,像当兵的在匍匐前进。我走过去,躺在他身边,说:"我要上班去了。必须有人回家保护妈妈和艾米,艾伦也需要保护。你要不要保护她们啊?我就拜托你了,老弟。"

他一动不动地躺着,费力地动着脑筋,接着点了点头,没看我。他站起来,向我挥手致意,迈步朝家里走去。艾伦一句话也没说,跟在他身后。"拉着他的手,拥抱他一下什么的。"我本想说。我刚想捡起一块石头扔过去,艾伦转过头,做了个"谢谢你"的口型。

他们一起走回了家,谁也没碰谁。

我走向自己的卡车,朝一直在旁边观看的塔克尔喊道:"你还想跟这个魔鬼约会吗?"

"我之前是想的。现在不想了。"

真是天大的好事啊!"太好啦。你终于弃暗投明啦。你终于明白我的意思啦。"这事儿弄着弄着,竟然成了塔克尔取得重大突破的一天。

"我要把话说清楚。"他说。

我径直走到他的卡车边。过了好多年,是时候该听这家伙把话说清楚了。

"你妹妹可以去参选爱荷华小姐,性感又迷人,还显得天真无辜。你懂吗?无论怎么说,她在各方面还是很有吸引力的。"

"这都是你想象出来的。"

"说什么鬼话呢!"

"告诉你,我不这么认为。"

"我知道。喂,我们真的要在路中间讨论这件事吗?"

"是啊。这可能是我人生最快乐的一天。"

"好。那个,我本来早就要跟你说的。今天早上,我去了谷仓……"

"嗯,我知道你去了哪儿。"

"我看到一个女孩,骑着单车。天哪,吉尔伯特,就跟看到神一样啊。"

"啥?"

"嗯,你肯定从来没见过我今早看到的那种女孩。"

"你看见了一个女孩?"

"不是什么随随便便的女孩,是极品女孩。"

"她是黑头发吗?"

"我话就说到这儿了。"

"她是不是大概这么高?"

他耸耸肩。

"你知道她叫什么吗?"我很绝望地加上一句,"她是我朋友。"

塔克尔往后一甩头,笑得像某种海洋生物。"哈哈,鬼才相信呢,你的朋友?"他咯咯咯地笑得快喘不上气了。

我连奔带跑地跳上车，踩了几下才发动。他已经没影儿了。我加快车速，追了上去。

16

塔克尔的卡车停在拉普餐厅门口。我把卡车停在他的车和麦克伯尔尼殡仪馆的灵车之间。我进去的时候，服务员贝弗利正在等塔克尔点餐。她看见我，挤出一个假笑，就去主厨（恰好也是她爸爸）厄尔·拉普那里了。点餐的时候，贝弗利从来不记。她的记性特别好，总是忘不了我在学校时对她做过的无数残酷的事情。她高挑苗条，总让男人自惭形秽。她脖子上有个樱桃红的胎记，大概有一个小飞盘那么大。那时，我四年级，她六年级，我打湿了一张纸巾，叫她把胎记洗干净。大家都觉得挺好玩的，但贝弗利不觉得。她这人一直都没什么幽默感。

塔克尔和小罗伯特·麦克伯尔尼坐在一起，他是老罗伯特的儿子，也是全县最好的殡仪馆的继承人。麦克伯尔尼殡仪馆在莫特利。他们承办这片儿所有的大葬礼。他们也干火化。小罗伯特的好朋友都叫他鲍比，之前他去葬礼学校教课了，最近才回来，工作很努力。他穿着葬礼上穿的那种黑色西装，胸口露出一块白色的手帕；他的红头发梳得一丝不苟，脸上有些粉色的雀斑。

"鲍比，欢迎回来啊。"

他抬起头："哦，谢谢啊，吉尔伯特。你还好吗？"

我们寒暄了一会儿。塔克尔点的松饼到了。鲍比在吃鸡蛋，贝弗利没来问我点什么。"贝弗利？"我叫道。

"咋了？"

"我快饿死了。能不能来片吐司？来点儿黄油和葡萄果酱就行。"

贝弗利走过去，没说帮不帮我下单，我听到她压低声音来了句："你自己去弄呗，你自己就是个水果。"我想说"水果在你脖子上呢"，但能有什么意义呢。

塔克尔把糖浆倒在松饼上说："你也看到了她，对吧，鲍比？"

"那你觉得我来这儿干吗？"

"我在想……"

"莫特利的人都在议论这个女孩呢。"

塔克尔说："她不但优雅漂亮，还不难看呢。"塔克尔这人，天生爱说逻辑相反的话。

鲍比说："我还没见过她。但也听了很多关于她的事。"

"所以，"塔克尔继续问，"你是专门开车过来找她的？"

"不，不算。"鲍比把叉子上残留的蛋舔干净，"这些天也没人死，生意不好的时候，爸爸就派我开着灵车到别的镇子转转，免费宣传一下，提醒大家别忘了麦克伯尔尼。"

我说："你们家是我们这一片儿唯一的殡仪馆啊。"

"话是没错，吉尔伯特，但就算这样你也得提醒大家你的存在。人们会忘记麦克伯尔尼殡仪馆。他们会渐渐觉得我们的存在是理所当然的。"

"我懂你的意思，鲍比。"我说。

"嗯，"塔克尔正要把整个松饼都塞进嘴里，"我们好像在挡你的生意哦。"鲍比一脸茫然。塔克尔满嘴都是松饼，真佩服他还能说得出话，"吉尔伯特的妈妈，我们在修地板，这样她就……"我在桌子下面踢了他一脚，他闭嘴了。

鲍比却起了兴趣。他说："说啊。"

"不说了，"塔克尔说，"不礼貌。"他想把东西咽下去，"我吃着东西说话不礼貌。"

鲍比还是抓着这个话题不放，他说："请不要挡我们家的生意。作为美国人，死是我们的责任。"

我脑子转得很快，立刻说："布勒内尔夫人就是你们下葬的，对吧？"

"哦，是的。几乎所有的老师都是我们负责的。"

塔克尔呆住了。"布勒内尔夫人，她……"

我说："别装了，你肯定知道她死了啊。"

"我不知道啊！"

"嗯，她死得透透的了，塔克尔。麦克伯尔尼殡仪馆把她埋到很深的地下去了，对吧？"我说，鲍比点点头，"塔克尔和我二年级的时候是布勒内尔夫人教的。"

"她一定是个很好的老师。"鲍比总结说。

"为什么呢？"

"葬礼规模很大。她以前的学生来了不少。"

塔克尔开始抽抽搭搭起来："我应该去的。我都不知道她死了。妈的！"

"很多人吗？"

"花也很多，很久没见过那么多花了。她生前肯定过得挺开心的。"

塔克尔说："她每天都对每一个学生笑。"

我换了个话题，问鲍比，死了人之后殡仪馆的流程是什么。他解释说，他和他爸爸会开车去把尸体运回殡仪馆。死者家属在他们的选购室选棺材，尸体被送到楼下做防腐处理。我听着这一步挺像做腌菜的。死人都要被脱得光光的。我问他，看到认识的人全身精光是什么感觉。

"你前一天还看到他们走在路上跟朋友招手，第二天就看到他们躺在板桌上。很残酷。如果你每天都会接触到死人，自己也会活得不一样。"

鲍比已经吃光了盘子里的东西，于是放下餐叉，拿起绸手帕擦了擦嘴。

塔克尔说："你有没有担心过，死人会看着你啊？"

"没有。"

塔克尔说："哦。"他思考着这个问题，气氛暂时变得平静，也许他能安静一会儿。

我问："布勒内尔夫人死后是什么样子？"

"她脸上还带着微笑，看起来那么可爱。记不得还有谁比她更可爱了。我爸爸也这么想。"

"她是个很棒的老师。"塔克尔大声说。

"我也这么想。很少有人像她这样，能收到这么多人献的花。还有学生从芝加哥、明尼阿波利斯等地方专门赶来送她。最大的是从得梅因送来的'迪克和简'系列花束，是新闻评论员兰斯·道奇送的。"

"不可能吧！"塔克尔很震惊。

"我可没撒谎。这个至少花了三百美元。"

"兰斯·道奇、我和吉尔伯特同班来着。"塔克尔觉得这话能往自己脸上贴金。

"真的？"

我点点头。

"我和吉尔伯特大概两岁的时候就认识他了吧。"

"我们七岁的时候他家才搬到这里来的。"我说。

"兰斯跟你们俩差不多大呀。"

我点点头。

"我还以为他年纪要大些呢。他这么年轻就这么有成就了啊。"

我没点头。"我们都是布勒内尔夫人教的。"

"嗯，反正他送来的那些花让大家都惊呆了。这个人肯定挺成功的。"

我的吐司终于上桌了。凉的，旁边也没有果酱。贝弗利继续着她的复仇计划。

不知怎的，塔克尔突然开始咯咯笑，继而大笑，让人心烦，他却停不下来。"哦，天哪，我想起来了。哦，我的天哪。难怪他要送花来呢。"

鲍比整张脸都发白了。哦，显然他还没经历过塔克尔这种"笑声魔咒"的折磨呢。

"二年级，神啊！"

"放松，塔克尔。"我求他慢点说。

"我怎么就忘了呢！"

鲍比却催促塔克尔继续，他不停地问："是什么事儿？是什么事儿？"

"是下午放学之前，我看到兰斯·道奇坐在自己的一摊尿上面。尿从他裤子里流出来，流到椅子下面。记不记得她叫他在全班同学面前打扫干净，然后他哭了起来。这个兰斯，跟个娘们儿似的。吉尔伯特，你记得吧？"

我抄起那一小盘吐司碎屑扔向塔克尔，然后溜出卡座。

"吉尔伯特，喂！你要去哪儿啊？"

我离开拉普餐厅，开车回家去了。

艾伦拿了我们家最好的浴巾，在前院草坪上晒日光浴。她一句话也没跟我说，我迅速进了屋。我跑到厨房水龙头前，在大概一升半的罐子里接满水，然后咕咚咕咚地把每一滴都喝得精光。电话响了。艾米朝我喊："是塔克尔。"

"跟他说我不在。"

我又把嘴凑到水龙头前，继续大口喝水。我肚子里灌满了水，鼓鼓胀胀的。我关掉水龙头的时候，艾米走进了厨房。

"他打电话来是说吐司的事。你忘了付吐司的钱。"

我扯了一张纸巾，把嘴擦干。

"你不是要上班吗？"

"十二点。"

"哦。"

我一边问几点了，一边朝前门走去。

"十一点三十五左右吧。"

"太好了，再见，艾米。"

我在卡车上换了倒车挡，艾伦正往肚子上涂乳液。阿尼爬到屋后面的柳树上，摇晃着枝条，仿佛在挥手。我也向他挥挥手，开车走了。

我把车停在以前学校的停车场里。红砖墙的建筑，七年前关闭的时候，窗户就用板子封起来了。我在这里上了十三年学。我毕业的那年夏天，因为入学率下降，他们就把学校关了。有些人觉得应该把这楼拆了，因为看不出能有什么用处。不过他们说归说，做是永远不会做的。这里有很多人很多的回忆。

我坐在卡车里，回忆上学时的情景。我看着操场上那些生锈的设施。滑梯和秋千看上去都小了很多。我想听到孩子们在课间休息时玩耍的声音，但一切都是静悄悄的。我拉起 T 恤，擦掉脸上的汗。

过了几分钟。我转着方向盘从停车场出来，卡车带起很多碎石子。我上了有弯道的比较扭曲的二号公路，比规定时速快了三十多千米。很快我就来到县立公墓，把车停在离得比较远的那头。我走到一个坟墓边，刚刚挖的，土还是很新的褐色。墓碑还没立，只有一个纸做的标签表明死者身份。十七年前，我爸爸也有这么一个标签。我想，人死了可能都一样吧。爸爸的坟墓附近埋了一个老太太。于是我转过身，背对着她。我可不想伤害无辜的人。我准备好了，朝布勒内尔夫人的墓踢了几脚。

收音机电波"嗞嗞"响着，我飞一般地开车回了镇子。跟着"巴赫曼透纳加速齿轮"乐队唱着歌（这种组合让人好奇，他们到底是怎么回事儿啊）：

"每天都有很多事情要处理；

每天做事，每天加班……"

回到拉普餐厅，麦克伯尔尼殡仪馆的灵车刚开走，塔克尔准备开卡车跟着。我在他后面停了车，把出口挡住了。

塔克尔很快下了车，吼道："我恨你，吉尔伯特，我恨你！我正在讲故事，特别特别好玩的故事，你就那么走了，钱都没给！你还真算朋友啊，那样让我难堪。我也是要脸面的，你知道吗？哈？你明白吗？"

我任他吼了一阵子，说我配不上他的友谊之类的，听着与一个不怎么样的童子军差不多。最后我开了口："喂，笨蛋。"

"我不是笨蛋，你才是笨蛋，吉尔伯特。"

"尿裤子的不是兰斯·道奇。"

"就是他，我在场啊。"

"不是的，笨蛋。是我。"

我摇上了车窗。

塔克尔说："是你？不可能。不可能！哎呀，天哪。"

我挂了倒挡，往后倒车。

"啊，对。"塔克尔终于想起来了。他忙着想道歉，我已经开走了。

如果可能的话,我一个星期都不会跟塔克尔说话。我应该有更好的朋友。

离拉普餐厅已经很远了,我可以好好想想事情了。我唯一的遗憾,就是没有趁布勒内尔夫人还活着的时候,踢她几脚。

17

可以说,在帮助这个镇上的人们清点各种罐头、袋装杂货和饰品时,吉尔伯特·格雷普成了一名思想家。

干了很多年了,已经成了下意识的自觉动作,非常自然,不用脑子也能干。于是我的思绪就随心所欲地飘来飞去。我的身体和魂儿通常不在一个地方,要么在得梅因的梅尔海依购物中心,要么在开车穿越沙漠,或者站在奥马哈的某个屋顶上,等着龙卷风来撕裂我。就这么跟你说吧,按我想的,我是很少在这个店里,也很少在镇上的。

我正在给早餐麦片贴价签,兰姆森先生出现在我身后。"有很大的惊喜等着我们大家呢,吉尔伯特。"

我被吓了一跳,差点儿没拿住手里那盒麦片。我勉强问了一句:"啥?"

"惊到你了,对吧?"

"是的,先生。"

"你看我说得没错吧。"

我点点头。

"我就知道你明白。"

这么多年了,兰姆森先生一直很喜欢这样"吓唬"我。他曾藏在柜台后面,放狗粮的架子后面。有一次,他藏在冰箱里,等着我去打开，就为了喊那一声"惊喜"，结果差点儿冻死了。我过了很久才打开冰箱门，他的眉毛都已经结霜，嘴唇也乌青了。

我压着声音说了一句："很好的惊喜，我还在等。"

兰姆森先生看到我动了嘴，问："你说什么？"

"没说什么，先生。"

坐在小小的办公隔间里等着数钱的兰姆森夫人大声喊道："他爸，'美食天地'那边有什么动静吗？"

"我想没有。吉尔伯特，'美食天地'有什么动静吗？"

"哦，这个问题不能问我。我从来没在那儿买过东西，而且永远也不会。要我去那里买还不如去死。"

"你这话不是认真的吧？"

"先生，"我说，"恐怕是认真的。我到店里去，是买吃的，不是……"

"他们肯定在做什么事情。"兰姆森夫人插嘴说，她就这么打断了我的话，好像一点儿也不介意，"因为没人上咱们店买东西了。"

塔克那天跟我说的那些，我对他们可说不出口。"美食天地"好像装了个小型水族馆，里面有螃蟹、章鱼、龙虾之类的东西，它们的爪子还是什么的被缠住了张不开。大家围在旁边，小孩子朝着里面的东西做鬼脸。我估计，他们应该感到高兴，庆幸被困在里面的不是自己。

我抬头看看店里那个"奇迹面包"的挂钟。我今天才上了四十七分钟的班，感觉已经像过了四十七年。

"吉尔伯特，你真的不知道有什么我们不了解的消息吗？"

"亲爱的，"兰姆森先生说，"吉尔伯特要是知道那边动了什么手脚，肯定会告诉我们的。对吧？"兰姆森先生咧嘴微笑，露出一口黄牙，然后轻快地走向二号过道。

兰姆森太太开始唱《爱荷华玉米歌》。

099.

爱荷华，爱荷华，
遍布土地的州；
人人快乐在手，
我们来自爱荷华州，
高高的玉米总是丰收。

谁在我背上拍了一下？是兰姆森先生。他在店里转了一圈，双眼有点儿雾蒙蒙的。"要是有个像她一样的女人就好了。要是有两个她，你就能拥有一个了。"他说。

终于，这么多个星期以来，我第一次说出了对口又对心的话："你不知道我有多希望是那样，兰姆森先生。"

"哦，我知道的，孩子。相信我，我知道。"

歌声停下了。"你们两个男人在那儿说啥呢？"她从后面喊道，"你们没有嘲笑我唱歌吧？"

"绝对没有！"兰姆森先生说。

"没有，夫人。"

"那怎么不鼓掌？"

于是，我和老板鼓起了掌。他喊了一声："太棒了！"我将一个硬币甩到了空中。

卡佛家的旅行车从门外开过，孩子们都坐在后座上。贝蒂·卡佛夫人微微挥了挥手。我转过身去，希望她没看到我看到了她。

我拆开一个板条箱，里面是各种各样的坎贝尔汤罐头。我把紫色的价签贴上去，按照味道、种类等分好类。我正把罐头上架，眼前突然闪现她的旅行车在十三号公路上抛锚的情景。我停下车去给她帮忙。那时候我快十七岁了。她的车是小毛病，很容易就搞定了。她看到我会修车，露出一副吃惊的样子。之前对我爱搭不理的女人现在突然对我这么感兴趣,我觉得很吃惊。她称赞我技术过硬,我说我手上的活儿总是干得挺好的(应该说一句,我说这句话完全是无心的)。她说我很"内行",我说不太明白这是什么意思。她就叫我去查词典。我说我没兴趣查,如果一个词非要查了才知道什么意思,那说出来还有什么意义。她说,很愿意教我。

"吉尔伯特?"

兰姆森先生站在我身边。我没看他,只是听着,目光停留在汤罐头上。

"你能不能和我交个心?"

"您说,先生。"

"男人和男人之间的对话?"

我感觉到他语气中的担忧,于是停下手上的活儿,转身面对着他。我直视着他的双眼,成功忽略了他粘在破眼镜上用于固定的创可贴。

"是因为那些鬼龙虾水缸,对吧?"

"我觉得是,先生。"他怎么会知道我知道的呢?

"糟了。"

"先生,这个只能热闹一时。水缸里的龙虾,能让大家产生多久的兴趣呢?什么闪亮霓虹灯之类的,之前不也很风光嘛,现在都见惯不怪了。简单的典雅总会复活的。"

"你觉得会吗?"

"会的,先生,您和您的方式风格,会……我们会赢的。"

"你好像抱有很大希望,吉尔伯特,让我觉得是在跟你爸爸的鬼魂说话。"

我本来想说,"因为有您,我从来没怀念过我爸爸",但没说出口。

他朝我轻言细语道:"那些龙虾缸,就当我俩之间的秘密吧。孩子他妈要是知道了,会心碎的。"

"我什么都不会说的。"

晚些时候,我开始整理罐装咖啡。我一边迅速走来走去,一边回想贝蒂·卡佛夫人在我生命中的"编年史"。

那是我高中毕业后的暑假。卡佛一家在排队付账,两个男孩都还只是婴儿。卡佛先生正在跟老婆说什么不要买糖的话。"吃糖坏牙齿,你一口好牙,干吗要毁了呀?"我手上正忙着,耳朵却在听客人讲话,心思不在工作上。兰姆森先生正在给他们结账。我站在后面那个晃来晃去的储藏室金属门旁边。卡佛夫人径直走到我身边,一只手抱着新生儿,一只手拿着一磅培根。她说:"吉尔伯特?"我说:"有什么能帮到您的吗,夫人?"还有其他人在买东西,所以她轻言细语:"算了。"我说:"别算了呀,有什么事儿?"孩子的口水滴在她好看的胸部上。我还记得她当时说的一字一句。"吉尔伯特,你能不能来……"她咽了一下口水,声音都颤抖起来,"肯基本上都要上班,我可以把孩子们托管给保姆。你能不能找个时间来见见我?"卡佛先生在收银台喊道:"亲爱的,好了吗?"她说:"马上。"然后继续朝我轻声说:"星期二来吧。我知道你那天休息。你会来吗?"我还记得,当时很好奇,她怎么知道我哪天休息,而且看我的眼神怎么完全变了,变得贪婪急切。我突然就说"好",都没过脑子。她深深地凝视我的双眼,似乎在探询我有没有说实话。"我希望你来。"她说。卡佛先生又喊了:"亲爱的,你干吗呢?"她抱着流口水的孩子,换了一袋培根,大声说:"我要找好一点的培根!"收银台还在"叮叮叮"地响,一向说话大分贝的卡佛先生又喊道:"我们之前选的有什么问题吗?"

咖啡的价签都贴好了。我开始弄泡菜。"泡菜的价格应该比这个贵一点儿吧?"

"'美食天地'可能是这样,吉尔伯特。咱们这里不是。我们的泡菜价格总是很合理的。"

这么说算是轻描淡写的了。

我贴价签的动作很快。我的工作效率相当于三四个在"美食天地"打工的青春期高中生。我没有吹牛,事实如此。

泡菜有好多罐,我给第一罐贴上了价签,想起那个六月的星期二。七年前的事情了。我冲了两次澡。我们把卡车藏在她家车库里。我坐在卡佛先生的椅子上。她端出柠檬汁和饼干。我坐在那里,从头到尾她都没说一句话。走之前我说了句"谢谢您"。她笑了,好像在说"不用谢",但还是没说话。六七个星期二都是这样度过的。直到八月,我才去了她家。九月份,我的同学们上大学去了。我留在镇子上,研究起了卡佛夫人。

"泡菜搞定了,然后弄什么?"我的腿都跪麻了,于是站起来抖一抖。我手上沾满了打印价签的紫墨水。"兰姆森先生,你听见我讲话了吗,老板?"

他正在收银台结账,所以没回答我。"然后弄什么呢?"我喊道。"我在记账呢。"他说。我在三号过道轻快地走着,从哪里飘来某种香水的气味。我放慢脚步,偷偷朝放薯片的架子看过去。我看到一双女孩的手,正在掏零钱。那双手里有一个很大的西瓜。千万别是她的手啊。我迅速挪动了两袋薯片,想好好看一看。我看到她的头发,浓密的黑发,闪闪发亮又干净。我看到她的皮肤,真美啊。曲线很好看的鼻子。是她!我心跳加速。我迅速地在她身上寻找瑕疵,看有没有痣啊、兔唇之类的缺陷。我还没好好看过她的牙齿呢。肯定得有什么不完美的地方啊。

兰姆森先生在说什么,这一个西瓜就有八九公斤重。他问她,怎么把这么大个儿的水果搬回家。

"骑车。"

兰姆森先生开口叫我。

通常,他这样满店叫我时,我都会骄傲地微笑。但今天,此时此刻,我希望自己不叫这个名字,而叫个罗伊、戴尔之类的,或者查德威克。

"吉尔伯特!吉尔伯特!"

"他在薯片后面。"

我赶紧走出来,呆站着。我肯定有什么不对劲儿,要么裤子拉链没拉,要么头发很油很恶心。她怎么知道我在哪儿呢?

"送货,吉尔伯特。你能帮个忙吗?"

"哈?什么?"

"送货,孩子。"

"好。"我这话说的,就像有得选似的。

那个叫贝琪的女孩转过身去。她好像完全不在意我。她穿着花裙子。我的外婆肯定希望孙女能穿这种花裙子;吉尔伯特也很想拉一拉这样的裙子。

"孩子,动起来呀。"

"啥?"我呆立原地,石化了。

"快去给这位小姐帮忙。"

"哦,对,好的先生,帮忙。"

18

她帮我把住门。真希望她没这么做。我把西瓜放在副驾驶座上,没有看她，只是说："你坐后面吧。"

"我有自行车。"

"自行车也放在后面吧。"我没有转身，自顾自地说。

"我还是骑车吧。"她说。她跳到自行车上，沿着主干道骑。她抄了近路，穿过卡佛保险旁边的空地。我跟在后面，开得很慢，小心翼翼的，不让西瓜掉在地上。

她骑着车来到水塔旁。我的卡车过不去，于是就等着她的下一步行动。她离我挺远的，面朝着我这边等待着。我也等着。看样子她要在那儿待上一整天了，于是我下了车，手里抱着西瓜，朝她走过去。

走到半路，她突然骑车朝我这边来了。我以为她骑到我这儿就会停，但她飞快地掠过，差点儿把我给撞倒了，然后又回穿过那块空地。她飞快地过了主街。

我抱着西瓜回到卡车上，准备去找她，结果发现麦克伯尔尼家的灵车来了个紧急掉头。恩多拉总共三个交通信号灯，其中一个的红灯亮了，我停在鲍比旁边。他摇下副驾驶的窗户。

"你看到她了吗？你看到她了吗？"他喊道。

"应该看到了。"我说。

这红灯仿佛要一直亮下去。

"鲍比，你多大了啊？"

"二十九岁！"

"我们年纪太大了吧，还做这种事情啊？"

他看着我，风吹起一头红发。他抿着嘴，像赛车手一样紧捏着方向盘，大喊道："这种重获新生一样的事情，怎么会年纪大呢！"

红灯变绿灯，鲍比开着灵车冲了出去。

我慢慢右转，上了榆木街。我跟丢了她，但绝对不可能加入他们的什么搜查小队。我开车经过"冰雪梦"，想起那个命中注定的晚上，我就是在这里遇到那个蛇蝎女郎。在基督教堂的停车场，我开车慢慢转了一圈，什么也没发现。曾经举行嘉年华的地方寻不到她的踪迹。斯万森牧师的几个孩子正在收拾爆米花盒子、糖纸和票根的残局。我沿着第三街，朝恩多拉镇上的游泳池开去。四个孩子正在互相泼水玩耍，厄尔和坎迪的女儿，服务员贝弗利的妹妹卡拉·拉普就坐在救生员的椅子上看着他们。我总是说，如果要被卡拉·拉普来个嘴对嘴的人工呼吸，还不如直接淹死算了。和她比起来，姐姐贝弗利算是漂亮的了。她的头发是游泳运动员的那种发型，黄黄的，硬硬的，鼻子上总是有一层很烦人的白霜，是为了防晒。话说，我的晒伤已经迅速恢复变淡，我的胳膊开始脱皮。我经过布勒内尔夫人的房子，门前已经立起一块"出售"的牌子。前廊的秋千晃动着，一副欢欣鼓舞的样子。

那个女孩消失了。我竟然有种欣喜若狂的感觉。

我想着拿这只西瓜怎么办，突然觉得很口渴，于是打算开车到"恩多拉长队"买瓶橙汁。我把卡车的门锁上，要说起原因，真是让自己失望。我担心有人会掳走那只西瓜。我居然这么在意，太可悲了。

守在收银台边的是多娜。她以前跟我哥同班。哦，我不应该提起我哥。

反正，我离多娜和门口大概四步远的时候，就看到那女孩骑着车穿过停车场。她双手离把。我一动不动地站在原地，注视着她消失在街口。我觉得自己重回十三岁了。

麦克伯尔尼殡仪馆的灵车开过来了，后面跟着塔克尔的卡车，他们都进了停车场，分别从各自的车上下来，说："吉尔伯特，吉尔伯特，吉尔伯特！"

"我知道自己叫什么。你们俩也太夸张了吧。"

他们开口就聊起这个女孩，我立刻就没兴趣了。他们说得越多，我就越确信这个女孩有什么毛病。

"你们看到她的牙齿了吗?"我打断他们。

"没有。"

"嗯……没有看到,但肯定……"

"你们又不知道,"我说,"她说不定有一口黑黑的牙齿呢。说不定她毛很多,要么……"

"你说得有道理。"

"嗯,有道理。"

"我说得当然有道理啦。而且,我们作为这个镇上的居民,难道不应该花时间去做更有用更重要的事吗?"

我开车走了,他俩站在原地思考我的话。我的油表显示"E",所以只好带着西瓜开到最近的属于美孚石油的加油站。戴夫·艾伦的加油站在镇子的另一边,所以这次那个什么管子绳子的,就没那么惹人爱了。碾过那个黑管子时,我很大声地唱歌,但"乓乓乓乓"的声音还是钻进了我的耳朵里。今天值班的是巴克·斯塔布斯,比我小一岁,留过两级,分别是四年级和六年级。他好像应该再留级的。

巴克说:"嘿,吉尔伯特。"

"嘿,巴克。"

我正在加油。他踢了踢碎石子说:"哇塞。"

"哇塞什么?"

"嗯,我也不知道,就是想哇塞一下。"

"哦,等等……"我说。加完油,我打开卡车驾驶座那边的门,搬起那个西瓜,说:"这个你用得着吗?"

巴克摇摇头。

"妈的。"

"我以前吞过几个西瓜子,呃,恶心。"

我说:"哦。"

我正在检查油量,突然听到自行车由远及近的"咔嗒咔嗒"的声音。

"吉尔伯特?"

"什么事儿?"我拿掉撑着前盖的撑子,把前盖放下来,"砰"的一声。我转过身去,面前正是我想的那个人。

"你叫吉尔伯特,我知道。不过,谁又可以呢?"她把几绺碎发拨到耳朵后面。

"谁又可以什么?"我说。要是我说,我不想和这个姑娘做些什么事情,那就是在撒谎。

"忘记吉尔伯特这样的名字。"她咬着手上的关节。

"你这样会感染细菌的。"

"怎样?"

"吃手。舔手指。"

"哦,好吧。"她边说边继续咬。

要是我说,这个女孩是作为一个人在吸引我,那也是撒谎。她可真是这一片儿最奇怪的小东西了。

我给了巴克十三美元五十二美分,一分不差。他问我的卡车怎么样了,我说:"就跟小猫儿似的。"他也开玩笑说:"喵。"咱们就这么说吧,我还是第一次看到巴克做这种有趣的事情。

门外,贝琪站在我和我的卡车之间,把自行车夹在双腿之间。她的前轮在那个黑色管子上碾来碾去,那乒乓叮咚的声音使劲儿响,我被折磨得要尖叫了。我转身看着巴克,想用眼神告诉他,这一切都不是我的错。而巴克从椅子上站起来,死死地盯着她,咬着舌头。他喜欢听这噪声。

贝琪把身下的自行车微微挪了挪。我摇摇头，上了卡车。我打开收音机，发动汽车。但我开出去的时候，她就骑到我前面，我一直按着喇叭，她伸出一个手指，好像在说："等一下。"于是我换挡停车。她骑车到我车窗边，说："再说个事。"

"嗯？"

"西瓜还是剖开吃里面的最好。要是你表示有兴趣了解我的内在，也许就可以……"她咯咯笑着，就像那些参加"约会游戏"的女孩。她把头往后仰，张开嘴大笑起来。我离她近了一些，迅速看着她的嘴，她的牙白得发光，长得也很整齐。真是完美。妈的。我伸手过去打开副驾驶的门，把西瓜从座位上拿起来。西瓜几乎是弹跳着滚到气泵旁边。我开车走了，看着后视镜里的她，就站在那儿，不咯咯笑了，也不大笑了。西瓜就在她脚边。

完美。

19

"谢谢你帮忙，吉尔伯特。"

"应该的，老板。"

"我们照顾好顾客，恰恰就是多给予一份这样的关怀……"

"我也这么觉得。"我说。关于西瓜的话题越少越好。我系上围裙，别上名牌。

"你家姐妹来过。"兰姆森先生说。

"我希望是艾米。"

"是的。她给你带来了这个。"他给了我一个白色信封，我发现他双手很笃定，结婚时戴上的金戒指显现出一种安心的感觉。我想说"兰姆森先生，这世界上只有您和您的老婆能证明，婚姻是合理的人生选择",但我只是说:"谢谢。"

"你知道吗,你姐进来的时候,阿尼就坐在车里。我对艾米说,他想要口香糖或其他糖果,免费拿走就是了。她走出去跟他说了,结果他躲在仪表盘后面不肯露面。"

"阿尼可不是按常理出牌的人。"我说。

"以前他经常跑到这儿来,你上班,他跟在你屁股后面转。要关门的时候他还会哭呢。还记得我们给他做了一块荣誉店员的名牌吗?"

我点点头。兰姆森先生对阿尼一向是没有原则的。免费的糖果,带着他参观小店,给他钱去玩糖球机。

"是不是我犯了什么错?"兰姆森先生问道,"把他给伤了?"

"没有,先生。不是您。"

"老天爷,他都不愿意进店来了。"

"我知道,但是,老板,不是您的错,"我小声说,"是因为……呃……另外那家店的……呃……电动门,还有传送带。"

"不……"兰姆森先生内心有一小块地方变得死灰一般。

"好在那家店不准他进去了。"

"什么?!"

"嗯,也不是完全不准。他们希望,从现在开始,只要他进店,必须有人监护。上周六他拿了大概三美元的糖装在兜里。艾米还努力解释说,他之前拿糖都是免费的。"

"阿尼要糖肯定是免费的啊……"

"我知道,先生。"

"咱们店永远欢迎他!真讨厌。我要把他的照片挂上去,就挂在兰斯旁边!"

"奇迹面包"挂钟的旁边,挂着一幅兰斯·道奇的照片,四寸的大小,签了名,镶了框。恩多拉的很多商店都这么"供"着兰斯,照片里的他露齿而笑,那牙齿可没有贝琪的好看。

"你弟弟想干什么都行!从麦片盒子里随便挖奖品!你就这么对他说!"

"他知道。只不过他对电动门和传送带特别感兴趣,现在又对龙虾缸特别感兴趣。"

"没事。没关系。这孩子想干什么就干什么。"兰姆森先生离开了我的视线。他去储藏室了,想一个人待一会儿。我的老板不怕生意不好,不怕没有顾客上门,不怕被大众抛弃。但阿尼竟然拒绝要免费的糖果,他深深地受了伤。老板觉得痛苦的时候,就会去储藏室。处理心痛也如此悄无声息。

艾米的信封里是接下来几天的购物清单,有两页半那么长。她写道:

我会尽量把清单缩减到必需品。咖啡罐里只有三十六美元和几美分了。给你三十美元。剩下的先记账,等我们有钱了再还,行吗?你稍微乖一点儿。别人能做到的话,你也能。我爱你,晚饭给你做炸鸡。对了,再多买一罐花生酱。这段时间阿尼就只想吃这个。谢谢了,我的弟弟。爱你的,艾米。另外,今天电视上会播《蓝色夏威夷》。这可是他最好的电影之一哦。你想不想看?

我把清单看了一遍。不知道的人大概会觉得我们家住了一支足球队呢。五根面包、无数袋薯条、几箱无糖姜汁汽水、蛋黄酱、一桶又一桶的黄油……真是没完没了。她根本没勇气当面跟我提。这么多年了,我和艾米组成了像夫妻一样的团队,还从来没有必须为我自己或家人祈求别人施舍怜悯的情况。然而家里人的胃口越来越大,总收入却应付不了,所以我没得选。

一直到六点十五分,我才鼓足勇气。兰姆森先生正在收银台旁边扫地,整个店里空荡荡的。

"老板。"我向他走去。

"说。"他停下扫帚,说,"怎么了,孩子?"

"那个……"

"没事儿吧?"

"艾米给我列了份购物清单。"

"嗯,我们的东西很齐全,只有梨子罐头和豌豆没货了。所以,你自己拿吧。"他笑了,想到店里的食物马上就要成为我们的,好像很高兴的样子。

我只能盯着自己的脚。"好像,呃,因为艾伦要去取牙套,呃,我们家还得做点儿应急装修,呃……她只给了我三十美元……"

"你居然要问,我都不好意思了。你想赊多少账都可以。吉尔伯特,你能付的时候一定会付的。这个我知道。"

"是的,先生。"

"就说这个吗,孩子?"

我点点头。

"那就去拿东西吧。"兰姆森先生吹着口哨走开了。

我推了一辆购物车,开始系统地核对每一样东西,过了一小时,装满了三辆购物车,才算结束。兰姆森先生都记了账,装满了二十三只购物袋,总价是三百一十四美元三十二美分。

我开口说:"不好意思。"

他说:"没事。"

我花了好长时间,才在车后座上放好这些袋子。我把一袋蛋和奶挤进去,卡佛家的旅行车开到停车场来了。卡佛夫人摇下车窗,打开顶灯,但没关发动机。我们俩应该只会寒暄几句。

"嗨。"她说。

"嗨。"我说,然后继续手上的工作。

"你知不知道星期四是什么日子?"她语速飞快。

我耸耸肩,又放了一袋东西进去。

"是纪念日。七年了。从你第一次……来看我,已经过去七年了。"

"不可能吧。"我慢吞吞地说。

"周四肯定有很多预约。我可以把孩子们送去游泳池。咱们来个纪念日野餐如何?"

"嗯。"我说,然后停下手里的活看着她。那么多货,弄得我都流汗了。

"我会做很多你最爱吃的。"她的语速比刚才更快。

"现在让我想吃的挺难的。我没什么胃口。"我指着那些袋子,但她好像看不出这之中有什么关联。

她眼里似乎只有我。突然间她紧紧抿起嘴:"有什么不对,亲爱的?"

一听她叫"亲爱的",我的肩都吓得耸起来了。七年了,我一直是她的亲爱的,她的秘密,她的玩偶。我甚至从来没跟别人约过会。贝蒂·卡佛夫人就是我唯一的女人。这些秘密幽会,够了,够了。

"怎么了?"

我转身看着她。

她看到我眼里的冷漠。

"哦,就这样了吗?"她说,"对你来说就这么简单?"

"不简单,一点儿也不简单。"

最后一袋东西放好了。我关掉兰姆森杂货店的灯,锁好门。我向她走去，心里的话再也憋不住了。"你为什么要选我？啊？你想要谁不可以呢！你选兰斯·道奇都可以！但是你选了我。就算是现在，随便在这镇子上选个年轻人，也有人很愿意，呃，向你学习。有长得很帅的，肌肉很发达的，在农场干活儿的。你他妈为什么选我？我就想不通了。"

"你是在发泄吗？我不会在意的。你今天很辛苦。"

我朝轮胎踢了一脚。

"野餐。就在咱们常去的老地方。星期四是我们的纪念日。你要么去，要么不去。"

我没有作声。

"是啊。我可以选别人的，但我选了你。"

"为什么？你为什么那么做？啊？"

"因为……"

"说啊，你说啊！"

"因为我知道你永远也不会离开你的家人，你永远也不会离开恩多拉。"

我盯着自己的卡车。后窗很脏。

"野餐，吉尔伯特，咱们的老地方。星期四。希望你能来。"她语速飞快地说完，换了一副几乎完全不同的嗓音说，"或者，你想就此说再见？"

我低头看着自己的网球鞋。得买双新的了。

她说："我也可以说再见的。我可以。"

"听我说，"我说，"牛奶要热坏了。我还买了冰激凌，要化了。"

"哈？"

"我买的东西。"我不跟她对视。

她挂了倒挡，悄声说："再见。"

"你这话一出口，肯定特别开心吧？！"我喊道。

"不。我一点儿也不开心！"

"可是你在笑啊！"

"有时候就是这样的，对不对？真好玩。"

她倒车出了停车场，准备开走。我招手示意她停下。她摇下车窗。"什么事儿？"

"你的顶灯。"

她面对着我，同时伸出左手去按按钮，灯开了。我站在那儿，一直等她的车消失在视线中。

我应该觉得伤心吧，或者至少有点儿什么感觉吧。

我看着车子里那一袋袋东西，眼前浮现出一群饥饿的孩子。他们骨瘦如柴，肚子瘪瘪的；他们妈妈的乳房也是干枯的。这么多吃的，进了我家门，好像有什么不对。我想着，可能是我内心出了什么问题，但很快就自己转移了话题。我开车回家，和着收音机里的音乐，引吭高歌。

我脑子里一直回闪着她说的话，"你永远也不会离开恩多拉"。我心想，我要让他们看看，让他们所有人看看。恩多拉的信号灯由绿变黄再变红。我停下车，就那样等着。我的油足够开到伊利诺伊或肯塔基了，这车里的食物够我吃一辈子了。我完全可以重新开始。

绿灯亮了。我的机会来了。但我在回家那条路拐了弯，闪了闪车灯。我那个傻弟弟正站在路边等我的信号。他确定是我，就往家里跑去。我还没开上车道，艾米和艾伦就跑到门口了。

"谢谢你。"艾米边说边接过两袋东西。

"嗯，谢谢。"艾伦说。

我把好多早餐麦片塞给阿尼。"玩去吧，孩子。"

艾米回来拿第二趟。她走得很快，气喘吁吁的。"艾伦刚刚断了个指甲。"

"哦。"我说。我还想问,这需要我伤心吗?

"妈妈有点儿头晕,她想吃东西。薯片你买了吗?"

"买了。"

"买了六袋吧?"

"单子上的东西都买了,我照着买的。"

"是是是,但是,我先写了五袋,然后涂了,重新写了六……"

"我不知道,艾米,你就把这些都拿去收拾好吧。"

阿尼跑回来,迅速地说了十次"花生酱"。

"嗯,阿尼,我给你买了花生酱。"

"黏黏的,黏黏的,黏黏的,黏黏的,黏黏的吧?"

"嗯,黏黏的。"

他倒在信箱旁边。这孩子又想搞事儿了。艾伦出现了,一个手指甲缠了新的创可贴。"你给我买酸奶了吗?"

"买了。"

"看来你还算是有用的。"她说,然后找了一个最小最轻的袋子拎。

袋子都进了屋。艾米和艾伦在厨房里收拾,阿尼大步沿着走廊来回走着,踩着小小的黑色蚂蚁。妈妈问今晚吃什么,艾米说吃鸡肉派。妈妈说:"太棒啦!!!"

艾米拿了一罐蛋黄酱朝我走来,低声说:"我们找时间开个会,好吗?"我本来想说"我很忙",结果她捏了捏我的胳膊,说,"是阿尼派对的事。"她笑了,好像希望我说一句"耶"。

"好,我来开会就是了。"

她说:"很好。"

"但是,"我说,"我不知道怎的,没什么胃口,所以我不吃晚饭了,好吗?"

"吉尔伯特……"

"我得尿尿了。"

我正要关楼下厕所的门,艾米突然钻了进来。她越来越胖,所以这厕所都快容不下我俩了。我坐在水池上,她说:"是钱的问题吗?是因为你必须赊账的事儿吗?是不是?"

"我也不知道。"

"钱的事儿委屈你了。我们很快就会有钱了。我知道要你开口真的很难。你不知道,能赊账买到这些有多么重要。"

我说:"没什么。"而其实是非常有什么的。我正要尖叫说,她应该对我们的钱更精打细算,结果她先开了口:"他们俩的支票都晚到了。"

我耸耸肩,想说:"又不是我的问题。"

"要是他们俩的都晚了,我有什么办法呢?"

"我真的得尿尿了,好吗?"

艾米说:"别因为我耽误了你方便。"说着从门口挤了出去。

现在,也该告诉你们了。

还有另外的格雷普。一个姐姐,一个哥哥。

姐姐叫詹妮斯,比我大三岁。我们把她送进了一所超棒的大学,她学的是心理学。你觉得她现在在干吗?你觉得她会如何利用自己才华横溢的天赋?她成了一名空姐。你信吗?这可是真的。詹妮斯是很理想的空姐人选,因为她有一张假脸。她那种非常完美的虚假,能让很多人觉得舒服。她露齿一笑,就能让坐飞机的生意人呼吸顺畅,因为这些生意人知道,尽管生活很艰难,但至少自己不是空姐。这让他们对自己的感觉稍微好一些。他们会觉得自己不加冰块,直接喝很纯的酒,这个行为也没什么错嘛。

詹妮斯经常回来。她住在芝加哥,会从奥黑尔机场起飞。她说,奥黑尔不是最漂亮的机场,也不是最干净的,但是最有个性的。我问她,最有什么个性,机场的个性吗?我很难描述空姐干些什么事儿。每次詹妮斯想解释她的工作,我就不理她。我从来没坐过飞机,因为不信任那玩意儿。

比詹妮斯大五岁,比我大八岁的,是我的哥哥拉里。每个月他都会寄来一张金额很大的支票,没有信,没有附言,信封上也没有寄信人地址。詹妮斯每个月会寄两次支票,金额稍微小些,所以,加上艾米在学校工作的钱和我在杂货店打工的钱,日子也过得下去。拉里一定挺成功、挺会赚钱的。他每年只回一次家,总是在同一天,阿尼的生日。他一般会一大清早就回来,带着礼物,跟圣诞老人似的;又会在同一天午夜来临之前离开,像灰姑娘一样。每年他都这么做。一年一度地来,一年一度地去,像钟表一样守时、准确。

灌艾米几杯啤酒,她就会跟你讲拉里的故事。比如,他骑自行车第一次摔跤,脸皮都摔破了,像一条条培根一样挂着,关节都露出来了,骨头也支出来了。换了你或者我,肯定会尖叫大哭,眼泪止也止不住。拉里却不一样,他走进房间里,血流得到处都是,脸上却一点儿表情也没有。

艾米说,他发现爸爸吊死在地下室时,冷静漠然地上了楼,当着正在烤面包的妈妈和艾米的面,拨通了电话。他请接线员派一辆救护车来。"我爸爸上吊了。"

詹妮斯说,拉里一年只回一次家,是有深层的心理原因的。她自称是心理学专家,也是格雷普家唯一有大学文凭的成员,说我们永远都不会懂,亲眼看见爸爸上吊自杀,对拉里造成了什么样的影响。她说,他没有尖叫,没有哭喊,没有吓疯,但这并不意味着没受到影响。相反，那件事给他留下了很深很深的创伤，伤到外人无法理解。

我只知道，阿尼这个盛大的十八岁生日派对会有所不同。如果妈妈没有跌穿地板，如果阿尼没有在睡梦中死去，如果艾伦没有怀孕，如果另外两个格雷普没有出什么岔子，也许，我们也许会好的。

我在卫生间的水池里洗了脸，看着镜子。我的假笑太多了，脸颊周围都起了皱纹，眼睛周围仿佛有一圈圈的"网"。衰老的早期迹象。

我拿T恤擦干了脸。脑中又闪过今天下午与贝蒂·卡佛夫人的对话。她那句"你永远也不会离开恩多拉"再次如幽灵般纠缠着我。"我知道你永远不会离开。"我斜着身子伏在水池上，用嘴唇积了一团口水，让它掉落下去。

20

一张猫王弹白色吉他的丝绒画挂在艾米的床头板上方。她房间的另外几面墙上，贴着无数张猫王纪录片"称王"的海报。每张海报上的他既年轻又瘦削。至于他后来那矮胖猪仔一样的形象，在这儿可看不出来。艾米的音响是老款的，七年级开学时爸爸买给她。音响系统的扩音器被阿尼用铅笔戳过了。艾米收集的猫王的唱片多达三十张，还有一个紫色的容器，里面装着猫王的各种45转黑胶唱片，包括一张原声的《温柔的爱》。墙上还挂着一个闪闪发光的金色相框，里面是《得梅因纪事报》宣布猫王死讯的文章。剪报都褪色变黄了。

我忍受不了这个"猫王博物馆"里的任何一样东西，赶快关上了灯，在黑暗中等着。我姐姐已经三十四岁了，但她的房间还是装扮成十七岁少女的房间。

楼下传来很响的电视声,水槽里堆满了衣服。不过,也听不到什么洗衣服、刷衣服、泡衣服的声音,因为艾伦宣布说,她手上突然长了疹子,情况很棘手,所以没法沾水了。

我躺在艾米的床上,想着猫王这样的男人和我这样的男人相比好在哪里。

我还记得他去世的那天,艾米在客厅的橙色沙发上睡觉。我们把她叫醒,告知了这个消息。她就坐在那儿,让詹妮斯至少重复了十遍。她不相信我们说的话,于是我们就拿了一台粉色的收音机,调到各种频道。有三个电台都在放猫王的歌,她还认为是巧合。接着有个DJ说他得了心脏病。艾米挣扎着上了楼,关上她卧室的门。

那天晚饭,我们做了艾米最爱吃的菜。那时候妈妈还会做饭,会烘焙、油炸、炒菜,也会出门公开亮相。阿尼帮我拿着那盘炸鸡配高丽菜沙拉,我们把晚餐放在她门外,敲着门。但她不肯吃东西。透过门缝能听见猫王在她的唱机上吟唱着,一首又一首。其实在门外的街上都能听见。

讲这么多关于猫王的事情,就是想告诉你,我这位姐姐那天晚上没缓过来。甚至可以说,在某些方面,她到现在都还没恢复。至少可以确定一件事,她没有忘记他。看一眼她房间的墙,你就明白我的意思了。

她的房间门打开了,灯开了。艾米说:"你在这儿啊,我们到处找你。"

"我说过我在这儿的。"

"你不饿吗?"

我什么也没说。

"你还好吗,吉尔伯特?"

"以前更好。"

"我们以前都更好。你什么意思？"

我开始解释说，在我看来，我们家吃得太多了。"还有很多人在挨饿，艾米，而我们吃得就像……"

艾米根本没听到我在说什么，一边喊着"艾伦"，一边朝走廊那头的厕所走去。艾伦拿着一沓彩色的纸和一袋彩色马克笔出现了。她正好要做笔记、制作名单什么的。去年她竞选了学生会秘书长，当然是赢了。她的竞选宣言是"艾伦·格雷普——思想的食粮"。

"吉尔伯特，"艾伦说，"希望咱们这次开会能见成效。"她从口袋里掏出一个管子一样的东西，开始往嘴巴上抹油腻腻的东西。

"我的天，你的嘴巴是什么情况？"我说。

"唇蜜。"

我发出呕吐的声音。

"唇蜜招你惹你了？大家都在涂啊。"

"大家？"

"是的。"艾伦抿了抿嘴。

"阿尼也在涂吗？妈妈也在涂？拜尔斯家的双胞胎也在涂？兰斯·道奇也在涂？没有，没有，没有，他们可没涂。"

"你又不是不知道我的意思。"

"我只听到你说的话。你说'大家'。你说错了。"

"就是个说法而已。"

"不要乱说，说话就说话！"

"你是怎么回事儿啊？"她问。

我提醒自己，她只不过是个刚刚拆掉牙套的十几岁的小屁孩。这时艾米打开门。"你们俩够了。"

我挤出一个假笑，表示"都听你的，艾米"。艾伦什么也没说，又打开那个什么什么唇蜜的盖子,往嘴巴上涂第二层。

"我们的时间不多了。"艾米说。

"肯定有时间的,"我说,"离他生日还有一个多月呢。"

"二十天。"艾伦大声说,"我的哥哥,你要是费心看了看我给你的那个日历,就知道留给我们行动的时间已经不多了。"

我看不得她,唇蜜太晃眼睛了。"我的妹妹,那个日历已经不在我这儿了……"

"哦,那是你运气不好。"

"阿尼拿去擦屁股了。"

艾米把指关节当成小锤子一样,在白色的梳妆台抽屉上敲了敲。会议正式开始,艾伦和我都安静下来。"今晚我们的时间不多。"她说。

"不是因为猫王的电影吧?"我问。

艾米点点头:"是他最好的电影。如果不是他最好的……"

没人提出反对。艾米总是处处为别人着想,她需要看猫王放松一下。

我靠着床,听姐姐和妹妹讲她们的想法。艾米说:"我们要不要做意大利千层面之类的东西,来点热狗和汉堡,或者比较简单的牛肉卷?"

我不置可否地耸耸肩。

艾伦倒是终于说了点儿好听的:"阿尼一直比较喜欢热狗,但他要满十八岁了,大家都知道,十八岁就是成年的标志,一盘意大利面也许会让阿尼更有成人的感觉。"

艾米仔细倾听着,她真是个好姐姐。她点头微笑,我却很想大笑出声。我想说"你傻啊,阿尼是个智障者啊。你不管喂他吃啥,一般的东西都会留在他脸上。他还是会每隔一天去爬那个水塔,一直到他死的那天，他还是一个六岁孩子的智商啊"，但我什么也没说。

艾米肯定觉得我要抨击艾伦了，她便悄悄伸出手捏了捏我的膝盖。

我从比较有建设性的角度提出问题："做什么吃的比较简单？"

艾伦叹了口气，仿佛我这个问题非常不合时宜。

"我只是想说，不要为了这个就累死累活的……"

艾伦脱口而出："简不简单不是重点。"

艾米觉得我们又要吵起来了，于是举起双手，轻声道："你们俩别闹了，求求你们，够了。我们都希望这成为一个特别的生日，希望成为全家的一个顶点。"

要是艾米能预先知道这个"顶点"最后成了什么，她肯定说不出这样的话。

* * *

大家继续制订庆祝计划，我的思绪飘到与女人有关的事情上去了。吉尔伯特·格雷普生命中的女人都怪异到匪夷所思。他的妈妈胖得像条鲸鱼；他的大姐疯狂崇拜猫王；他那个瘦得像根牙签的妹妹，有着网球一样的乳房。还有贝蒂·卡佛夫人……现在，还有那个来自密歇根的小东西，名副其实的吃人怪，有着漂亮的嘴唇。贝琪和她的西瓜。这个女孩可能是迄今为止最怪异的了。

"我们可以开露天餐会……"

"但是，如果下雨的话……"

"那我们就在室内吃饭……"

"哦，当然可以了，我刚才想什么来着？"

"《蓝色夏威夷》什么时候开始?"我问。

艾米整个人都发光了,看了看电子表,说:"还有二十四分钟。"

"很好,"艾伦说,"这样我们就有时间商量游戏和派对活动了。"

"哎哟,"我叹了口气,"我还担心没时间商量这个呢。"艾米和艾伦一起点头微笑。她们肯定以为我说的是真心话。

艾伦翻开一个紫色的小笔记簿。"杰夫·拉莫尔妈妈的舅舅会在万圣节的时候拉着干草车载人到处跑。"

"我们知道。"我说。

"但他只在万圣节干啊。"艾米说。

"我知道。但是,杰夫喜欢我。他想要我。特别想要。如果你们俩同意,我就叫他去让他妈妈找那个舅舅把干草车开到阿尼的生日会上。这肯定没问题。"艾伦笑了。她的眼神在艾米和我之间飘来飘去,想看看有没有把我俩给镇住。

"你觉得干草车怎么样,吉尔伯特?"艾米问。

"还好吧。"

艾伦生气地噘起了嘴。

"我也觉得还好,"艾米说,"我比较倾向于能在家周围进行的活动。"

"好吧,要是你不喜欢这个想法,要是你这么轻易就否定了我想了很久的计划,那我就没别的选择了,把笔记和草图扔掉算了。显然没人感激我所做的工作。显然你们俩策划的派对比我的好得多。"

"艾伦,求你别这样,"艾米非常恐慌地说,"我们很喜欢你的想法。我们很喜欢你付出这么多时间、精力和爱心,我们特别感激你的劳动,对吧?"说完看向我。

我坐在那里一言不发。

"艾伦帮了这么多忙,我们是不是都很高兴啊,吉尔伯特?吉尔伯特？"

"他不想回答你的问题，艾米。"

"哦，我很想，我特别特别想，但是……"我又不出声了。艾伦开始收拾她的东西，结果一声尖厉的"喵"划破空气。"你们听到了吗？"我问。又是一声"喵"。"又来了，有人听到吗？"声音从艾米卧室的门外传来。"我听到猫叫了！"我真的是在吼了，"艾米，你听到……"

"听到了！"她说。

"希望是一只温柔的猫。你是温柔的猫吗？"

我们俩说话间，艾伦拿出唇蜜，第三次往嘴上抹。

"你好呀，猫猫！你是温柔的还是凶的？"那只"猫"用类似于猫叫的声音回了句"嗯"。

艾米问："嗯，你很温柔；还是嗯，你很凶？"没有回答。那"猫"肯定被搞糊涂了。

"我希望这是一只温柔的猫猫，艾米，对吧？"

"猫"发出一声狗叫，又叫了一声。

"猫猫犯傻了呢。"我说。

"这猫很有才华呢。"艾米说。

"这猫很蠢！"艾伦尖叫，"这猫是个智障！"

我把艾米扑倒在床上，双手捂住她的嘴。我手掌上满是她那油腻腻的唇蜜。她伸手抓我，红指甲划到了我的脖子，然后揪住了我的胳膊。阿尼推开门，跑进房间。他扑进艾米怀里。两个人看艾伦和我打架。阿尼喘着气大叫道："我把你们骗到了，是不是？是不是？！"

"是的，阿尼。"艾米看着我，那眼神似乎是希望我死了。

"艾伦这么骂他，别想逃。"我想说，但却停止攻击，不去碰她了。她扇了我两耳光，但每次巴掌打上来的时候，我什么也不做，只

125.

是闭上了眼睛。阿尼也学起艾伦的样子,打艾米的头,直到她出手制止。艾伦蒙住她的笔记本,不让阿尼看,就算他根本不识字。"派对应该是惊喜啊。"她说。

电话铃响了。

艾伦和我同时说:"我去接。"然后都往电话那边飞跑过去。电话放在走廊的书架上,上面摆满了"少女神探南茜"系列。不知道是怎么回事,艾伦比我跑得快,接起电话,说:"是我,嗨!"就像她知道电话是找她的。

不过,我又是在骗谁呢?电话总是找艾伦的。

但这次她听了一会儿,放下听筒,走开了。她走进自己那粉色与白色相间的卧室,关上了门。

我拿起听筒。

"你好?"我说,"请问是谁?"我听到另一端传来打嗝声,"嘿,塔克尔。"

"你怎么知道是我啊?我什么都还(嗝)没说呢。"

"反正我就是知道啊。"

"哦。"塔克尔打了个嗝,"吉尔伯特,你得知道,刚刚发生了奇迹。在咱们镇,在咱们州。你的哥们儿塔克尔刚刚经历了超级精彩的一天。"

艾米肯定在挠阿尼的痒痒,因为他咯咯咯笑得可大声了。艾伦躲在房间里,不知道在捣鼓什么。楼下每过五秒钟左右,就传来换台的声音,妈妈正在找令自己满意的乐子。

"你有时间吗?"

我没回答。塔克尔觉得不回答就是"有"。

"鲍比有事要离开,因为莫特利死了人。他从'恩多拉长队'开出去。我就往家里开,觉得今天也太糟糕了。结果半路上看到那个女

126.

孩子,推着自行车走路,还有水果,很艰难的样子。我就停在她身边,问她要不要搭便车。"

"你把她送到家了吗?"

"嗯,你先听我说。"

"她住哪儿?"

"我待会儿再说。"

"她住哪儿?"

"你让我说完!"

"你先告诉我!"

"我待会儿再说!"他喊得太大声了,我赶紧把听筒拿得离耳朵半米远。我等着他安静下来。等我再把听筒贴到耳朵上,楼下传来尖叫。是妈妈在尖叫。"艾米!艾伦!阿尼!快来!快来!"

"得走了。"我对塔克尔说,"啪"一下挂了电话。艾米迅速冲出房间;阿尼跟在她后面;艾伦也跑出来了。我本来应该是第一个下楼的,但大脚趾被夹在阿尼的水泥搅拌机玩具里了。我手扶着脚,跳着下了楼。等到了楼下,我发现妈妈沉默不语地指着电视。艾米和艾伦站在她身边看着,阿尼的脸都要贴到屏幕上了。

"坐远点儿,阿尼,"艾米说,"坐这么近对你眼睛不好。"

"什么啊?"我问。

妈妈说:"嘘!!!"

艾米转头轻声对我说:"是特别报道……"

妈妈又像刮海风一样地说:"嘘!!!"

兰斯·道奇上电视了。他穿着淡蓝色的衬衫,打着红底白点的领带,样子有点儿像一面旗子。他正站在郊区的一栋房子前现场直播。黄色的警戒线后面围了一大群人。他周围还有跑来跑去的警察。

"谢谢里克,"兰斯说,"真是个令人震惊的可怕故事。这本是一个好家庭,三个女儿,一对勤劳又成功的父母,却有一个精神错乱的孤独的儿子。今天,对蒂莫西·吉尼来说,一切崩塌了。他好像是去林肯找了大学的朋友,待了一个星期,然后回家了。路上不知道在什么地方买了一把枪,上好了膛,一直等到晚餐时间。一家人吃晚饭的时候,他就把他们都杀死了。死者有他的父母理查德和帕姆,他的姐妹布伦达、詹妮弗和蒂娜,还有家里的宠物狗。"

"你信吗?"艾米说。

"兰斯太太太太帅啦。"艾伦说。

"他的头太太太太大啦。"阿尼说,想在电视屏幕上触摸他。

兰斯采访了几个邻居,他们都惊呆了,纷纷表达自己的惊慌和恐惧。"这么好的一家人,这么可爱的一家人啊。"

艾米说:"为什么总是好人倒霉?"

兰斯与警察局局长对谈。大家都在颤抖。

兰斯转身对着镜头说:"里克,这里的气氛完全无法用语言形容。他们都很震惊。我是兰斯·道奇,在西得梅因现场发回报道。"他摇着头。播音员说:"这是特别报道。十点我们将奉上更多的后续报道。现在继续咱们的节目。"

妈妈把电视机调成静音。短暂的沉默,我们都不知道该说什么。

我环视着客厅,看着我的姐妹、妈妈和傻弟弟。我看到那塌下去的地板、衰朽的房子。我闻到厨房里垃圾的味道,感觉地毯上全是尘土,我的衣服都发霉了。我理解蒂莫西,我也想消灭这个地方,消灭这些人。

妈妈那面团一样的大头开始摇晃,肥胖的手攥成拳头,吼道:"爆米花!"

"好的,妈妈。"

艾米进了厨房。她把玉米粒倒进煎锅,听上去像一颗颗小小的子弹。阿尼努力想用头触地倒立。艾伦则夸了好一会儿兰斯·道奇长得多么英俊，多么充满人性光辉。只有妈妈感觉到我心里在想什么。"吉尔伯特，他为什么要那么做？这个男孩怎么能把家人都杀了呢？"

"因为……因为他……"

"因为他恨他们？"

"不是恨。因为他觉得……"

"他一定很恨他们。他难道不知道自己有别的选择吗？"

"我不知道，妈妈。"

"他可以选择和你爸爸一样离开，是不是？哦，老天做证，我当然不鼓励这么选择。他本来也可以直接走出门，远离那一切。"

"是啊，可是……"

"可是什么？"

"也许他觉得他离不开他们。"

"不，他可以的。"

"也许他觉得，这家人离了他就过不下去。他是他们不可分割的……呃……"

"不可分割的什么？"妈妈点燃一支烟。

"不可分割的生存要素。"

妈妈大笑起来，好像在说"太荒唐了"。她又按了一下静音开关，电视机又发出声音了。艾伦到楼上煲电话粥去了。阿尼和艾米一起等着米花爆起来。妈妈不停地换台。我一动不动地站着。

21

"吉尔伯特，别去。"

"谁说我要去哪儿了？"

"我看得出来,阿尼看得出来。你要去。"我在给阿尼洗泡泡浴,泡泡飘进他的头发,盖住了他的脸,"你想去找猫王。我们才刚刚开心起来啊,就在这个时候。"他把自己的头按进水里,在下面憋气,比以往任何时候都要长。出水的时候,他张嘴不停吸气,然后说:"这比猫王要好。"

"说得对。"

"嗯,女生都在看猫王。哕。"

我坐在浴缸旁边的油布上。每隔几分钟阿尼就会打开热水,让水温回升。今天,阿尼全部的泡澡玩具都浮在水面上:塑料快艇、海绵篮球,还有他从来不戴的潜水镜。

"吉尔伯特。"

"嗯?"

"我讨厌猫王。我恨他。"

"你谁也不恨。你只是想说你不喜欢他。"

"不是。"

"你谁也不应该恨。"

阿尼摇头表示不同意。

"猫王做什么惹到你了?啥?没有伤害过你的人,你怎么能恨人家呢?"

阿尼指着左眼的位置。

"哇,阿尼,你还记得啊?"

他点点头。

猫王去世的那一天,阿尼丢了左眼。不是说他把左眼放错了地方。猫王去世,艾米很伤心,把自己锁在房间里,关了几个小时,不停地放声哭泣。妈妈很担心艾米,派我的大哥拉里,那时候他二十岁,出去买啤酒。接着,那时候十五岁的詹妮斯和二十二岁的艾米,还有拉里,整个晚上都在阁楼上买醉。他们放着猫王早期那些烦人的歌,跳着舞,发出很大很大的噪音。与此同时,艾伦、阿尼、我和妈妈在楼下看电视。妈妈让阿尼上楼去拿烟。阁楼的门后面就是飞镖靶。阿尼打开门,结果我哥哥正在扔飞镖。飞镖飞进阿尼的眼中,詹妮斯尖叫着:"正中红心!"他们醉得厉害,居然觉得这一幕很好玩。

"刚好打在这里,好痛。痛痛痛痛痛!"

"我想着就很痛。"

"哎哟,哎哟。"

"不过现在不痛了,对吧?"

"不痛。"

阿尼的左眼就这么没了。他戴了一段时间眼罩,但是看起来丝毫没有海盗的气质。

"他们一直都在闪灯。"他说。

妈妈叫了一辆救护车,陪阿尼一起去了爱荷华,那里有这方面的专家。阿尼最骄傲的就是,救护车司机一路上都在闪着急救灯。有一次,阿尼告诉我,他们没有拉警笛,直到他祈求他们去拉。他说,人们对只有一只眼睛的孩子还挺好的。

阿尼的泡泡都快没了。我注意到他的腹部,肚子越来越大了,赘肉开始一圈圈地累积起来,就像湖上的涟漪。

"我去了好长时间呢。"阿尼说。

他在那里待了大概一个星期,的确是太长了。本来我一直觉得他很蠢,一点儿用处都没有,但最后发现,他其实才是我生命中最好的际遇,直到他失去了左眼。

我还记得,他回来以后,我对他说,左眼看上去很好,像新的一样。我说这话，相当于是说，玻璃眼睛就和真的眼睛一样好。阿尼告诉我，那只眼睛是塑料的。他希望不是塑料的，而是橡胶的，有点儿像超级弹跳球，这样他就可以取出来弹着玩了。"哦，好吧。"我记得自己当时是这么说的。阿尼也说："哦，好吧。"

　　他在浴缸里站起来，要我拿毛巾。我把他的毛巾给他，上面有条紫色恐龙。他自己擦干了头发，然后钻进超人的睡衣里，后面有红披风和"威扣"魔术贴的商标。趁他还没一溜烟似的跑回床上，我拿了一块毛巾，对他说："闭眼。"然后努力把粘在他下巴上的花生酱擦干净。我按得太使劲了，他想咬我的手。我说："别动。"但他还是一直想咬我。

　　阿尼窜到楼下。我听到艾米说："别挡着电视。"妈妈说："你知道吗，阿尼，我要求不高，我只想看着你满十八岁。这不过分吧？"

　　他根本不会回答这个问题。他对回答问题从来都不怎么感兴趣。

　　我在一块小毛巾上擦干手，走到我的房间，躺在我的床上。但我心烦意乱，于是站起来，走到窗边，看着我家的后院。因为一直没下雨，我好几个星期都不用除草了。这倒也是个光明面。今晚，后院有蚱蜢在叫，还有邻居家的孩子在玩捉迷藏，恰好还是新月初升。后院中间突然出现了一束小小的光。好奇怪，那光闪了一瞬间，熄灭了，接着又出现了一束光。我首先想到的是萤火虫。但那光一开始很像擦亮火柴发出的，燃烧了几秒钟就熄灭了。我把脸贴在窗户上，看到一个人影，穿着黑衣服。我关掉房间里的灯。火柴继续诡异地点燃、燃烧、熄灭。我在猫王"情不自禁爱上你"的歌声中蹑手蹑脚地下了楼，从车库的门走出去，在黑暗中找到一只手电筒，溜进了后院。

　　"你好？"我说，"是谁？"没有声音。我用手电筒打着光，走到院子中间。我走到之前有光的地方，寻找用过的火柴。什么也没找到。我迅速用手电筒扫射了一下整个院子。可能是我的幻觉。我关掉手电筒,坐在秋千上。

这秋千还是多年前拉里挂上去的。他以前总是推我,推得很高很高。

夜晚的空气很潮湿,我的头发都开始打卷了。我把秋千荡起来,任性地旋转着,转得越快我就笑得越大声,渐渐地转得慢了,我看着家里这所房子,很努力地去爱这个家。我把手举起来,伸到 T 恤下面,用手指轻轻抚过自己的乳头。我往后靠着背,闭上眼睛。我觉得很刺激。此时此刻,就算是(长了胎记的)贝弗利也行啊。我听到一声咯咯笑。

我睁开眼睛,四下看。"我听到了。"我说。

我跑到以前玩绳球的场地,仔细一听,却只有蚱蜢的声音。我朝家门走去,差点儿被那张表皮已经剥落的红色野餐桌绊倒。我抬头一看,发现那巨大的拖拉机轮胎中有温暖闪烁的光。那是阿尼的沙坑。

今晚,我在自家后院遇到了很奇怪的事情。

我朝沙坑走去。

往轮胎里一看,看到一根蜡烛。蜡烛下面有一个白色的纸盘子,配了一把白色的塑料叉。盘子上有一块西瓜,黑压压的蚂蚁军团正在大吃特吃。沙中是某个女孩潦草的笔迹,写着这样一句话:

内在才重要。

第三部分

22

"我开着车,嗯,正在想事情。"

"挺好的啊。"

"然后呢,"塔克尔继续说,"我想着谷仓汉堡的那些申请表……"

这是第二天早上了。塔克尔和我一直在地下室安着木梁。他提着红色的工具箱出现,从那以后就一直没停过嘴。

"……想着我怎么才能搞一份。于是我就开车去了工地,结果发现那个女孩子正在走着。跟你说!她正拿着一个……嗯……啊,天哪……一个……嗯……"

"西瓜。"

"对!然后我就停车问她……"

"塔克尔,求你别说了。这个故事我已经听过了。"

"没有,你挂了我的电话。你根本连开头都没听到……"

"我们等会儿再聊这个女孩吧。"

"你又要挂我电话了,是不是?你现在就要这么做。"

"我们俩在一个房间里,我怎么挂你电话啊?"这个问题好像把塔克尔难住了,"我们是要修地板的。"我说,"我们要拯救楼上那头海象啊。"

塔克尔捂住耳朵。"天哪!你别这么说你妈行不行!你妈妈是个很棒的女人。"

我坐下来,清理着变成淡粉色的手指上的泥土。

"你太无情了！"他说。

我想说，支撑着妈妈不掉下来，这才叫无情。如果她想死的话，就让她去死好了。我爸至少还能下决心自杀。

"我会把咱们这番话忘掉的，"塔克尔说，"为什么呢？因为我觉得生活正在变好。我人生中终于有点儿阳光了。这个女孩子搭了我的车！坐了我的坐垫！我想开车到每条街上跑来跑去，朝每栋房子按喇叭，这样镇子上的人就都能看到我和这个女孩子在一起了……"

我给短一点儿的那块板子找到个螺栓，塔克尔暂时闭了嘴，扭紧那个C形夹，固定了特别重要的顶上部分。这沉默啊，是那么神圣，却又那么短暂。

我想告诉塔克尔，我认识那个小东西。我想让他知道，她狠狠咬了我一口。我很想给他看那片西瓜。不过，现在那西瓜还藏在我床底下一个密封塑胶袋里。昨天晚上我用水管把蚂蚁冲掉了，用T恤把西瓜擦干。然后用她用过的那根棍子，在沙子上一遍遍地写下"吃了我"，直到她那个关于"内在才重要"的邪恶信息完全辨认不出来。

艾伦下楼了，浑身散发着防晒乳液的味道。她拿了两只纸盘子，都装着火腿三明治、薯条，旁边还摆着泡菜。"艾米做的。"她边说边把吃的放在角落的一张凳子上。她揉着脖子，半认真地看着那些要支撑妈妈的板子和架子。

"你觉得怎么样？"我问，希望她能表扬一句塔克尔，让他别再滔滔不绝地说贝琪了。

"嗯……"她拖长了声音。

"就这样啊，嗯？你要说的就是这个？"

"不是。"

塔克尔离天花板很近，跨坐在两条安在下面的板子上，满怀期待地看着艾伦。

艾伦开口了："她不是你们想象的那样。她其实也没那么漂亮。莫特利的蓝迪·斯托克戴尔也是这么说的。她说要是明天举行爱荷华小姐选美比赛,这个什么'女孩'连四分之一决赛都进不了。蓝迪肯定很了解这个啊,对吧?我觉得肯定是的。我希望你们能传传这样的话,好吗?她没那么好看啊。真的,没那么好看。"艾伦转身走回洗衣机和烘干机那里,在脏衣篮里找到自己"冰雪梦"的制服,又走过我们身边,然后说,"恩多拉这里就有漂亮女孩子。就在你们眼皮子底下。"她走到楼上,怀里抱着制服,就像抱着个小宝宝。

"你饿了吗?"我说。

塔克尔看着我说:"她是怎么知道的?"

"你把我的三明治吃了吧。我不吃东西。"

"行。"塔克尔埋头大吃,"吉尔伯特,你妹妹好像我们肚子里的蛔虫啊。你不吃惊吗?"

"不。"

"我们刚说到这个新来的女孩,她就那么出现了,竟然知道……"

"塔克尔,"我打断他的话,"她就站在楼梯上,听我们说话听了十分钟。"

"是吗?你怎么知道?"

"我闻得到她的味道。"

"哦。"

他拿着两个三明治狼吞虎咽。这么小的个子,胃口却大得很。他满嘴塞着吃的,含混地说:"你撒谎。你根本不知道她在听。"

"我能闻到她的乳液的味道。我不是说着玩的。现在就是,她现在就在听。"

"我没有听你们说话!"艾伦朝下面喊。

塔克尔一脸茫然。我只是哈哈笑了笑。

一小时过去了，我们还在扭螺丝，转起子，钉钉子。

"你觉得还要干多久？"我问。

"看情况。"

"看什么情况？"

"看你有多容易满足。"

"哦，我很容易满足的。"我说。

"我知道，所以你才像现在这样活着。"

要是妈妈现在能穿透这些支撑板掉下来，把正在做工的塔克尔压死……

"你的头发越来越油，吉尔伯特。而且你也不怎么洗车。你很少很少说'谢谢'。这些都说明我的……呃……"

"结论。"

"结论，对。你不喜欢完成什么事情，不喜欢……"

"彻底。"

"哈？"

"你想说的应该是彻底。"

"我知道！你看，你都不让我说完……"

楼上的电话响了。求你了，一定得是找我的。

我听到艾米往地下室门口走来。她打开门，往下喊道："吉尔伯特。"

"千万别想到别的地方去了，塔克尔。"

楼上，艾米怀里抱了一大碗饼干面糊。她说："是法雷尔局长打来的。阿尼爬到水塔上去了。"

我说："我去找他。"因为去找他的总是我。出门之前，我将两根手指伸到面糊里，尝了一大口。艾米打了我的手，但手已经伸到嘴里了。我得意地笑了。

我想狠狠地大声地摔上纱门，以告诉家里这些女人，我已经受够了，每次都是我去把阿尼从水塔上弄下来。我把门推得快要飞起来了，然后冲出门去。我听到艾米说："别……"但她还没来得及说"摔门"，我就已经走了。

23

是从去年夏天开始的。

阿尼发现他可以爬上水塔，现在一逮着机会就往上爬。

我到了以后，发现有一小群人正抬头看着上面，很受惊吓的样子。阿尼正挂在栏杆上，用手臂吊着自己。法雷尔局长说："孩子，你最好去把他弄下来。我是不可能上去的。"我尖声叫道："阿尼！"他晃了晃脚，一只鞋掉到地上。水塔很高，要是他掉下来，这世上就没有阿尼了。我迅速从边上的金属梯子爬上去。这孩子咯咯直笑，正在享受着好时光。他还从来没这么炫耀过呢。肯定是因为警车上那些灯在闪烁。

* * *

我爬到他身边。

"吉尔伯特，他们在看阿尼，他们在看阿尼。"

我说："他们肯定得看啊。"然后把他拉到安全的地方。

我们一起爬下去。

爬到半路，我就喘不上气了；我的牛仔裤里全是汗，而人群不知怎的就是不散。

法雷尔局长拿着那只鞋在下面等着。落地了，我接过鞋，套在阿尼脚上,把鞋带系了个活结。

我说:"没事了。我带他回家。不会有下一次了。"

"孩子,你每次都这么说,然后过几天我们又得跑一趟。"法雷尔局长嘴里叼着一根牙签,我从没见过牙签这么具有威胁性。

"我明白,我保证这次是最后一次。是吧,老弟?"阿尼盯着自己的双脚,下嘴唇撇出来。"是不是?"我狠狠捏了捏他的胳膊。阿尼一点儿也没屈服。

"这是第九次还是第十次了。我必须把他带走了,你懂吗?"

"什么?"

"我们下次就把他带回局里。我们会录他的指纹,把他关几天。我们对你,也对你姐姐说了,下次要是再犯,我们就别无选择了。这次是最后一次,所以真碰到这样的事儿,你也别吃惊。"

我血气上涌,脸都涨红了,心跳也加速了。我说:"别呀。"

"不好意思,孩子。"

我轻声说:"但他是个智障啊。"

法雷尔局长说:"我看是智障得挺明显。"边说边用嘴把牙签挪来挪去。

于是,我的傻弟弟阿尼,弄死一只蚱蜢也要大哭的阿尼,被带进了警车,要进监狱了。他们把他押进车后面,我听见他说:"灯一定要闪,警笛一定要响。好吗?"阿尼像参加游行一样向人群挥手,警车扬长而去。但没有警笛,也没有灯,一点儿动静也没有。

围观的人都在悄声议论,有两个年轻女孩子在大笑。她们是汤姆·凯斯的妹妹,光是看看她俩穿粉色裙子、戴塑料发夹的样子,我就气不打一处来。我朝她们竖了个中指。不知道是谁的妈妈说:"你还真是做了一个好榜样哦,吉尔伯特·格雷普。"这种超级好妈妈的话我是不屑回答的。我直接钻进卡车里,急着回家。

开出去的时候，我看到那个叫贝琪的女孩子，穿着白色短裤和吊带衫站在那儿。她和一位老太太在一起，肯定是她的外婆。她手里拿着桃子，咬了一口，似笑非笑。我掉转车头开出去，飞快地往家里开。我刚刚朝两个十岁女孩子竖了中指，我心想。贝琪肯定忘不了了。哎呀，去她的，她还吃人呢。

家里，艾米站在前廊等我。她问："阿尼呢？"我哈哈大笑起来，但不是因为这事儿。我说："他们把他带去坐牢了。"艾米根本不信。接着，我们听到屋里传来一个声音："他们干了什么？"

艾米说："没什么，妈妈。"

"我还以为她在睡觉。"我悄声说。

"我听见了，"妈妈说，"他们把阿尼怎么了？"

艾米和我对看了一眼。"我们得告诉她。"艾米说。

于是，我们就告诉了她。妈妈一边听，一边握拳搥在桌上，泡着麦圈的牛奶都洒了出来。"去拿我的外套。"

我看着艾米，脸上的表情在问"她刚说了什么"。我们哀求她留在家里，但她根本不听。"可能你应该……"

"我的外套！"

艾米拿了妈妈的黑色外套，看上去更像是小帐篷。我迅速思考，解决了鞋子的问题。我从走廊的橱柜里翻出我冬天穿的靴子，妈妈把脚塞了进去。她这样子，下雪也能出去了。

艾米说："还以为警察有别的事儿做，不会为难一个喜欢爬水塔的可怜孩子呢。"

妈妈一句话也没说。她的脸涨得通红，简直是在咆哮了。

我冲到楼下，跟塔克尔解释说，妈妈要出征了。我催他快点儿干活。"说不定我们回来的时候你已经完成了呢。"

"有可能。"塔克尔说。

吱呀吱呀的声音,天花板开始出现裂缝,灰不断往下掉,这说明妈妈已经踏上了从客厅到家门口的征途。

我又迅速上了楼。

我跑到外面的车上,把车上所有的包装纸、杯子和废纸,还有艾米的一堆东西都清理干净。我把副驾驶的位子挪到最宽最宽。妈妈从屋里挪出来。艾米跟在她后面。我像豪车司机一样打开副驾驶那边的门,妈妈把自己塞了进去。外面至少有九十五度[①],妈妈却穿得像过冬似的。我很想问她,知不知道自己这次与上次"公开"亮相隔了多久,但我什么也没说。艾米钻进后座,我启动了卡车。妈妈坐在车里,我们整体都有点儿向右倾斜。我转头看着艾米,想用眼神跟她交流,说我不确定车子能不能成功撑到目的地。艾米看着我,眼神在说:我明白你的意思。妈妈要抽烟,我又跑回屋里,拿了三包上车。这很可能是漫长的一天。

县上的监狱在莫特利。在理想情况下,只需要开二十分钟。但我们车上加了这么大一个包袱,很可能得开三十五至四十分钟。

我们开车穿过镇子,往十三号公路开。妈妈说:"把艾伦带上。"我说:"她在上班。"艾米也说我们三个能对付得了,但妈妈不听,她只是重复说:"把艾伦带上。"一旦妈妈重复什么话,那是必须要办的。

车子蹒跚地朝"冰雪梦"开去。

艾伦正在给两个拿着甜筒冰激凌的小男孩找零钱,转过身就看到我们开进了碎石停车场。她嘴巴张得巨大,谁都能看出她脸上一下子

[①] 单位为华氏度,约等于35摄氏度。

没了血色。我下了车，走到外带窗口。

"来吧。"我说。

她说："怎么回事？"我说是阿尼，他没什么事，但她必须和我一起走，因为妈妈希望她也在车里。

今天，和艾伦一起值班的是个叫辛迪·曼斯菲尔德的女孩，十七岁就当上了经理助理。她希望自己有一天能成为"冰雪梦"的店主。艾伦走出门，铃铛响了，辛迪恐慌地问："是谁死了？"我想说，我衷心希望你，辛迪，今天之内就消失。但我只是说："没有人死。暂时还没有。"

格雷普家的大部分人都在车里，上了公路。艾米挪到妈妈后面去了。艾伦坐在我后面，穿着白色涤纶制服，像个护士。她还想从后视镜检查一下自己的妆。艾米把手指尖按在一起，笑了，这说明她一定非常担心。我把车窗摇下一条缝，说句实话，妈妈有一段时间没洗澡了，那个味道实在令人难受。

艾米说："吉尔伯特，开一下收音机吧。"

妈妈嘟哝了一句。

我转了下旋钮，听听每个台都在放什么，突然遇到猫王在唱"在贫民窟"。

"开大声点儿。"艾米说。我照做了。她跟着歌做口型，我真感激她没有唱出声来。

没人说话。歌唱完了就是播报新闻。妈妈做了个关掉的手势。现在，车里一片沉默。艾米说，一个人能承受的消息是有限的，希望阿尼没事。她很快又补上两句："他当然没事啦。他们可能只是想给他点儿教训。"

艾伦刚刚补完唇蜜，检查好眼影，她开口说："有没有哪位好心人跟我讲讲到底怎么回事？咱们的阿尼怎么了？"有时候我很好奇，到底是谁教艾伦说话的呢。她讲话怎么这么像大城市的女孩子，我真是想破头也想不明白。我想提醒她，你是恩多拉人啊。我的老天爷，她又不是贵族。她是格雷普家的孩子。

我为小公主简单地叙述了一下事情的经过。艾米又说了两句。说到严重的地方，妈妈哀叹了几声。

莫特利是个县府，这里人口超过五千，到处都是快餐店，有个迪斯科舞厅兼保龄球场，还有两个电影院。警察局兼县监狱挤在市中心，我唯一能找到的停车点在街对面。我希望妈妈能在车里等待，但当她推开自己那边的门时，我的一切希望都破灭了。她费力地下了车，买东西的人和骑自行车的孩子走过路过，都停下来盯着她。一只狗叫起来，另一只狗跑了。不过，妈妈还算站得稳，她的黑色外套和我的冬靴支撑得不错。两姐妹和我一起走向警察局。车流都慢了下来。整个莫特利悄无声息。妈妈过个街就花了五分钟。

据说，县警察局局长杰里·法雷尔和我爸爸在同一个夏天向妈妈求过婚。爸爸自杀以后，法雷尔局长巡逻经常经过我家，朝我们这些孩子挥手。拉里打少年棒球联盟比赛时，他穿着制服，坐在赛场外警车的车盖上，为拉里加油。拉里只安打过一次，法雷尔局长还为他闪过警灯。阿尼当时肯定尖叫来着。法雷尔局长真是深爱着我妈妈啊。

他们很多年没见面了。

我为妈妈打开警察局的门，又是叮当的铃响，她挤了进去。我看着法雷尔局长从办公桌前抬起头来，脸上的表情仿佛猝死一般。他的眼睛瞪得巨大，好像里面灌满了牛奶。

妈妈说："我来领我儿子。"

无线电调度员话说到一半就停下了,两个秘书抬头一看,下巴都快掉了;一位年轻的警官瞪着法雷尔局长,脸上的表情在说:"我该怎么办?"

局长一边低头看着自己黑色的鞋,一边说:"你得把这些表填了。"

"不,我不填表。"

"警察局的流程要求……"

"不。杰里,把我的孩子还给我。"

"但是……邦妮……"

"我的孩子,我要我的孩子。"

法雷尔局长看了一眼那位年轻警官,他迅速消失在走廊那头。几秒钟后,阿尼就出现了。年轻警官说,他可以走了。

我们离开的时候,铃铛又响了。我转身看了一眼法雷尔局长。他瘫在椅子上,我猜是消化不了这个样子的妈妈。我狠狠地关上玻璃门,铃铛响得更欢了,希望能把局长惊醒过来。结果他连动都没动一下。

我们开车回家。阿尼坐在中间,我和妈妈夹着他,像三明治一样。艾米和艾伦坐在后面。我把油门踩到底,但时速最多也就是六十多码了。没有开收音机。妈妈紧紧抱着阿尼,抱得他脸色都发青了。妈妈发出的声音,有点儿像口琴声。我一直觉得,她哭的时候特别像在吹口琴。

我从后视镜看到,艾米正在努力克制自己的微笑。她环视四周,看着我们所有人,很高兴我们终于有点儿像一家人了。"我们根本算不上一家人。"我想说。后面的车想超车,于是我打开应急灯,沿着路肩慢慢开。

远处出现了恩多拉水塔。

妈妈还是紧紧抱着阿尼,你都能看到他左胳膊上逐渐有了她的手印。她的眼泪砸在他头发里，不知道的人还以为阿尼去游泳了呢。

我们在"冰雪梦"把艾伦放下，然后开车回家。艾米炸了点猪排当晚餐。我布置着餐桌，阿尼则黏在妈妈脚边。

24

我妈妈变成了恩多拉的"尼斯湖水怪"。可能是那些看见我妈的人对那些没看见的人说了什么，每天都有人来想瞅上一眼。"恩多拉长队"的胶卷突然大卖，只因为很多乡亲都想成为记录全新"升级版"邦妮·格雷普的第一人。

妈妈把阿尼从县监狱解救出来几个小时之后，镇议会就开始暗中决策该采取什么措施了。昨天早上，一篮子节食减肥的书被包得像圣婴摩西似的出现在我家门口，字条上写着："爱你们的恩多拉"。我让艾米给妈妈看看这些书，但艾米说她不敢。她把这些书藏在了房间里，藏在猫王的唱片后面。猫王活着的时候，要是能稍微节个食减个肥，那应该是很有好处的。真是遗憾啊，猫王。

麋鹿小屋的成员都是逐渐变老的男人们，他们的鼻毛很多，耳垂厚实。周例会上，他们传递着一顶帽子，筹集了七十二美元和几美分这么一大笔善款。这已经算是天文数字了，因为麋鹿小屋的大部分成员都是农民，长期不下雨，他们都过得很拮据。其中有几个男人，包括哈利·巴罗斯、米罗·史蒂文斯、约翰尼·迪特曼、杰里·盖普斯等，年轻时都曾爱慕过我妈。他们经常提起她。如果被问到了，每个人都会讲一讲我妈如何让他心碎的个人版本。米罗·史蒂文斯说："吉尔伯特啊，你妈妈把我们伤得稀碎，就像冰雹砸烂窗玻璃。"菲尔比·班克斯特告诉我："邦妮·格雷普就是世界第八大奇迹。"这是有一次他老婆在店里买纸盘子时，他悄悄告诉我的。那七十二美元被装在一个用大写字母写着"邦妮"的白色信封里,神秘地出现在我家。里面还写着莫特利一个营养师的名字和电话。艾米把现金退了回去,附了一张便条:"谢谢你们。但还是不要了,谢谢。"

我不介意麋鹿小屋的男人们做的事情。他们只不过是寻找自己所失去的东西,不管他们失去了什么,反正就是很想帮帮我这个正在沉沦的妈妈。也许,她变瘦了,他们就会变年轻。

还有无数的女人,自从我妈妈露面之后,她们就成群地聚集在镇上的两个不相上下的美发店——"芭芭美容美发"和"恩多拉美人",幸灾乐祸地大声宣扬,邦妮·格雷普再也不是以前那个美人儿了。我对她们也一点儿都不生气。

昨天下午,我正在洗车,艾米眼里含着泪,对我说:"这镇上的女人都在嘲笑咱们的妈妈。"她这样一说,好像觉得我一定会生气。我说:"我没觉得有什么。"她双手一甩,冲回屋子里。

妈妈花了好几年,才决定该嫁给谁。镇上所有男人都希望能与她牵手,她也把自己的心之所属瞒了很久,最终选择了阿尔伯特·劳伦斯·格雷普。落选的男人勉勉强强地跟自己的第二、第三,甚至第五、第六选择结了婚。没有人喜欢得安慰奖。

而现在的我妈,体形是原来的三倍,让镇上所有女人都觉得,老天有眼,命运公平。

昨天,我度过了特别开心的一个小时,列出了很多我这小半辈子最棒的想法。我决定雇塔克尔搞一块巨大的标牌,上面写着"邦妮最胖"。我可以在十三号公路上每隔数千米就租一块广告牌,弄点儿什么"发现格雷普一家""看阿尼跳舞""艾伦·格雷普,好吃又好玩"这样的话。艾米搞一个小卖部,给参观的人卖爆米花和柠檬汁。艾伦把她那个粉蓝卧室变成"亲亲小站"。阿尼就坐在椅子上看着大家,让他们猜猜哪只眼睛是假眼。詹妮斯精心撰写一份导游词,带着大家转转我们这栋房子，透露一下相关的历史花边新闻。她可以穿着空姐的制服，露出空姐的假笑，做空姐的手势。我可以在地下室吊一个毛绒玩具版的我爸。拉里就站在那儿，一动不动，盯着我爸，就跟他发现我爸自杀那天一模一样。参观的高潮，就是大家一起来观赏我妈妈。大家全都写一个数字，对她的体重进行估计。我就把她叫醒，让她艰难地站起来。众人热烈鼓掌，她站到一个体重秤上，电子屏幕上出现她的体重数字。最接近的人能得到某种奖励。

就在那短短的一小时内，我设想出了一个家族产业，真是独一无二，任何人都比不了。我眼前出现一幅大好图景，这个拼命挣扎求生的小镇会经历经济复苏，四面八方的人们都开车来看我们。这个想法如果变成现实，我们就能一起合作，纪念我们的过去，和全世界分享。我把这一切详细地解释给阿尼听，他很喜欢这个主意。

昨天吃晚饭时，阿尼正咕咚咕咚地喝着他的"酷爱"；妈妈高声尖叫着"我宁愿抽烟，也不愿意吃这个炖菜"。我突然没忍住，哈哈大笑起来。艾米生气地瞪着我。艾伦差点儿往我手上插一把叉子。我怎么能跟她们说我一下午都在设想什么呢？

好吧，反正，我活下来了。活下来，就得有尊严。现在，支撑我活下去的，就是经常放任自己幻想那个密歇根女孩。她的黑头发、她的皮肤、她的味道，像幽灵一样纠缠着我。但真正穿透我内心的，是她的双眼，仿佛洞察了我的每一个秘密。我上次见到她，还是在水塔边，警察把阿尼带去坐牢那次。她在等着我进行下一步的行动，但我做什么都比不过她在沙坑里放西瓜这件事。所以我先等等吧。我比她大，所以要表现得更成熟些，更有耐心一些。我要让她饿一饿。

快到午饭时间了。今天是六月二十九日，星期四，离阿尼的派对还有十七天。我在上班。兰姆森先生今天特别有运动精神。他拿着拖把在二号过道拖来拖去，转前转后。我终于开口问道："怎么这么开心啊?"

他说:"有时候人就是会突然想到,生活真是充满了福佑。"他满溢的乐观真是富有感染力,就在这个早上,我竟然开始喜欢整理狗粮那一区了。

过了几分钟,狗粮看上去竟产生了前所未有的吸引力。我全身都沾上了一股普瑞纳狗粮的味道。兰姆森先生吹着口哨,我听不出来是什么歌。这时候雷克斯·梅尔福德夫人从面包架后面走出来,说:"吉尔伯特,过来。"

"我……呃……有点儿忙……"

雷克斯·梅尔福德夫人微笑着,好像在说,我知道你怕我,吉尔伯特。我突然产生了一股冲动,想拿胶带封住她的嘴。雷克斯·梅尔福德夫人是浸信会忠实的成员,每年恩多拉送去州博览会的黄油牛奶饼干都是她做的。

"我只耽误你一秒钟。"

"兰姆森先生会很乐意帮您……"

"是鸡蛋的事儿。吉尔伯特,你得帮我们顾客吧。"

于是,我跟着梅尔福德夫人,也跟着她身上那股某种洗涤剂一样的香水味。她穿了一条屎绿色的涤纶裙子,配了黑鞋,头上还戴了一顶遮雨的塑料帽子。不过已经好几个星期没下雨了,所以我不清楚她戴着顶帽子,是友好地想让别人怀着下雨的希望,还是只是以防万一。

我仔细地观察她。她快要六十岁了。头发染成了褐色,烫着小卷,基本上就是这个镇上常见的那种头盔一样的发型。这种发型能经得起任何天气的"打扰"。就算是她左右摇晃,这发型还是始终挺立朝前。

我跟着她走过牛奶区,走过奶酪区,来到鸡蛋区。她拿起一盒,掀开泡沫塑料的盖子。"这些鸡蛋都破了,摔碎了。"

"嗯,夫人。这种情况也是有的。"

"真的吗?"

"是啊,当鸡蛋就会遇到这种霉运。"

我往下面找,想找到一整盒都没破的鸡蛋。

"你知道吗,吉尔伯特,鸡蛋就像人一样。"

哦,天哪,不要啊。我想溜走,她抓住我的胳膊。这个女人还真壮啊。几个孩子走进店里,找兰姆森先生买糖。我想尖叫说,强奸啦!

"我们都是小小的破碎的鸡蛋。"

我说:"你放开我的胳膊,你放开我的胳膊。"

她放开了。我往后退,碰到了水果和蔬菜罐头。她笑了。"吉尔伯特,信奉上帝吧。"

"嗯,告诉他,我谢谢他了。"

雷克斯·梅尔福德夫人突然变得滔滔不绝,看她说话的架势,这番话应该是提前背诵好,演练过的。而我疯狂寻找好一点儿的鸡蛋。她这些话绝不是自己能说得出来的。我一边听着,一边努力摆出开放的态度。等我觉得她说完了,就开口道:"这里有一些好蛋,一些很好的基督蛋。完美。白白的,圆圆的。蛋壳一点儿裂缝都没有。"

她不笑了。

"拿去,吃吧,"我说,"吃你的蛋。"

雷克斯·梅尔福德夫人脸上露出十分忧虑的表情,目光闪烁,短促地吸了口气,双唇抿成一条封冻的线。"上帝原谅你的罪恶。"

我立刻回应道:"我也原谅他的罪恶。"

她慢慢往后退,差点儿忘了为鸡蛋付钱。

她一走，一种突如其来的恐惧就笼罩了我。我感觉，好像有人宣战了，某种圣战。我们家的很多人都赢不了。雷克斯·梅尔福德夫人也许只是一个开始。

我挂好围裙，伸手捋了捋油腻腻的头发。"兰姆森先生，我吃完午饭回来。"

我上了卡车，迅速开回了家。我突然想到，恩多拉这无数按时去教堂的人，可能在密谋着什么大事。

你要知道，我爸爸曾经在恩多拉路德教会唱诗班做了多年的独唱。他唱得很糟糕，但却是唯一有勇气自己站出来唱的。当他给自己的脖子拴上死结吊死的时候，大家都非常震惊。爸爸是在星期二上吊，星期四下葬的。星期天，怀孕的妈妈、艾米、拉里、詹妮斯、我和婴儿阿尼就回到教堂，坐在最前排。幸运或者说不幸的是，那个星期读的《圣经》里，有一段讲的就是自杀。教堂长凳上那些人，几分钟前还热烈欢迎我们出现在教堂，结果妈妈站起来，领着我们沿着中间的走廊回去，大家都惊呆了。读着《圣经》的奥斯沃尔德牧师停下来了，教堂里有些女人在窃窃私语。而最大块头也最虔诚的引座员肯泽尔先生脸上带着微笑，拿着一个接受供养的柳条篮子，想拦住妈妈的去路。妈妈停下来，挺着大肚子，艾伦还待在里面。她开口对肯泽尔先生说话，声音大得连弹管风琴的斯塔布斯夫人都能听到。妈妈说："关于我家阿尔伯特的问题，上帝已经说得很清楚了。我想我对上帝的态度，也很清楚了。"怀孕八个月的她用尽全身力气猛地推开门，艾米怀里抱着哭哭啼啼的阿尼，跟在她身后。接着是拉里、詹妮斯，还有我。

于是我们就不再去教堂了。周日上午成了我们唯一真正快乐的时光。别家的孩子们都在教堂里跪着，祈祷着，唱着颂歌，根本不知道这些话是什么意思；而我们穿着睡衣，互相甩着食物，在看电视。

25

我中途回家,却发现阿尼情况不太好。他光着脚到处乱跑的时候,踩到了一只死蜜蜂。那只脚肿起来了,他正在尖叫。我紧紧抱着他,让他不要不安地扭动;艾米则把小苏打和温水混合在一起弄成糊糊,据说能止痛。阿尼一直说:"我什么也没做啊,我什么也没做啊。"我大概花了二十分钟,想说服他,他被刺了,并不是因为自己做错了什么事。我努力向他解释,有时候人们被咬被打,其实是没什么理由的。但我弟弟理解不了这个概念。他唯一觉得安慰的,似乎就是那蜜蜂本身就是死的。阿尼说:"要是我杀死了它,哦,天哪!哦,天哪……"说得对。要是那只蜜蜂是阿尼弄死的,那把蚱蜢的头砍下来这事儿又会浮现出来,他又要崩溃了。

我在公路边停了车,走了将近一百米,去了贝蒂·卡佛夫人说她等我的地方。我看见她在树下,那是一棵巨大的橡树,弯曲地伏在臭鼬河上。对,我之前说过,这河其实就是连条小溪都算不上。我最先脱口而出的话是:"我迟到是因为阿尼和一只死蜜蜂。"

她抬头看我,用很柔和友好的表情听我说话。我喘口气,她说:"纪念日快乐。"

"我回了趟家,所以肯定就遇到事情了……"

"没事,吉尔伯特,纪念日快乐。"

"嗯嗯,但是……"

"我猜你会迟到。"

这话我就想不明白了。"你猜?为啥?"

"你都不想来。"

真讨厌,为什么大家都知道我内心深处的想法啊?我连忙装出一副对她的指责很震惊的样子。

"没关系的,要是换了我,也不知道该不该来啊。"

这样的谈话我可不怎么受得了,于是我俯下身子亲了她的脸颊。嘴唇我就亲不下去了。

贝蒂·卡佛夫人准备了一顿午间野餐,让野餐显得特别完整:一张红白格子野餐垫,也许是毯子,反正就是那个东西。上面有一大桶炸鸡,还有饼干、糖果和柠檬汁,甚至还有一瓶红酒。另外还有高丽菜沙拉,当然还有土豆沙拉。

"哇,"我盯着眼前这些食物,"你还真是什么都有。"

贝蒂·卡佛夫人把一张餐巾塞在我衬衫里,打开"特百惠"的盒子,让我迅速看了一眼,然后又手脚麻利地合上。鸡肉看上去又脆又湿润。我现在就想把鸡肉送进嘴里。

"我听说了你妈妈去莫特利的事。"

"是啊,你和全世界都听说了。"

"我很崇拜她。她真的很爱你们这帮孩子。"

我抚着肚子,发出一个"我很饿"的声音。贝蒂·卡佛夫人不说话了,我看到她的双眼深处有种绝望的神情。我明白她希望我能长大。她把最大的那只鸡腿放在我那个红白蓝相间的纸盘上。我咬了第一口含在嘴里,汁水或油脂之类的东西顺着下巴往下流。她侧过身来亲吻我,或者想把它舔掉,但我拿起餐巾,她就不能这么做了。贝蒂·卡佛夫人挪开身子,好像并不是什么大事。她是想接吻的。

我说:"这可能是有史以来最好的鸡肉。"

她忙着往我的盘子上放高丽菜和土豆沙拉。我看到她那双手,比脸要显老多了。手指皱皱的,指甲周围的皮肤很干,还翻着皮。她的指甲都很短,不是刻意用指甲刀修剪的,感觉像被谁啃了一样。

她把双手垫在屁股下面,企图遮住。她肯定感觉到我批判的目光了。

我说:"你的结婚戒指。"

"怎么了?"她边倒柠檬汁边问。

"看着挺贵的。"

"是挺贵的。"

"你和卡佛先生曾经是很幸福的,对吧?我是说,曾经有过美好的时光。"

贝蒂·卡佛夫人没有回答。她穿了一条白色的夏裙。她的手慢慢从身下抽出来,烦躁不安地摆弄着一张餐巾。

我开始吃第二块鸡肉,是一块鸡翅。

"你爱吃鸡,是不是?"

"嗯。"

"你最喜欢吃鸡。"

"嗯。"

"我喜欢给别人做最爱吃的东西。"她从野餐篮里拿出两个橡皮筋,把头发绑了个马尾,"我还做了一些饼干,巧克力曲奇饼干。"

我微笑着,因为我应该微笑,还尽义务一样地来了句"太棒了";而我一直在想,她有没有把饼干烤煳呢。

我吃个不停,她躺在地上,看着天上的云。我一直在说:"嗯嗯嗯,太好吃了。我的天哪,这鸡太好吃了。这个高丽菜太棒了。土豆沙拉太好吃了。"我觉得自己就像一个为了吃而不顾廉耻的荡妇。不过,尽管她并没有得到想要的一切,但至少也得到了一些。我对她做的鸡肉的爱,已经超过了她那个可悲的丈夫给她的爱。

"那个看着像条船。"

"哪个?"

"那些云。你看,有桅杆,有帆。"

"我看不出来。"我说。

贝蒂·卡佛夫人把手放进了悬在她白裙子上的两个大口袋里。"你现在多大了？"

"二十四岁。"

"这真是让我……哎，你能信吗？"

贝蒂·卡佛夫人从天上的云里看出恐龙、圣诞老人的胡子、一个烛台，还有我。"那就是你，吉尔伯特。你就是那片大云。"

"那个看着又不像我。"

"但那是你的灵魂。"

"嘿，你要吃鸡吗？"

"是给你吃的。这里的所有东西都是给你吃的。"

我把剩下的四块都放到自己的盘子上。

"你看那片小小的云，"她说，"就是动得最快的那片。"

"哪儿？"

"最小最小的那片，比别的都要黑一些。"

"嗯，嗯，我看到了。对了，这个鸡的菜谱，你能给我姐姐吗？"

"那片小小的云就是我。你注意到了吗，它在追那片大云？"

"没怎么注意到。"

"我也觉得你没注意到。那小小的云一直追着大云跑，突然就停下来了。"

"因为风停了。"

"是啊。"

"所以呢，只不过是几片云而已，对吧？"

"算了。"

我心想，等等，难道这是那种说出来的话并不是字面意思的谈话吗？

"你没懂，是吧？"贝蒂·卡佛夫人突然站起来，走到臭鼬河上的那座小桥上。走到中间的时候,她掉进了水里。她颤抖着挥舞手臂,咳嗽着,呛着水。

"我知道你会游泳!"我喊道,"我不会救你的。不会的!"

贝蒂·卡佛夫人浸入水中。我寻找着水面上冒出来的气泡。我大步走到桥边,但不见她的人影。我喊道:"我不信!"然后扯掉衬衫,踢掉鞋子。我正要一个猛子扎进去,她突然浮出了水面。她站起来,水应该不到一米深。她全身泥乎乎水淋淋的,透过她湿湿的裙子,能看到胸罩。

"这可不好玩,"我说,"一点儿也不好玩。"

"我还没那么老,你知道吗,还没那么笨重。跳进来,跟我一起游泳。"

我摇摇头。

"是你腿脚不灵便了。是你……"

我把衬衫捡起来,套上网球鞋,没有系鞋带。

"你本来是要救我的,是不是?"贝蒂·卡佛夫人在水里上下跳动着,目送着我往后退。

"谢谢你做的饭。"我说。

"如果你走掉,我们就完了,结束了。"

最后一个鸡块(是鸡翅)上还留着好大一块肉。我刚想伸手去拿,转念一想却住手了。吉尔伯特,就把这当成离开她的练习吧。

我走了,没有回头看。我把贝蒂·卡佛夫人留在水中,把最后一口肉留在那个鸡翅上。

26

我在地下室收拾衣服,第一次发现塔克尔设计的这个地板支撑系统是多么复杂精妙。到处都是干净漂亮的白色板子,安装得很巧妙,固定得也很紧。这些横梁交织成一个网络,似乎能让妈妈飘起来。不过我们都知道,这只是暂时的办法。

电话铃响了。

自从工程弄完,塔克尔就一直躲着我。我知道他生我的气了,因为这都过了二十四小时了,他还没打电话来。

电话铃又响了。

我之后会打电话祝贺他的。他又超越了自己。

电话铃响了一遍又一遍。

"吉尔伯特不会接电话的!"我吼道。没人去接。那"丁零零"或者"乒乒乒"的声音搞得我把脏衣服扔得到处都是。我跺着脚上了楼,尖叫道:"我真爱这个家!"然后抄起厨房里的电话听筒。"我是吉尔伯特!"

"我找艾米。"

"艾米?"我喊道。妈妈的鼾声淹没了我的声音。"艾米!"我看了一眼后院,发现她在准备烤汉堡肉饼用的架子,我抬起窗户,喊道,"你的电话!"

"是谁啊?"

"我不知道。自己问啊!"

"请你问一下好吗?我的手碰了烤架,脏死了。"

"你是谁?"

"你别这么侮辱我好吗?"那个声音说。

我没说话。刚才我在侮辱人吗?

"你知道我是谁。"

"不,我觉得我不知道。"

"很好,好得很,谢你了,吉尔伯特·格雷普。"

"哦。你在电话里声音不太一样。"

"是因为那个新来的姑娘,对不对?就是那个密歇根来的,大家都在说她。就是因为她,对不对?"

"我很抱歉。"我说。

"你才不抱歉呢。"

我听着听筒里的静电声,不知道该说什么。

"我找艾米。"

"哦。"我把脸贴到纱窗上,吼道,"艾米,是卡佛夫人!"

进了屋,艾米抬起右肩,把听筒夹到耳朵边。

"你好啊,贝蒂。什么事?嗯嗯,哎呀,你真是太周到了。等我拿支笔。"她们继续聊着,我突然发现,卡佛夫人打电话来,是要把鸡肉的菜谱告诉艾米。艾米挂了电话,自言自语道:"她这人也太好了吧。"要是我这大姐知道背后的事情,还会这么说吗?

我回到地下室。

我把洗衣粉倒到一堆白色衣物上,真希望能洗干净我和卡佛夫人在一起的那些日子。我希望能把这一切都洗去抹掉,希望我的初吻是献给贝琪的。

烘干机里有一堆衣物,我确认了一下设置在强烘这一挡。接着我穿过支撑着妈妈的那些板子和横梁。一块板子上,塔克尔用蓝墨水写了一行字,"因为我爱邦妮·格雷普"。

我走上地下室的楼梯,嘎吱嘎吱的,好像是哭腔。妈妈已经不打鼾了。晚间新闻开始了。我决定赶在兰斯·道奇开始特别报道之前出门。我走到烤架边的艾米身旁,说:"今晚我不想吃汉堡。"

"为什么?"

"就是不想吃。"

160.

"艾伦要上班,所以只有阿尼、妈妈和我。"

"我知道。"

"吉尔伯特,留在家里吃饭吧。我讨厌你不在家吃晚饭。"

"我有事情要解决。今天有点儿难过。"

"每天都很难过。"

"是啊。"

我侧身去亲吻她的额头。她说:"他们要烧了学校。"

"什么?"

"把学校烧了。星期六。还有两天。"

"不不不……"我说。

"别做出这么震惊的样子,吉尔伯特。我们一直知道,总有一天他们会这么做的。"艾米看起来很兴奋的样子,"你看这周的《恩多拉快报》,上面有围绕烧学校安排的一系列活动。"

"活动?"

艾米讲了各种活动安排。我说不出话来,呆呆地站在原地。

"是你带阿尼去看还是我?我得提前安排好,这样可以计划每一餐做多少,还可以抽出时间去机场接詹妮斯。周六上午她会降落在得梅因。你想做什么,跟我说。"

我耸耸肩。

我什么也没说,立刻钻进了我的卡车。

阿尼坐在驾驶座上。我示意他"走开"。他不走,于是我拖着他的脚,让他自己趴在草坪上,把棕色的草都扒出来了,扒成一块一块的干土块。"别挖了!"我吼道。他不听。

我开车走了。

塔克尔的妈妈露丝·安有着一头金发,懒洋洋的眼睛,她对我说了塔克尔的去处。她问我:"家里都还好吧?"

我说:"我妈很好,谢谢您。"

"我们能帮什么忙吗?"

"我们很好。"我说。

她的眼睛突然亮了,说:"你去不去看他们烧……"

我用一句"回见"打断了她的话,上了卡车。

* * *

我找到塔克尔了,他把车停在"谷仓汉堡的未来店址"对面。我停在他旁边。他穿着一件印了大啤酒罐的T恤,在听重金属音乐。他看见了我,脸上没有露出任何惊讶或开心的表情,只是转过身,带着嫉妒的神色注视着那些建筑工人收拾好工具,准备收工下班。

"谢谢你!"我喊道。

他没听到我说话,而是朝一个工人招了招手,那个人没有回应他。

"谢!谢!你!"

这次他听到了,但假装没听到。我跳起来够到他的磁带机,调小了音量,像拍卖师一样说话:"谢谢你修地板。你做得很棒,感谢你。这对我和我的家人来说都意义重大,所以,谢谢!"

塔克尔想笑,但拼命忍住了。

"我知道。我太习惯你的好了。我很抱歉,哥们儿。"

听到"哥们儿"这个词,他有点儿畏缩。我对这个词的运用还不太纯熟。

"你觉得有这么简单吗?你说点儿好话,我就会忘记你这么久都不感激我?你觉得我能这么简单就消除……呃……痛苦?就这么简单吗?"

我说:"最好是这样。"

塔克尔说:"切!"

我们沉默了几分钟,感觉像在参加葬礼。

街对面,下班的工人陆续开车走了。塔克尔按了按喇叭。我捂住耳朵。工人们都没注意到我们。

"他们都是好人。"塔克尔说。

"哦?"

"非常认真。特别专业。"

"哦。"

塔克尔打开车门,他要进去近距离观察一下。我跟着他。

"星期一他们浇筑了地基。我没看到,因为在帮你修地板。"

"对了,再次谢谢你帮这个忙。"我说。

他眯着眼睛,好像无法相信我这么神经质。他继续道:"他们准备搭梁了,周六就要搭屋顶了。整个工程都是一流的水准。"

"嗯,我看到了。"

"这个谷仓汉堡会完全复制布恩那一家。爱荷华—内布拉斯加—密苏里地区一共有超过十五家谷仓汉堡。这个公司越做越大,生意很好。想想每家谷仓汉堡都是一模一样的,真是让我……让我……"

"嗯,很让人佩服,让人安心。"

"对。随便走进一家谷仓汉堡就知道到底是怎么样的,能有什么期待。这个世界就是存在个问题。咱们都不知道该期待什么了。"我们走到一个地方,看样子应该是餐厅的后面。"比如说,这里用来炸薯条,这里用来烤汉堡肉饼,奶昔机可能就放在这儿。"塔克尔不停地说着各种各样的细节,说谷仓汉堡会成为恩多拉的新热门,他一定要加入这股热潮之中。

我打断他的话,说星期六他们要烧掉学校。

塔克尔顿了顿，说："我知道，吉尔伯特。他们把这事儿搞得很大，甚至还从莫特利请来了消防车。"

我看着他，出于某种不能解释的原因，我突然很激动。我用颤抖的声音说："他们竟然要庆祝这样的事情，你信吗？"

"我不能把精力花在那些又老又旧的大楼上。我看重的是未来。谷仓汉堡的未来！你是想惹我生气吗？你是想毁了我这一天吗？没门！"

我居然把这家伙当成了最好的朋友。

我穿过空荡荡的公路，走到我的卡车旁边，坐在热热的前盖上。塔克尔还在尽情视察着工地。他走在各种建筑之间，仿佛自己是第一次在月球上跳来跳去的尼尔·阿姆斯特朗，仿佛在说"我就是最酷的宇航员"。几辆半挂车呼啸着开了过去，还有一辆声音很大的汽车。他朝自己的卡车走去，微笑着，但仍然不太相信我。

"回见，吉尔伯特。"

"嘿，呃……"

他停下脚步。他知道我又要提要求了。

"这个，"我继续说，"真的很了不起。"我指着建筑工地，"你真的很激动，对吧？你等了很久，想等到对的事情，塔克尔，傻子都看得出来，这就是对的事情。我想说，再过几个星期，就会有客人上门，你就能为他们服务了……这个……我觉得……看见你……那啥……真好……"

我在这边胡说八道着，塔克尔什么也没说。我这么假，假得自己都觉得恶心。

最后，他终于开口了："她不是你想的那样。"

"哈，什么？"

"我很确定这件事。我约她了,好吗?她说了不。这没什么,好吗?但是,她又说:'鸟和鱼是不能在一起的。'"

哎哟,我暗暗叹了一声。

"吉尔伯特,你觉得,谁,谁是这句话里的鱼?谁是鱼?"

我耸耸肩。"塔克尔,这个女孩子显然很傻,你可以找到更好的。"

"你觉得我现在还不明白吗?"

"你可以找到更好的,可以的。"

他长时间地盯着我,使劲地盯着我。他知道我要追求她。"吉尔伯特?"

"嗯,哥们儿?"

"她住在拉莉的老地方。"塔克尔的声音都哽咽了,热泪盈眶。

"哈?"

"就是拉莉的老地方啊!"

"嗯。"

"我还得再说一遍吗,吉尔伯特?我的意思还不够清楚吗?!"

"你说得很清楚了,嗯。"

"不用谢。"

我顺嘴说了句"谢谢你",但他已经启动了卡车。他斜过身子,摇下车窗,喊道:"你犯了一个大错误!"

拉莉的老地方在镇子的北端,离水塔七八栋房子的距离,与镇中心广场隔了五条街。那栋房子很小,只有一层,覆盖着金属护墙板,现在人们好像很喜欢买这种东西。

我开车经过,没看到外面停着贝琪的自行车。我开车经过了三次,好像没人在家。院子看上去也照顾得不好。我第四次也是最后一次经过时,有位老太太站在前廊上,招手让我停下。我停下了。

她说:"你就是吉尔伯特·格雷普啊!"

我犹豫了一下,这么一个骨瘦如柴的老太太,竟然能发出这么强壮有力的声音,我有点儿吃惊。

"我就是外婆啊!"

我记得在水塔事件时见过她。她当时就站在贝琪身边。"哦,您好呀。"

"明天早上八点吃早饭!"

"不好意思?"

"早餐。八点。你会来吗?"

我想都没想就点头了。

"好,那就约好明天早上啦。吉尔伯特·格雷普,我很期待哦!"

27

我五点半就起床了,刮了两次胡子,虽然脸上还有点儿毛毛的。我梳了好几次头发,先梳了个平时的偏分,又比较大胆地来了个中分,再来了个和小时候一模一样的发型。最后我还是选了自己比较习惯的。我冲澡净身,用了比平时更长的时间,搞得洗完之后我腿上和胳膊上的皮肤干到发痒。为了身上的味道闻起来舒服,我专门在身上留了一层香皂,结果感觉像穿了一层塑料。我又梳了头,剔了牙,又用手指抠走了大牙下面的一些牙垢。

我借了艾米的手表。我开着车停在拉莉的老地方门口时,上面显示还有四十秒到八点。

贝琪的外婆打开门时,我打了两个喷嚏。

"早上好,格雷普先生。"她把我请进屋,里面摆满了装饰品、各种石头和小小的古董。她说"请坐",然后就进了厨房。

我坐在一张蓝白相间的旧沙发上，这垫子真是软到家了。我仔细地看了看这个小小的客厅。那边摆了一架立式钢琴，后面有蕾丝装饰，还有鹿、羊和狗的小型塑像。书架上摆着照片，小婴儿贝琪、二年级的贝琪、五年级的贝琪。贝琪穿着粉色的舞裙，拿着指挥棒。贝琪和爸爸妈妈在一起，她的父母看上去平淡无奇。每张照片里她的眼睛都是那么炯炯有神，仿佛来自另一个世界。

屋里飘满了培根的味道。我斜身靠着沙发，往厨房里看。餐桌已经摆好了，上面有一罐新鲜的橙汁，旁边是一个公鸡形状的纸巾架。没有电视的声音，显得非常安静，我的耳朵还挺不适应。

过了几分钟，外婆喊我去吃早饭。我按照她说的坐下了。她给我倒了一杯橙汁。

"要咖啡吗？"

"好的，夫人。"她给我倒了一杯咖啡。我看着她手上的棕色斑点。

她笑了。"炒蛋可以吗？"

"很好，夫人。"

她打了鸡蛋，把蛋壳扔进水槽里。接着她暂时消失在走廊那头，又回到炉子前，用叉子搅着锅里的蛋。很快就做好了。她还给我端上了培根和全麦吐司，我在上面放了少许的草莓果酱。

我刚要咬第一口，贝琪出现了，穿着短裤和T恤，眼睛里还有轻微的睡意，头发很蓬乱。她看着我，眼睛因为不适应亮光而眯起来，我才意识到，她刚起床呢。她看见我精心梳理的头发和条纹衬衣，默默地笑了，叹了口气："哦，吉尔伯特。"她经过我身边，进了厕所，又过了几分钟，终于听到冲水的声音。她出现了，头发还是没梳，眼睛里仍然有睡意。

"吉尔伯特是不是很帅啊，贝琪？"

"不。"

"贝琪！"

"嗯，他当然很帅啦。但是外婆，我更喜欢他邋邋遢遢，被出其不意地逮住的样子！"

她给自己倒了一杯咖啡。外婆肯定是炒了一打鸡蛋，都是给我吃的。看着盘子上这么多培根和吐司，我觉得自己一口都咬不下去。

"贝琪不吃早饭，吉尔伯特。而早饭呢，当然是我一天中最喜欢的一顿饭啦。所以，很感谢你能来，因为……嗯……就是因为……"

"我通常也是不吃早饭的。"我说。

"真的吗？你不饿吗？"

"哦，我饿啊。但是我们家对吃的比较那什么……"

"你妈妈，我听说了……"

"嗯。"我打断了外婆的话，嚼起了鸡蛋。

"外婆，你知道我在想什么吗？"

外婆停下来，看着贝琪。

"我觉得吉尔伯特想给我们留下一个好印象。"

我想大喊："我肯定想啊！"但只是用餐巾擦了擦我的脸，耸耸肩表示"嗯，可能吧"。

"贝琪，亲爱的，想留下好印象是很自然的啊。这个小伙子对我们这么重视，想留下好印象，真是很抬举我们哦。"

贝琪喝着咖啡，溜下椅子，跑到走廊那头，那里一定是她的房间。她拿了烟，走到外面的前廊上。我看不见她，但闻得到她抽烟的味道。

我把盘子里的东西全吃光了。这还是多年以来的头一次。

外婆对我讲，她三十五年前就住在这里，所以想回来度过最后的时光。"恩多拉和所有东西一样，都变了。"她还记得我的爸爸和妈妈。那时候他们是新婚夫妇。但她跟他们不是很熟。她告诉我,她女儿和女婿觉得,让贝琪过来过个暑假应该是有好处的。她问我,是否觉得很快就会下雨。我说下雨就好了,不然农民的庄稼就种不好了。我对她讲了我的家庭,我弟弟的生日快到了,我们要计划举行一个小小的团聚加派对。"真暖心啊。"她说。我心想,怎么样都有可能,就是不可能暖心。我们还聊了她的过去,我才知道贝琪的父母要离婚,是贝琪提议的。接着外婆说:"你知道吗,吉尔伯特,贝琪刚刚满十五岁。"

"呃。哦。"

"吉尔伯特,从很多方面来说,她只是一个小女孩。"

"年龄不是问题。"

"但十五岁就是十五岁。"

"是的,夫人。"我想说我认识某个保险人的老婆,已经三十多岁快四十岁了,比贝琪还要像小女孩。

"我相信你会尊重她,不会给她压力,让她做还没做好准备的事情。"

我肯定是在摇头表示同意,因为她笑了。我脑子在飞快地转着。十五岁。天哪,吉尔伯特,你就是个笑话。

我突然得去厕所。我没有站着尿尿,而是坐在马桶上。我这么做,是因为知道几分钟前贝琪就裸着屁股坐在这上面尿尿。这是我能离她最近的一次了。

早饭后,我感谢了外婆。她说,很高兴我俩把话说清楚了。

"是的,夫人。"我说,然后离开了。贝琪没有向我挥手再见。我刚要上卡车,她突然说:"你想去散步吗?"

"嗯。随便。"

贝琪蹬上网球鞋,我们散起步来。我们大概经过了六栋房子,她说:"吉尔伯特。"

我说:"嗯?"

"年纪这东西很好玩。很有欺骗性。"

"怎么说?"

"以岁数来说,你比我大。但是从其他方面来说……"

"小心说话。"

"从其他方面来说,你还没那么老。"

我们又沿着别的街散了步。我又听了更多类似的话。终于,我问能不能换个话题,贝琪换了。

"你的一个朋友……黑头发,鼻子很好笑……矮矮的……"

"塔克尔?"

"他约我了。"

"我知道。他跟我讲了。"

"他生我的气了吗?"

我耸耸肩说:"最准确的词可能是失望。"其实,能描述塔克尔心情的词只有一个,就是"破灭"。

"你那个朋友,完全没有做他自己。"

"你这么觉得呀?"

"嗯,是的。"

我们继续散步。贝琪把眼睛里的睡意揉掉了。睡意落在地上,我有点儿想捡起来,挽救这睡意,仿佛那天晚上的西瓜子。

昨天上午,我的房间里弥漫着一股怪味。我循着那怪味,找到我放在密封袋里、藏在床底下的那块西瓜。西瓜坏了,变得霉绿霉绿的。我捂住鼻子,取出西瓜子,放在我床头的一个纸杯里。接着,我把发霉的西瓜扔进了垃圾堆。

贝琪朝天空舒展身体。她的手臂举得高高的，露出光滑白嫩的肚皮。她呼了一口气，手臂垂回两边，T恤又恢复了正常。

"我外婆喜欢你。"

"我很高兴。"我露出一点点微笑。我们继续散步。

"呵呵，她谁都喜欢。"

28

我们沿着南边的主路走向广场。沿途的车都减了速，人们纷纷从窗户往外看。我看到罗伊德的美发店外那个糖棍一样的东西在往上旋转着。罗伊德正在给巴蒂·迈尔斯剪头发，还一边朝窗外看着。罗伊德五十岁出头，头上抹着发蜡，长了个鹰钩鼻，也和很多人一样，对贝琪很着迷。很多人都在盯着我们，我感觉自己像是肯尼迪家族的人，又像猫王；退一步说，至少兰斯·道奇在得梅因的购物中心就应该是这种感觉。

贝琪的上衣软软的、毛毛的。微风吹过来，可以看到胸部的轮廓。

我们慢慢地走着。我的左手挥了一下，碰到她的右手，希望她能跟我牵手。"不好意思。"我说，装作是无意的。

"你真的不好意思？"

"是的。我不喜欢别人突然碰到我。"

"别撒谎好吗？"

"但我不是……"

她伸出软嫩光滑的小手遮住我的嘴，我哑口无言。她凝视着我的双眼。我垂下眼睑，想躲藏。她继续往前走。我继续闭着眼睛。一般说来，她会叫我一起走，结果她什么也没说。我感觉她越走越远了，于是睁开眼睛跟上。

等我跟上了,她说:"那天,你妈妈真的很勇敢。"

我没撑住,笑了。

"你觉得我是在开玩笑吗,吉尔伯特?"

"我也不知道自己在想什么。'勇敢'绝不可能是我第一个想到的词。"

"那你第一个想到的是什么?"

"哦……可能是……我妈……长得……多大吧。"我笑得停不下来,都跪在地上了。贝琪看着我,等着。最后,我好歹恢复了正常,站起来,摆出一副严肃脸,指了指"冰雪梦"。

走到"冰雪梦"门前,我敲着卖外带的窗户。艾伦正在看杂志,抬头一看是我,目光又回到杂志上。我使劲地敲了敲窗户,但她就是不开窗户给我点餐。我想叫辛迪·曼斯菲尔德,但她正在后面打电话。肯定是在跟她妈妈卡门打电话。卡门拥有一半"冰雪梦"的资产。辛迪没看见我。

门开了,铃儿叮当响,艾伦以为还是我,抬起头来却发现贝琪站在那儿。她很快合上杂志,站起来,不放过一丝一缕碎发地整理好自己,不知怎的弄倒了一罐糖筒。贝琪帮我们俩都点了东西。艾伦的手一直在抖,她往香草甜筒上撒糖碎的时候,几乎是止不住地咯咯直笑。

辛迪在打电话。艾伦就用一双满含批判和恶意的眼睛打量着贝琪。她把甜筒做好了,又在一个大杯子里装满橙汁。贝琪很耐心地等着,用友好而平等的态度对待艾伦。辛迪挂了电话,打开窗户。

"我们也邀请你来,吉尔伯特。"

"来干什么?"

"四日我们要举办一个很棒的少年营,学习《圣经》,搞搞野餐什么的。艾伦会来。我跟她说了,可以带上你。"

"不了,谢谢。"

"会很开心的……"

"那是肯定的。"

贝琪出来找我,铃铛又响了。她把我的饮料递给我。我脸上全是汗,外面很热。我把脸凑近辛迪,不是想离她近一点儿,而是希望里面的空调能吹吹我的脸。艾伦又埋头看杂志了。她努力装出一副丝毫不在乎贝琪出现的样子。辛迪又说了一堆关于少年营的事情,我根本听不见,只忙着猜她脸上抹了几层粉。

"辛迪,想请你认识一下我的朋友,这是……"

"哦,你好。"

"嘿,艾伦!"我朝后面喊着,"我想让你认识一下……"

"我正在看一篇文章……"

"我想让你见一个人。"

"稍等。"

贝琪拉拉我的衬衫,表示可以走了。我看着她,她交叉双脚站着,甜筒塞在嘴里。

"再见,辛迪。"我说。

"所以你要去学《圣经》吧,哈?"

我往后退着,耸耸肩表示"再说吧,可能去不了"。

我们走了。我问她是不是把甜筒当早餐了,她什么也没说。吃完以后,她喝了一口我的饮料,说:"那样不好。"

"什么不好?"

"你明白的。"

我看着贝琪,脸上的表情在说:"你究竟在说什么呀?"

"吉尔伯特,拜托啦。镇上所有的女孩子都觉得我是个威胁,是对手,但我不是。你妹妹需要感觉自己很漂亮、很特别。我也很高兴她能有那样的感觉。"她继续往前走,"我知道你受过伤害,但我不希望你因为这个就变得冷漠无情。"

我们沉默地继续走着。

过了十五分钟,我才承认错误。"抱歉。"我说。

等我喝完饮料,我们俩已经走到北边的主路上了。我对贝琪说"等一下",然后小跑到卡佛保险去扔掉我的杯子。卡佛先生那辆福特费尔蒙就停在外面,但门上挂了个牌子写着"暂停营业"。真奇怪。我听到里面传出声音,于是把脸压在办公室的窗户上。百叶窗没有完全放下来,我透过缝隙看进去。我听到女人在呻吟,男人在低吼。我凑近了些,好看得更清楚。梅兰妮桌上的灯亮着。

贝琪说:"你在看什么呢?"

我抬起胳膊示意她:"嘘!!!"

就在此时,梅兰妮把头往后一甩,长长地呻吟了一声。她的头发掉了下来,由一两个发夹连接着,挂在头上。是一顶假发。我的天哪,梅兰妮原来戴的是假发。

声音越来越大。

贝琪碰了碰我的肩膀。我吓了一跳。她说:"怎么回事?"

"我就是看看里面有没有人,顺便扔一下我的杯子。咱们走吧。"我把我的杯子放在卡佛先生的车前盖上了。

接下来的几分钟,贝琪都在讲她安阿伯的家,她的朋友,她的父母,说他们是大学教授。但我也没怎么认真听,因为我满脑子都想着刚才看到的那一幕。

"那里到底怎么啦?"她问,"跟我说实话。"

于是我就说了。我把我刚才看到的都讲了。她问我还好吧。我说我没事，很想继续散步。

贝琪说："行。"好像完全没关系。她好像觉得只要感情是真实的，就没关系。

我们继续散步，卡佛先生、梅兰妮以及她的假发，就像幽灵一样纠缠着我的思绪。

"到底有什么要紧的呢，吉尔伯特？"

"哦，没什么。"

"到底怎么回事？"

"卡佛先生是有老婆的。我为她伤心，就这样。"

"你这么在乎别人的感受，真是体贴。"

真好笑，我可不觉得体贴。

我们基本上把恩多拉的每一条街道都走了一遍。在自助的 V 形洗车场，我放了三个二十五分硬币进去，贝琪站在那儿，我往她身上喷水。她的 T 恤全湿了，贴在她身上。我用手掐着大腿，拼命抑制撕破她 T 恤的冲动。她也朝我喷水，最后我们简直比任何一辆车都干净。

洗完后，我们坐在湿乎乎的路上，让阳光把我们晒干。她问我之前有没有交过女朋友，我说只有一个，是过去很久的事情了，我不想说了。

"听起来你好像很后悔。"

"嗯。"

贝琪说："我永远也不要后悔。'后悔'是最丑陋的词。"

对我来说，最丑陋的词是"家庭""恩多拉""耶稣基督"。于是我说："我觉得'后悔'不是问题。"

贝琪舒展着身体。她闭上双眼。我挺直腰板盘腿坐着，低头看着她光滑的皮肤,天使一般的脸蛋。她慢慢地吸气呼气。她一直闭着眼睛。我一直睁着眼睛,看着她,目光无法挪开。

我们身下的水泥已经不湿了。我们已经晒了一个多小时的太阳,贝琪一个字也没说。

她突然站起来,双臂举过头顶。她觉得 T 恤干得差不多了。我用双手捂住前面,想藏住自己勃起的地方。

"我想走走。"

"好。"我说。我又坐了一会儿,希望冲动会过去。

"你鼻子越来越红了,吉尔伯特·格雷普。"

"嗯,嗯。"

塔克尔开着卡车经过。他先看见了我们。我挥了挥手,他连喇叭都没按。

我们默默地走着,贝琪突然冲到前面去了。我发现她跑起步来是那么流畅轻盈,好像在飘浮。她往前滑了几步,摘下一朵蒲公英,放在耳朵后面。我一直看着她,脚下走得很稳。我不想加速,也慢不下来。

29

"那就是我以前的学校!"我喊了出来。

贝琪朝那有着绿色锡板屋顶的红砖老房子走过去。我必须跑步才追得上。"挺丑的一栋楼,是吧?"

"我喜欢。"

"你又不用在里面上十三年的学。"

贝琪朝一扇窗户走去,透过布满灰尘的玻璃往里看。很多窗户都是破的,而且学校的大部分都被板子遮起来了,七年前我毕业后的那个暑假,学校就关了。

"他们明天就要把这楼烧了。"我说。

"我听说了。"

"志愿消防队来干这事儿,想象不到吧。"

"这是整个镇子上最有趣的楼,现在要被烧掉了。真不公平哦。"贝琪第一次显露出略带愤怒的口气。

"嗯,我们生活在谷仓汉堡的时代。"

"说得太对了,吉尔伯特,这栋楼有多久的历史了?"

"一千九百多年吧。"

她又凑到另一扇窗户那边。

"我姐说,应该会有很大一群人来看。"

"一群人?"

"对。他们预测应该有几百人。卫理公会教堂还会卖爆米花。盖普斯镇长来点第一把火。"

"太恐怖了。"

"恩多拉欢迎你。"

我继续解释说,明天我情愿去得梅因接我姐,也不愿意待在恩多拉,闻烧楼的气味,听人群欢呼。"他们还要把这当成好事儿来庆祝。"

贝琪又往窗户里面看了看,又一扇窗户。

"那是五年级的教室。"我说。

她抬起一扇窗户,想爬进去。

"你干什么?"

"再见得有仪式感。你要学会说再见。"

"对一栋楼说再见啊。"

光天化日的，贝琪就这么消失在我以前的学校里，而明天这学校就会消失。我没得选，只能跟着她。"我很多年没进来过了。"我一边说，一边从打开的窗户爬进去。我的肚子擦到了砖。到了里面，我掀起自己的 T 恤，让她看刚才的擦伤，希望她能亲两下，让我好受点儿。

"哎哟。"她说。

我努力装出一副很痛的样子。

她转身背对着我，没有亲。她走到墙边说："这是五年级？"

"嗯。"

她用指甲轻轻地掠过布满灰尘的黑板。我伸手捂住耳朵，喊道："别这样！"我看到她大笑起来。"不好玩。"我说。

她走进走廊，那里黑暗又闷热。她打开其他教室的门，看到了以前的图书馆，一头红发的梅兰妮就在那里给每个人的书盖章。

"所以就是这样？"

"嗯嗯，你看到的就是我接受所有教育的地方。"

她看着我。"你是说，你已经不再学习了吗？"

"算是吧。"我哈哈一笑。贝琪没笑。

我带她看了我七年级到十二年级用的储物柜。"往下数第六个柜子就是兰斯·道奇的。"我说。贝琪好像不怎么在意。"兰斯经常朝我喊：'嘿，格雷普，测试你考得怎么样？基础技能测试你考得怎么样？你那个……考得怎么样？'"我看着贝琪，但她正在一个空空的布满灰尘的奖杯罩上写着什么。

"你在写什么？"

她退后几步，我走过去，看到灰尘上写着几个字：

帮吉尔伯特说再见。

我们走到以前的体育馆兼舞台兼食堂的地方。大楼的这个部分比别的地方都要高,天光透过破掉的玻璃射进来。地砖上有几个高尔夫球,我想应该就是这些球把窗户打破的。篮筐被拆掉了,锦标赛的横幅和折叠桌也不见了。

"有一次,兰斯·道奇站在舞台那块儿……"

"吉尔伯特,我才不关心什么兰斯·道奇。"

"嗯,但这个故事挺好玩的。"

"我不在乎他。他对我来说什么都不是。"

贝琪递给我一支粉笔,应该是在某间教室里找到的。"我想让你做件事。"她的声音突然性感起来,变成我一直在等待的那种声音,"你会做吗?"

"当然了。"我轻声说,心想可能我们的时候到了。

她让我去每间教室,把"再见"写在黑板上,也可以写"谢谢你"或者"想念你"之类的。我开口反对,她却说:"你做了会觉得高兴的。"

我从后面的楼梯上去,从我十二年级的教室开始。当时教我们的是瑞勤先生,癞蛤蟆一样的人。我环视着这间教室,绿色的墙漆已经剥落,就连灯具都被拆走了。我写道:"别了,高四的同学们。吉尔伯特是最后一个走出这间教室的。"在高三的教室里,我画了一幅塔克尔放屁的画,那时候他放屁在学校里大名鼎鼎。我写道:"吉尔伯特来过了。"在高二的教室,我画了一个很大的"G",把里面涂满。在高一的教室,我只是简单地写了"谢谢"。我从八年级的教室一直写到幼儿园的教室,只跳过了一间教室。

我找到贝琪,她正在体育馆兼舞台兼食堂的地方跳舞,我说:"都写完了。"她停下来,脸上和胳膊上大汗淋漓。她的头发也开始卷曲。她甩甩头,汗水溅到我脸上。我很想伸出舌头接一点儿,但动作太慢了。

"我们走吧,好吗?"

贝琪笑了。我们沿着布满蜘蛛网的脏兮兮的走廊走出去。如果说我应该被这样的经历感动之类的话,那我没有。

学校里空荡荡的,很容易产生回声。如果能回到阳光下,走走褐色的草地,我会很高兴的。

我说:"他们一定要小心点火,因为地面很干,草也可能会着火。他们得提前搞点儿预防措施……"

贝琪停下脚步。"你漏了这间。"她说。她站在我二年级的教室门前,就是布勒内尔夫人教的那个年级。

"我没有。"

她打开门。黑板空空的。

"我们走吧,好吗?"我说。

"跟它讲和吧。"

"跟什么?"

她走进教室。

"我突然觉得很恶心。"我说。

"我猜也是。"

我看着贝琪。"你怎么会知道这间教室?"

她看着我;我看着自己的脚。我的鞋是十二码①。二年级时,我的脚还没有这么大。"很久以前的事了。"我说。

"跟我讲讲吧。"

"不。"

"求你了。"她边说边牵起了我的手。

我没法拒绝她,于是走到占了整面墙的黑板那边。我等着贝琪进

---

① 相当于中国的四十七码半。

教室，然后开始写。一半写得潦草，一半又写得像印刷体。我写下了这样的话：

布勒内尔夫人因为兰斯·道奇立了一条规矩。规矩就是，如果课间休息之前你一定要去上厕所，那相当于自动放弃休息的权利。所以……10/13/1973。艾米＝高四，学生会秘书长。拉里＝高一。詹妮斯＝五年级。我在这个教室上课。二年级。第二个椅子。第四排。塔克尔坐在我前面，道奇在我左边。我想着爸爸，心里有点儿难受。必须回家。想回家。妈妈带阿尼去莫特利做测试了。那个八月发现了他是智障。我当时觉得很恶心。那天早上我爸爸精神不错，一直笑着，还拉我的耳朵。拉里说去学校的路上爸爸挺高兴的。我就觉得恶心，想在课间休息的时候跑回家去。但我憋不住尿了，所以使劲儿地掐腿。还有八分钟就下课了。我尿湿了裤子。道奇告诉了布勒内尔夫人。别人都出去了，我就把那摊尿清理干净。后来从尸检结果看，差不多在同一时间，我爸爸上吊了，而我正在座位上尿尿。哈哈哈哈哈呵呵呵呵哈哈哈。呵哈。

粉笔掉在地上，断成两截。

贝琪开始看我写的内容，我从五年级教室的窗户爬了出去。我在以前放滑梯的地方等她。我坐在水泥地上，扯着缝隙之间长出来的野草。写那么多字，我手都酸了。我把整块黑板都写满了。

贝琪从窗户爬出来，朝我这边走来。我没有看她。她没有拥抱我，也不安慰我。

"他们说，你哭得很伤心。他们说，你当时坐在最大最大的一摊尿里，号啕大哭。"

我一言不发。

"很多人都记得你发出了某种声音,像要死的动物。大家都记得,吉尔伯特。整个学校都听得到,对吗?"

我耸耸肩。贝琪听着就像个侦探。

"布勒内尔夫人放学后让你留堂了,对吧?"

我点点头。

"等你回了家,发现了什么?"

我躲闪着她的目光。

"他们正把你爸爸抬出家门,对不对?"

我的头一动不动。我站起来,把腿上的小石子弄掉,都留下印子了。

"葬礼上,没人看到你难过,没人看到你哭。"

我看着她。

"你觉得很骄傲。"

我什么也没说,但我是很骄傲。她盯着我。我紧紧闭着眼睛,大笑起来。颤抖地大笑,很尖厉,我的脸缩成一团。

"吉尔伯特。"

我继续大笑,啊,笑啊笑啊。

"吉尔伯特。"

我继续大笑。让人不舒服的那种笑。

"没人记得你上次哭是什么时候……"

她这话一出口,我撒腿就跑。

"吉尔伯特,等等。"

我都没回头看一眼。我用最快的速度跑着,穿过院子,跳过挡牲畜的围栏,飞跑着穿过主街,经过兰姆森杂货店和拉普餐厅。我从梅尔福德家的后院抄了近道,绊倒了他们的喂鸟器。

到家了,我跑上楼,关上房间的门。我擦掉腿上和胳膊上的汗。

我把头埋进枕头，把脸擦干了。

之后，我没有吃晚饭。天黑了，我一直看着窗外。我把梳妆台的抽屉堵在门口。

夜深了，我还是一直堵着门。我往窗外看去，想看到燃烧的火柴、着火的西瓜，看到她发出的信号，比如投降的白旗之类的。

没有信号，我睡着了。

30

七月一日，星期六，离阿尼的生日还有十五天。应该是早上七点四十左右吧。我开车去得梅因机场，接我那个空姐兼心理学家姐姐。

开出镇子不到两千米，我决定再去看看以前的学校。我本来以为昨天就是最后的再见，但我还是有股冲动，想要看最后一眼。

于是我在十三号公路掉了头，轮胎发出嘎吱嘎吱的声音。

离学校还有一个街区，就看到已经有三三两两的人聚集在那里。十点才开始烧楼，现在已经有差不多五十个人聚集在那里了。我一阵恶心，又掉了个头，开出了镇子。

我开得很快，但需要停下来稍微伸展一下双腿。我在埃姆斯外围的一家谷仓汉堡停下来。外部装饰模仿的就是一个谷仓，有一个黑红白相间的标示牌，晚上会亮起来。我走进去，四下看了看。这家的食物闻起来有一股纸的味道，里面的橙色和蓝色让我头晕。一个戴着牙套的男孩正站在那儿，不顾一切地要帮我点餐。我突然想到，塔克尔就是想成为这样的人啊。那个男孩直截了当地问我要不要点餐，他的小蜜蜂话筒是打开的，于是声音就回荡在整个店里。"先生，点餐吗？您，先生，点餐！"

我在一阵眩晕中走出谷仓汉堡。我走出去的时候，一对年轻夫妇推着他们胖乎乎的宝宝正要进来。我说："他们烧错楼了。"

一直到上了卡车，我才想到，那些人肯定不知道我在说什么啊。我突然变得非常恐慌，总想着会发生什么事情，于是接下来的几千米地，我一边开，一边不停地看后视镜，担心出现警车的警灯。也许那对夫妇报了警，说他们目击了一个年轻的、没刮胡子的、穿得邋里邋遢的、有纵火倾向的男人离开了谷仓汉堡。

我开了很远，没有警笛，没有警灯，没人来抓我。

我早到了一个小时，于是就开车在得梅因市中心转悠。我看到巨大的楼、巨大的汽车卖场，还有医院，都好大啊，应该有莫斯科那么大吧。我看到公平大厦，曾经是整个爱荷华最高的楼。我爸爸以前会带着哥哥拉里和我来得梅因，他总会说，这是最高的楼，我和他们一起看这最高楼时，也会产生说不清的感觉，很特别。

我看到议会大厦，金色的巨大圆顶，还有四个小一点的绿色圆顶。

天气太热了，外面都没什么人。得梅因市中心真是个令人吃惊的地方，楼与楼之间都修了连通的天桥。这样，购物的人或上班的人就不用出去了。我从其中一座天桥下面经过，透过有色玻璃，看到里面有人在走来走去。所以，那就是里面，有空调的里面，他们在里面挤来挤去、转来转去。但是外面，我现在所在的外面，得梅因的大街小巷都属于我。

我经过一个看起来挺新也挺大的剧院，叫"市民中心"，比较重要的人会在这里进行表演。街对面水泥围起来的公园里有一座巨大的雕塑，是倒在一边的巨大伞架，绿色的。下暴雨的时候，你站在那下面，还是会被淋湿的，所以这就是艺术。

到了机场，詹妮斯已经在一扇电子门后面等着我了，她穿着涤纶的蓝色空姐服。我停下车。她看上去很失望："还以为是艾米……"

"不是。"我说，然后把她的蓝色行李箱放到卡车后面。

"你就不能开那辆诺瓦吗？"詹妮斯很讨厌我的卡车。她讨厌所有卡车，应该是因为她多次在和我这辆皮卡一模一样的车里做过不好的事吧。

我刚想说"那你走路吧"，詹妮斯就给了我一个非常假惺惺的拥抱。她的胳膊都要拧断我脖子了，身体其他部分却离我很远。

"你看着不错啊！"她说。

肯定不错啊，我今天早上没有洗澡也没有刮胡子，我还穿了最脏的衣服。凡是正常人都不会说我看着不错，除非他们撒谎。

詹妮斯想和艾伦一样漂亮，又想和艾米一样善良，可惜她什么都只是半罐水，所以她才这么用力过猛，所以我们回家的路会特别漫长。

"真不敢相信是你来接我。我怎么这么荣幸啊。"

我正想告诉她实话：镇子上的人要烧掉我原来的学校。但我还没来得及开口，她就说："你可能是想借点儿钱吧。"

"不是！"

"哎呀，可别跟我杠上啊，小伙子。你自己敌意满满，可别怪到我头上。"

我什么也没说。各种想法从我脑中掠过。嗯，有点儿钱也没坏处。要是能有一千美元，我就能在得梅因开始全新的生活，改名换姓。但我绝不会找詹妮斯要。

我开到加油站加油，车子碾过得梅因加油站的黑色管道，之前小声的"乒乒乓乓"变成很大声的"乒乒！乓乓"，我很肯定是安了扩音器的。我踩了刹车，捂住耳朵。詹妮斯像看傻子一样看着我。但她总是这么看我的。她从很多信用卡里找了最花哨的那张，递给加油站的小伙子，然后拿着行李包走到加油站一侧的女厕所里。詹妮斯往那边走，那个油腻的加油站工人就看着詹妮斯的屁股，仔细观察，一脸幻想。我把油箱加满了。几分钟过去了，詹妮斯出现了，穿着一件西部乡村风的衣服，这样风格的衣服她还有很多。她的靴子是蜥蜴皮的，也许是蛇皮或者穿山甲皮的。她手里拿着一顶黑色牛仔帽。

"好了，这样比较好些。"

谁说的！

她把行李包放在后面，上了卡车。她很清楚，有一群男人一直在加油站里面盯着她。我把油箱的盖子拧紧，那个人拿着信用卡和那种便携的刷卡的东西来让她签字。他离得很近，詹妮斯身上喷的大量香水和发胶味道差点儿让他呕吐。詹妮斯用自己优雅的笔迹签了名字，开头那个"J"写得特别大，"i"上面也没有点一点，而是画了颗小小的心。

我一边开车，一边向詹妮斯讲家里的事情。每说一件事，我的开头都是"你那个傻弟弟""你那个海象妈妈""你那个永远在青春期的妹妹"。

"你别说了，他们也是你的家人啊！"

"不是，我不觉得是。"

她非常鄙视地打开蓝色手包，抽出一根又细又长的棕色香烟。

"你觉得我的一切都很恶心吗？"

"挺恶心的。"我说。

你不要点燃一根棕色香烟，然后还问吉尔伯特·格雷普有什么看法。

接下来的很长一段路，我们都一言不发。

"阿尼还活着吗？"

"嗯。"我说。

"很好。"

我姐在拼命找话题。我过了几秒钟才明白她真的想说什么，于是我说："哦，天哪，我都忘了。他死了。"

"什么时候？"

"大概一个月前。"

"葬礼怎么样？"

"很不错。"

"来的人多吗？"

"全镇的人都来了。"

只要想象阿尼的葬礼，我们都会说很多人会来。

我很清晰地想象自己在帮忙抬阿尼的棺材，而詹妮斯就开始叨叨说，必须要为一定会发生的事情做准备。她把我已经知道的事情又说了一遍，说我们这个小弟已经比大家设想的活得长多了。

"我知道。"

"我们不要自欺欺人，觉得他能……"

"我知道。"

我知道，飞到天上，詹妮斯肯定是目前最好的空姐；但在地上，她的头脑就和身体连在一起了，我们希望她永远也别当心理学家，结果她却自以为是心理学家。她这样解释妈妈这么胖的原因："如果你是她的话，难道不会大吃特吃吗？你难道不会讨厌住在自己丈夫死去的房子里吗？"她还会发表对艾米的看法，说她永远也找不到男人，因为她总是把家庭放在第一位。这也可以解释，因为她是老大姐，从某种程度上来说，是家里的"男人"，是顶梁柱。而拉里的所作所为是最容易理解的。"对拉里来说，这栋房子就是地狱。发现爸爸自杀的是拉里。一走进这栋房子,回忆就全部涌上来了。我敢说,若是换个房子,拉里一定会经常回来的。艾伦从没体会过有父亲的滋味,所以她会在所有男朋友身上寻找父亲的感觉。阿尼是个智障,这样就完全可以解释他的行为了。"

"只剩下你和我了,詹妮斯。你怎么解释你和我呢?"

"艾米没走,所以我走了。拉里和我负责赚钱。"

"我也有工作……"

"主要负责赚钱。这没关系。这让我们最高兴。寄钱来支持你们。这让我们关系紧密。"

我想告诉詹妮斯,就因为上次她支票寄晚了,我还得跟兰姆森先生赊账。

"只有你一个,吉尔伯特,没法下任何的定义,也没法理解。我的意思是,都猜不透你想要什么。你不旅行,你不读书,你不扩展自己。我安排你飞到芝加哥,但你就是不上飞机。你什么事情都一心求稳,我一直想不清楚,你到底是因为怕,还是因为懒。当然,我爱你,一点儿也不想伤害你。你得更深层次、更诚实地去审视一下自己的人生。这很简单,你不知道自己想要什么,一眼就能看出来。你就是个被吓坏了的小男孩。"

我看着我姐抽她那根棕色的烟,她的牛仔帽放在仪表盘上。热浪中,她的妆像巧克力一样在融化。我看着她,想着这人到底从哪儿来的。

詹妮斯朝我这边吐了一口烟,我突然感到一股冲动,我愿意去任何地方,就是不愿意待在这辆车里,和这个姐姐在一起。时速指针指向80①,詹妮斯咯咯笑起来。等指向90,她已经笑不出来了。到100

---

① 指80英里,约等于129千米。

的时候,她说了三次"不好玩"。等到了110,她开始手忙脚乱地找安全带,发现没有。她尖叫着,紧紧抓住牛仔帽,抓住我的胳膊,把皮都抓破了,我流血了。

看看吧,到底是谁吓坏了。

31

车开进车道,刚好是晚饭时间。我还没停稳车呢,詹妮斯就跳了下来,拽着行李上楼去了。艾米到门口来接我,看见我捂着流血的胳膊,问:"你俩打架了吗?"

"你怎么能这么想呢?我们可开心了。"

我让阿尼帮我缠绷带。我还从来没为一个伤口这么骄傲过。我希望能留下一个疤。

我们一边吃饭,詹妮斯一边滔滔不绝地和艾米、阿尼聊天,然后把各种长篇大论从厨房传到餐厅,妈妈偶尔哼哼或嘟哝一声表示同意。詹妮斯现在是大城市的女孩了,有权利给我们讲讲"真正的"世界是什么样子。艾米比较担心意面煮得不够软,阿尼对掏牙齿缝之间的面条要有兴趣得多。我则很欢快地同意詹妮斯的各种言论。不管她说什么,我都说"是啊",而她一直不理我,也真是棒。詹妮斯最善于对特别显而易见的事情视而不见了,真是一流的本事。我一直说"是啊,是啊"。艾米踩了踩我的脚,让我别犯浑。

"哎哟,艾米,你踩到我的脚了。"

艾米把脚拿开,低头看着自己盘子里的豆子。阿尼抬头瞪着詹妮斯,眯着眼睛,好像发现她脸上有什么奇怪的地方。他把脸凑近她的脸,很近很近,只隔了十几厘米。詹妮斯更不自在了,她说:"怎么了,阿尼?"他说:"没怎么。"继续吃土豆和豆子。

妈妈又睡着了，大声地打着鼾。我们来到前廊上，把冰棍和软糖当饭后甜点。艾伦下班回来了，和往常一样，她跟詹妮斯团聚总是眼泪乱飞，尖叫连连。她们上蹿下跳，就像奥运会上那些小个子的体操女孩儿。

艾米从冰箱的盘子里舀出一大勺剩菜。艾伦向詹妮斯问了几百个问题。艾米把艾伦的晚饭端给她，她也忘了说谢谢。两个"女孩子"去了楼上，笑得越来越大声。我觉得她们肯定在讽刺我，艾米又觉得她们肯定在讥笑她。

艾米和我坐在前廊。阿尼在院子里，想翻筋斗。

"今天咋样啊？"我问。

"阿尼可开心了。现场估计得有一千个人。"

"天哪。"

"火烧得太旺了，一下子涌起很多回忆。我想起去上学的时候。我们都是走路去上学。多好玩啊。"

"并不好玩。"

"你明白我的意思。"

"嗯。"

"他们让阿尼坐了消防车。他还戴了安全帽什么的。"

"挺好的。"

"回来的路上他一直问我要火柴。我说：'不行，火柴是坏东西。'吃完午饭，他把厨房地上的垃圾箱翻遍了。我说：'阿尼，你干吗呢？'他说：'火柴。'但你也知道，他有时候就是钻牛角尖，想到一件事就……"

楼上，艾伦的磁带机放起了今年夏天流行的歌，伴着女孩子们的尖叫声。

"她们好开心啊。"艾米说。

阿尼挖了一块大石头，举着在院子里到处跑，要是掉下去了，虫子会被砸死，灌木也会被砸坏。

"阿尼！"

他不跑了，转过身，嘴唇和下巴上沾满了吃软糖留下的棕色糊糊。

"阿尼，火柴是什么？"我问，声音很坚定。

他笑了。

"是什么？"

他摇摇头。

"把石头放下，过来。放下。"

他把石头甩掉了。艾米瑟缩了一下，因为差点儿砸到她的光脚。阿尼朝我们跑过来，口水飞溅在前廊的地上。"火柴……"他在寻找合适的词汇。

"火柴是什么，阿尼？是什么？"

艾米说："你知道火柴是什么的。"

我们等了一分钟，阿尼不停拍着自己的脑袋。

我说："是坏东西。"

"这个我知道，这个我知道。"

"跟我一起说。"

他很听话。

纱门打开了，詹妮斯说："当当当当！"艾伦走了出来，穿着一套詹妮斯的空姐服。蓝色的裙子紧紧地包裹着她。她的头发盘了起来，戴了一顶空姐帽。

艾伦像走台模特那样转了个身，艾米鼓掌，我说："哎哟喂。"

艾伦叫阿尼，说："嘿，阿尼，快看！"

他转身说："嗯，看什么？"接着又搬起他的石头，消失在房子的一侧。他说得对。

艾米说:"你真好看。"

我迅速祈祷,希望这两人赶快滚回楼上去。詹妮斯突然一手握拳举到嘴边,好像拿了一只麦克风,说道:"晚上好,女士们先生们。欢迎你们乘坐 161 次航班,得梅因直飞芝加哥的奥黑尔国际机场。为了您的飞行安全,请注意空乘人员讲解的安全须知。"詹妮斯指着等在那里的满脸笑容又有点儿紧张的艾伦,"在您座位后面的口袋里,有一个……"

她们继续演着,詹妮斯讲了我们"飞机"(前廊)上的安全装备,艾伦指着不存在的氧气罩。她打着手势,演示正确的安全带系法,我们了解到,"如果发生水上降落",幻想中的坐垫可以作为救生圈。艾米礼貌地看着,我则用双手狠狠扒着脑袋。

表演在一片热情中结束,我站起来去上厕所。

我坐在马桶上,比需要的时间待得长得多。出来的时候,我发现詹妮斯占了我秋千上的位子。艾伦走来走去,问能不能多穿几个小时詹妮斯的制服。"可以习惯这种感觉。"

"熟能……"

"我知道。"艾伦说。她高举双手,转着圈,好像在说,这衣服可真棒啊!

我瞪着詹妮斯,她在我的位子上倒是坐得舒展。我讨厌有人占我的位子。詹妮斯又点了一根棕色的烟,我真想拽住她硬邦邦的头发把她拉起来。电话铃响了。

"我是吉尔伯特·格雷普。"我接起电话,很高兴可以远离门外的活动。

"是我。"她说。

"哦,你好。"我说。漫长的沉默。我不知道该说什么。我开始在一张旧报纸上胡乱地涂鸦。

贝琪用欢快的语气说:"没什么事,吉尔伯特。我只想告诉你,我要走了。去见我的父母,在明尼阿波利斯见面。我只想跟你说一声,免得你来找我的时候……"

我开口说:"谁说我要去找……"

她哈哈一笑:"随便。就是想告诉你一声。"

"好,"我说,"我知道了。"

"那再见了。"电话挂了。

奇怪的电话。奇怪的女生。去找她?别做梦了。可能很多人对吉尔伯特有很多看法,但他绝不是那种上赶着犯贱的人。

* * *

后来,我走路去了以前的学校。我走过走了很多年的那条路。在街口的信箱左转,从法伊弗家的后院抄近道,经过塔克尔家的房子,走过水塔下面,沿着藤蔓街走下去,在第三街左转。

消失了,我的学校。地上全烧焦了,到处都是剩下的砖头,还有点儿爆米花。橙色的带子被钉在木桩上,围着这个荒凉的地方。

我的学校消失了。

第四部分

32

贝琪已经走了三天了。你别以为我会想她。

最近，我要么在兰姆森杂货店上班，要么开着各种漫长而紧张的会，敲定阿尼生日派对的计划。基本上是詹妮斯和艾伦在发言，艾米也会贡献一点想法。我被她们要求到会，好好听听她们的计划。我得说明，我无论提出什么建议，都被否决了，或者被误解了，要不就是不予理睬。当她们喋喋不休地争论着用什么"主题"色时，我就完全走神了，畅想着我离开恩多拉以后的生活。

我很喜欢幻想中的画面。

今天是七月四日国庆日，生日派对倒计时十二天。

我站在"冰雪梦"门口常常站的地方。上班的女孩儿罗丽·基科布什涂了蓝色的唇彩和红白的眼影。她拉开外带窗口，我被她的妆闪到了，赶紧捂住眼睛。她说："你看到他了吗？哈？你看到他了吗？"

"没有。"我的视网膜被烧焦了。我明天就要瞎了。

"他现在在罗伊德那里，罗伊德在帮他剪头发。"

"罗伊德总帮他剪头发。"这女孩儿之前干什么去了？我说，"罗伊德对他就像爸爸一样。"我点了四杯软饮和一杯冰水。

"嗯，你有没有往里面看看呀？"

"没有。"我说，她的问题真是有史以来最蠢的问题。

"嗯，百叶窗是放下来的，大家都围过来想看他。"

"哎哟喂。"

"他为了这个回来真棒啊。如果不是因为他，就不会有游行。他会坐在消防车里，和他妈妈一起。"

"不可能吧。"我说。

"是的，吉尔伯特·格雷普。哦，天哪，他简直是最酷的。兰斯·道奇是最酷的。"

"你肯定这么觉得。"

"我真的很吃惊，他竟然能抽出时间。从这就能看出，他是个多好的人哪。"

"我们以前是同一个班的……"

"不可能。"

"真的。我们以前经常聊天，什么都聊。"

"他那时候是什么样子？我妈和我都超级迷他。哦，我的天哪，我不知道你认识他。要是我知道了，过去几年我对你的态度一定会好很多耶。"

"他就是兰斯啊，我还能说什么呢。"

铃铛叮叮或咚咚响，反正就是发出那种很烦人很傻的声音，镇上两支少年棒球联盟队中的一支成员蜂拥进店。他们穿着白蓝相间的队服，非常吵闹。他们的教练叫麦克·克拉里，上学的时候比我低一级。詹妮斯和很多人有过亲密接触，他就是其中一个。透过玻璃，他看到了我。我俩都点了个头，就跟互相还能稍微瞧上眼似的。罗丽给了我一个硬纸板的杯托，以便装冰水和软饮，还按艾伦的关系给我打了员工折扣。

我挤在人群中往前走。镇上停满了车，还有来自帕克斯顿和安德兰森特这种遥远城镇的。他们热切地盼望着恩多拉从一九五九年以来的第一场国庆日游行。莫特利通常会举行县上的庆祝游行。但五月底，消息公布了，说兰斯·道奇会在恩多拉和妈妈一起过国庆日，于是杰里·盖普斯镇长就一直在争取今年在恩多拉办游行。政府官员们觉得这是另辟蹊径的妙招，也对我们这个地方的小生意有好处。当然，"美食天地"肯定会开门。但本来可以趁今天大赚一笔的兰姆森先生却关了门，因为"美国人不会在美国的生日这天工作"。

我推着人群往前走，很多面孔我都不认识，终于走到女生们身边了。詹妮斯拿了她和阿尼的饮料。艾伦找我要了一根吸管，跟着詹妮斯走了。只有艾米说了"谢谢"。我们看着已经走到远处的詹妮斯，她正在帮阿尼整理帽子，艾伦把三个人的饮料都拿在手里。

"你做得真棒，艾米。他这一身太好看了。"

"真的呀？"艾米说。

"嗯，肯定的。"

"你觉得他能赢呀？能赢的话，对他的意义是很大的。"

"能不能赢，我不确定，"我说，"但我肯定是非常喜欢他这一身的。"

报纸上说什么从五岁到十二岁的男孩子女孩子，穿着能表现我们国家生日的服装来观看游行。当然，报纸上应该说，"从五岁到阿尼·格雷普的年龄的男孩子女孩子"，但不用写出来也知道阿尼肯定应该参加。我明白，有些爸爸妈妈认为阿尼竟然有参赛的许可，这不太公平，但他们绝对不会说，也不会去申诉取消他的资格。恩多拉的这些镇民，生气和不屑都是静悄悄的；他们的笑容和友好的点头致意，就像衣服柔顺剂，柔顺了他们的面孔。

艾米和我探查了一下参赛情况。大概有九个孩子穿着"山姆大叔"的服装，每一件看着都丑死了。我看到有个孩子穿得像乔治和玛莎·华盛顿夫妇，还不错，但没有戴那种扑粉的假发。唯一真正对阿尼有威胁的，是个胸很大的女孩子。她看着快二十岁了，戴着古董眼镜，身上画着很大的针线，一面巨大的国旗紧紧包裹着她的胸部。

"贝齐·罗斯还蛮不错的。"我对艾米说。

"但那个女孩子不可能才十二岁吧。"

"阿尼也是十七岁啊，所以……"我说。

"这，"艾米说，"但阿尼不一样。"不一样，嗯，这么说还挺好听的。

一个"亚伯拉罕·林肯"从对面跑过来。

"嘿，"艾米说，"那是卡佛家的孩子吗？"

"看着像。"

"想法很好啊。"艾米说。

"嗯嗯，但是执行得就……"

"亚伯拉罕·林肯"比另外的参赛选手都更高大。卡佛家的两个儿子，托德比较大，所以必须在下面，道格就骑在他的肩膀上。贝蒂·卡佛夫人应该是拿了她丈夫的一件西装，用黑色图画纸和胶带做了一顶帽子，就这么简单。

"那件衣服太丑了，艾米。"

"但是想法特别好。"

卡佛先生跟在孩子们身后，脖子上挂着两台很好的相机。贝蒂·卡佛夫人跟着他。

"嗯，衣服真是挺丑的。"艾米终于承认了。

卡佛先生朝两个孩子大喊着，叫他们笑一笑，可是根本看不到底下的那个孩子。卡佛先生给他们拍了照片。艾米喊道："谢谢鸡肉的菜谱！"

卡佛夫人转身看着我们，耸了耸肩，表示没什么大不了。她看着我，用眼神说："解救我。"

手提扩音器里传来一个声音，让所有参赛者排好队。詹妮斯和艾伦陪着阿尼去找位置。在公开场合，她们对阿尼的爱表现得特别明显。看看她们围着他转前转后的样子，你会以为阿尼是她们生命中最重要的人呢。只要有观众，她们就是特别好的女孩子。

游行开始了。

杰里·盖普斯镇长坐在一辆敞篷车上，他老婆就是"芭芭美容美发"的芭芭拉。他们微笑着向人群挥手致意。光是芭芭拉·盖普斯的出现，就已经给自己的店做了个糟糕的广告。

奇普·迈尔斯和自己的兄弟们开着小型拖拉机，排成"8"字队形。奇普紧紧抿着嘴，看不见那颗银牙。

"很好，奇普！"我喊道。

孩子们都走了过来。

"所有的'山姆大叔'互相抵消了。"我说。

"我们没有让阿尼也扮成'山姆大叔'，挺好的。"

三个胖乎乎的女孩子想呈现一种场面：一个吹冲锋号，另一个举国旗，第三个是参战受伤的士兵，可是她们的创造力有限，不怎么成功。

"我们忘了拿相机！"詹妮斯站在街对面尖叫。

"糟了，"艾米压低声音说，"妈妈想看照片。我们忘了带相机。"

"哦，没办法。"我边说边想着妈妈坐在家里，边吃边睡的样子。

一片"山姆大叔"的海洋行进而过。卡佛家的孩子累了，我们看到这个"林肯"扭曲地行走着。"还有五个街区，这些男孩子绝对坚持不下去。"我告诉艾米。

阿尼走过来了，很容易就能找到他。因为他比别的孩子高大了一倍。他穿得像"横渡特拉华河的华盛顿"。衣服是艾米缝制的。她辛辛苦苦地做了好几个星期，还设计了一艘硬纸板的船，我花了一个下午才做出来。阿尼的肩膀上有弹力背带，把船吊着，乍看起来似乎是他飘在船上呢。昨天下午，詹妮斯一直在培训阿尼，纠正他的动作。他行进的时候，右手举在前额上，不谦虚地说，他看着真的很棒。对别的孩子，人们都是有礼貌地欢呼，但是一看到这个"横渡特拉华河的华盛顿"，他们立刻喊道："阿尼加油！""阿尼真棒！"我大喊："那是我弟弟！"阿尼朝我和艾米站着的地方转身。但是一转身，他的船就无意中碰到一个小小的"山姆大叔"。他听到那个小女孩尖叫一声，赶紧转身去帮她站起来。但是，他这么一弄，船又撞到了"乔治和玛莎·华盛顿夫妇"。他们跌倒了，乔治哭了起来。阿尼又撞倒了几个孩子，爸爸妈妈们赶紧穿过人群去救自己跌倒的孩子。

艾米喊道："不能转身啊，阿尼。不！要！转！身！"他看着一脸茫然。他停下来，开始憋气。那些受了伤的孩子都已经走到前面去了。阿尼看着我们，他在求助。

"走，一直走！"我喊道。

他一动不动。狮子俱乐部的拖拉机以及其他的游行车辆，包括兰斯·道奇乘坐的消防车，都被迫停下了。

"一直！往那边走！"我指着他应该前进的方向，"你做得到的！"

一束亮光射在阿尼身上，是一直在录制兰斯回家的新闻的摄像机。几秒钟之内，我就跑到街上，来到阿尼身边，遮挡着摄像机。

"我不想碰倒他们。我不是故意的。"

"我懂。"我示意摄影师到别的地方去挖新闻。

"吉尔伯特……"

"咱们继续走吧。"

"我不是故意的……"

"咱们边走边说吧。"

我们动起来了。他牵着我的手。人群都在喊:"加油,阿尼!""不错啊,阿尼!"鲍比站在路的一边,还是像参加葬礼一样穿着黑色的衣服,说:"阿尼就是总统!"塔克尔站在他身边,喊道:"吉尔伯特就是第一夫人!"我刚要朝塔克尔比中指,突然想起这是老老小小都会参加的游行。

赶上大部队之后,我让阿尼自己走。我退到路边,听到他在对别的孩子说:"对不起!对!不!起!"

我看到"亚伯拉罕·林肯"的腿和头与胸并排走在一起,他的双臂被拖在水泥地上。卡佛先生走在两个孩子身边,很失望地喊道:"林肯到死都没有放弃!你们也到死都不能放弃啊,孩子们,孩子们!"

消防车要开过来了,我回到人群中。兰斯·道奇正挥着他那晒得褪色的手。他的笑容简直一流,牙齿特别整齐。他妈妈和他一起坐在消防车上,容光焕发,仿佛这是她这辈子最棒的一天。

我站在叽叽喳喳的一群人中间,他们狂热地往前伸着手,求兰斯看自己一眼。消防车经过,闪光灯不停地闪烁。我的反应比较冷漠,很酷地挥了挥手,表示我根本不在乎。我以前是他的同班同学,他至少应该跟我打个招呼。但我发誓,他只是看着我,朝我挥手,仿佛我是这群人中不起眼的一个。

艾米走到我身边说:"他是不是很帅?"

"谁啊?"

"兰斯。"

"他自己肯定这么觉得。"

游行结束了,艾米赶紧去照看阿尼,以免他再闯祸。

"这孩子赢定了。"鲍比穿过人群,走过来说。

"鲍比特别懂这样的事情。"塔克尔也突然冒出来说,他脸上全是汗。

"嗯,我是比较擅长变装比赛。"

"还怎么比较啊,你可是赢了五次万圣节大奖的人。"

"六次。不过嘛,如果你爸爸是搞殡葬的,万圣节就是你的主场作战啊。"

在简单的仪式上,兰斯被授予镇上的钥匙奖杯。不过我觉得更像一把大叉子。他把奖杯举过头顶,像个赛车手。他妈妈给他递上舒洁纸巾,让他擦眼泪。"谢谢你们,感谢你们,恩多拉的人民。我做梦都没想到有这么一天。"

我也没想到。

轮到变装游行了,参赛者们排好队,等着评委们给他们登记。兰斯坐在评委桌的中央,两边各有一个评委。其中一个在恩多拉的社交圈特别活跃。她的名字不重要,光看她的脸真是让眼睛受罪。另一个评委就是梅兰妮,红头发的梅兰妮,有一颗大痣的梅兰妮,卡佛先生的梅兰妮。

老旧的音响嘟嘟嘟地放着嘹亮的国歌,参赛者们纷纷行进而过。阿尼飘过评委面前,大家赶紧与他保持距离,有个妈妈把儿子拽住了。

评委们已经做出了评判。宣布结果之前,镇长对我们说,所有的服装都很棒,"所有的孩子都是第一名"。

如果这话是真的,那请跟我说说,为什么我们还要设立奖项,要有绶带。要是人人都是第一名,那还有什么意义啊?我来告诉你有什么意义。我告诉你,是因为我觉得你也许能懂。意义就是,说这话的人，这个镇的镇长，杰里·盖普斯，他在撒谎。不是所有的服装都很棒。其实，大多数服装看起来都霉烂霉烂的，如果"霉烂"算个词的话。我们想要表现爱国，结果搞得特别尴尬。但我弟弟的服装却是例外。他看着就是个真正的美国人。事实上，他表现得也很像美国人。他刚才撞倒了一个孩子，马上就想把她扶起来，结果又撞倒了别的孩子，像滚雪球那样越滚越大，造成了混乱。我弟弟身上的一切，几乎都像今天的美国。

艾米把手放在我手上，轻轻捏了捏："要是阿尼赢了，对他真是意义重大。"

"嗯，我知道。"

"他不是故意要撞倒那些孩子的。希望他们明白。"

"他们明白的。"

兰斯站起来，够到了麦克风。大家不停欢呼着。"谢谢大家。"音响发出刺耳的回响，就连机器也知道这个人假惺惺得不行。人们捂住耳朵，小婴儿都哭了起来。"测试，测试。"兰斯敲敲麦克风。他一直不说话，等到那边发出信号让他继续。出了这样的事儿他还挺淡定的，我不得不佩服他这么自信。"奖品如下：三等奖，谷仓汉堡的免费餐一顿。"说完，兰斯开始给这家新快餐店做起了广告。我早该想到，肯定是有广告的啊。

新店开业是在七月十四日，星期五，镇上的人都在说这事儿。"二等奖是这块牌子，还有两人的免费餐，地点在……"兰斯暂停了一下，企图制造效果，孩子们和塔克尔都说："谷仓汉堡。"兰斯笑了，很自豪自己能引导观众如此热情地参与，"一等奖是这只奖杯，还有十二人的派对，地点是……"除我之外的整个人群都喊起来："谷！仓！汉！堡！"大人开始鼓掌，小孩儿上蹿下跳。

"要是阿尼能得到这个奖杯，那太棒了。"

"我懂。"我想告诉艾米,她付出了那么多,也该拿只奖杯。

三等奖是"乔治和玛莎·华盛顿夫妇"。第二名是贝齐·罗斯。他们都有证书。贝齐·罗斯还得了块牌子。

"吉尔伯特,咱们赢定了。"

"是啊。"我说。我一直看着阿尼,他站在其他孩子中间。我都等不及要看他获胜后的表情了。

"咱们如果带相机就好了。"艾米激动得要喊出来了。

兰斯清了清嗓子,照着纸上的内容读。

"美国主题变装第一名是托德和道格,他们扮的是……"

"胡说八道!"艾米尖叫出声。

其他孩子有礼貌地鼓掌,父母们窃窃私语。艾米捂住脸。阿尼好像一点儿也不介意。反正他总觉得自己是第一名。

我环顾四周,看到卡佛夫人,她戴上了一副墨镜。她肯定也知道,自己的孩子不应该获得那个奖杯。

"有个评委是卡佛先生的秘书!"我大喊。

有个"山姆大叔"的家长说:"太不公平了。"

另一个家长喊道:"那两个孩子没资格参赛!"

艾米喃喃地说:"我们的奖被抢走了,被抢走了。"

大家纷纷散去,各自回家。

兰斯突然说:"不好意思,不好意思,再说一件事。"

快让这假惺惺的人闭嘴吧!我心想。

"作为这次游行的总指挥,我还要再宣布一件事。"

我要是有把枪就好了。

"我得到的机会和特权,实在是世上少有的。"

哈欠。咳嗽。哈欠。哈欠。

"我今天看到了我很少见到的勇气、品质和尊贵。我还想再颁一个奖,来自兰斯·道奇的'你就是下一任美国总统'奖,我很骄傲地将这个奖颁给独一无二的——阿尼·格雷普!"

阿尼四下张望,刚刚听到的是自己的名字吗?

"阿尼,上来啊,哥们儿!上来!"

别的孩子把阿尼推上了台。他拖着他的船站在台上。兰斯跟他握手。几台相机不停闪烁。我不敢相信。震惊的艾米对我说:"要是妈妈看到这一幕就好了。"

人们礼貌地鼓掌。兰斯把阿尼的手臂举到空中。我看到阿尼做出"哎哟"的口型。

33

詹妮斯和艾伦带着"下一任美国总统"到"冰雪梦"买了麦芽冰激凌以示庆祝。艾米和我走在回家的路上,她的情绪有点儿低落。

"艾米,怎么啦?"

她停下来,小心地想着该怎么说。"他的生日怎么和这个比啊?"

我想解释说,阿尼的生日是不一样的,但没有更好或更糟这一说。

她叹了口气。"我觉得压力好大啊,吉尔伯特。詹妮斯回来了,阿尼赢了游行比赛,这是一回事。但是他生日那天,拉里也会回来。妈妈也在。她的期望值大着呢。我真不知道该拿她怎么办了。现在,她五天吃的东西能抵得上以前七天吃的东西。地板下面那些板子又撑不了一辈子。我觉得压力很大,头很痛,一直都这样。根本没有消停的时候。你摸摸我的肩膀。"

我把双手放在她肩上,觉得有几十个结块和紧张的地方,感觉就像尖锐的石头。"哎呀。"

"我撑不了多久了。之前电视上有个电影，地面裂了个口，把人吞了进去。我就一直等着地面能裂个口子，把我吞进去。"

我帮她按摩肩背。"嗯，可以。"

艾米的情绪还是很低落。车一辆辆开过，按着喇叭，孩子们到处跑，互相扔着一个印了世界地图的塑料沙滩球。我们就这样站在人行道上，艾米的眼泪不断往下掉。她用我的衬衫擦了擦脸，擤掉鼻涕，然后开心起来，说："你应该找个伴儿，吉尔伯特，一个很特别的人。"

我们继续往前走。"不。"我说。

"应该的，应该的。因为，吉尔伯特，你做出了牺牲。我特别感激你。你一直都在，应该找个伴儿了。"她继续滔滔不绝，说我是个多么好的弟弟、多么好的人。我发现她的嘴角是那么温柔，脸也开始舒展，真的很善良很美。我姐姐不丑。真不知道这片儿还能不能找出比她更棒的人。

大概三年前的夏天，艾米交过一个男朋友，他是卡车司机。六月的一天，他们在拉普餐厅偶遇。他的嘴唇像猫王的嘴唇，留着和猫王一样的鬓角，不过头发是草莓红泛金的颜色。大家都不叫他的真名，真名只有艾米知道。他被叫作"墨菲"。大概有三个月，每个周末他都会开车到我们家门口，按按喇叭。他对我们都很好，跟阿尼和我都成了好哥们儿，还总是给妈妈带一份特别的礼物。有时候是他在路边看到的漂亮石头，有时候是仙人掌的立体明信片。妈妈通常都在埋头吃东西，然后会抬起头来，嘴里还是塞满了食物，说："墨菲，你是我喜欢的那种男人。"他满脸涨得通红，说："哎呀，格雷普夫人。"

他和艾米会手牵手，我也知道他俩偶尔会亲亲嘴。但也就到这一步了。他总是睡在客厅的沙发上，经常穿我爸爸以前的睡衣。艾伦和我打赌,猜他们什么时候结婚。但一天晚上,八月的最后一个周末,艾米正在忙前忙后地准备夏末烧烤会,她去了房子的角落,刚好撞见墨菲与詹妮斯亲得难解难分。不用说,几分钟后墨菲就溜了。他都没跟妈妈说句再见。你应该想得到,妈妈有多生气。没有人告诉妈妈他消失的真正原因。艾米什么也没说,直接走进房间,一遍遍地放着《别太残酷》。

艾米和我走到榆树街的中央,兰姆森先生和太太开着一九七〇版的道奇达特停在我们身边。淡蓝色头发、涂着红唇的兰姆森夫人摇下车窗说:"这一天可真精彩啊,是吧?"

艾米的眼睛里布满了血丝,说:"真是美好极啦。"

兰姆森先生说:"这样的日子可不是经常能遇到的。"

"说得对,老板。"我说。

"你跟你弟弟说,我们特别骄傲。你要跟他说哦。"

"好的,先生。"

他大喊:"真是很棒的惊喜哦,吉尔伯特。"然后开车走了。

之后,三个女孩子和我想把游行的事情讲给妈妈听。我们七嘴八舌地一起说,每个人都争着让妈妈看自己,听自己说。

"你们扯到我的腿了。"妈妈说。

我们都喊着:"没有。""是不小心……""妈,你还在意这个啊!"

她说:"照片,给我看照片!"

艾米说,我们忘带相机了。妈妈大发脾气。阿尼趴在她桌子下面。她摇着桌子,一张肥脸皱成一团,说:"我要看照片!"

吃晚饭的时候,妈妈吃了比平时多一倍的热狗。我只吃了几根薯条，因为她一直在痛骂我们不拍家庭照片，搞得我一点儿胃口都没有了。

吃完晚饭，我们和詹妮斯一起开最后一次筹划会，也算是总结会。然后艾伦接到辛迪·曼斯菲尔德的一个电话，提醒她要去参加国庆日"我生在美利坚，今天是我重生"的主题聚会。还有几分钟辛迪就要来接她了。接着艾米开车送詹妮斯去了机场，阿尼坐在后座上。之后，塔克尔和鲍比来了，问我想不想一起玩。"我要给我妈当保姆。"我告诉他们。他们叹了口气："太遗憾了。"然后就开车走了。

妈妈把盘子舔得特别干净，我差点儿忘了放进水槽。吃完东西，她马上就睡着了。我盯着她，很难接受我曾经在她肚子里待过的事实。她和我一样，曾经也是妈妈肚子里的小宝贝，来来去去的都是这样。都是这样。

电视的声音很大，妈妈睡得很熟，打鼾跟打雷一样。她的鼻孔一张一合，嘴巴大张着，像只烤箱。

我开始做一个测试。

我把电视机关掉，鼾声立刻就停了。她不安地动起来。我感觉她快要睁开眼睛了，又把电视机打开，她又继续酣睡。接着我又关上电视，再打开，一切都发生得很快，每次她都没让我失望。每次只要一关电视机，她就会动动身子，嘟哝几句什么；只要一开电视机，她就又熟睡了。

等到艾米那辆诺瓦的车灯照进家里的车道时，我已经完全确认了自己的猜测。比起跟我，妈妈跟这台电视机的关系更亲、更紧密。

艾米先进了屋，手里提着大包小包，还有纸杯子，一看就知道是快餐。她朝纱门那边喊道："阿尼，进来，好吗？"

"嘿，"我说，"詹妮斯的飞机坠毁了吗？"

"没有啊。怎么这么说话?"

我打了个响指说:"妈的!"

"吉尔伯特,你不是认真的。"艾米按住开着的纱门,打开前廊的灯,又叫了一声那个阿尼,"马上进来。"他连滚带爬地上了门前的阶梯,脸上糊着芥末、番茄酱和灰尘。鸡窝一样的头顶上,是一顶硬纸板折成的谷仓汉堡帽子。

"艾米,别跟我说你去了。"

"他想吃。对吧,阿尼?"

"谷仓汉堡最棒啦。"

我用自己能做到的最清楚的方式解释说,谷仓汉堡并不是最棒的。"这侮辱了你的独一无二,阿尼,你的个性。世界上只有一个阿尼·格雷普,对吧?"

"对。"

"嗯,世界上有几百家谷仓汉堡,它们……"

"最棒!"

艾米看着我,觉得我赢不了这一局。她是对的,我赢不了。

厨房里,没洗的碗盘快变成化石了,没倒的垃圾快结晶了。我问艾米,为啥放艾伦去参加什么"重生"聚会。

"艾伦得出去散散心。"

"我就不需要了吗?你就不需要了吗?"

"那个新来的女孩子让她变了个人,"艾米都知道贝琪了,那个我并不想念的贝琪,"她再也不是选美冠军了……"

"她当然还是啊。那个新来的女孩子根本不算什么,相信我。"

"打给她的电话都没有以前多了。"

"感谢天感谢地。"

"是啊,对你我来说当然特别好了。但是,对于一个以接到的电

211.

话多少来决定自己价值的女孩子……"

"你说话怎么那么像詹妮斯啊。"

"嗯,詹妮斯跟我聊过了。"

我求艾米好好想想,詹妮斯对我们或者这个家一无所知,送她去上大学真是我们集体犯下的最大错误。我非常讨厌她想回来的时候就飞回来,瞎发表一些意见,然后把真正的事儿甩给我们干。

"詹妮斯是你姐姐啊。"

"那又不是我的错。"

"你必须爱她。"

"不。"

"我爱她。"

"那个贱人亲了墨菲。你怎么可能……"

艾米的左手飞过我的脸。这个响亮的耳光都没有吵醒我妈。我伸手捂住脸颊,舌头赶紧探一探有没有哪颗牙齿被打松了。

"谢了哦。"我只说得出这几个字。

很长一段沉默之后,她说:"我很爱她,所以我可怜她。"她还没走出墨菲那件事。

"很痛哦。"我说,头被打得晕晕的。

"那就好。"

艾米在洗碗,我收拾着一袋袋永远也收拾不完的垃圾。我把垃圾搬到车库,一群苍蝇向我凶猛围击。过了一会儿,我拿了家里最大的苍蝇拍,打开车库的门,追着苍蝇一只只地打,把它们拍在墙上,拍在放除草剂和耙子的角落里,把它们全部消灭了。

我回到屋里,艾米找了一只最大的碗,舀了一座小山一样的拿破仑冰激凌。"晚安。"她说。她用来寻求安慰的东西,是将近两升的冰激凌和对过去快乐时光的回忆。

我给阿尼放洗澡水，弄了很多很大的泡泡，把他所有的玩具倒进去。阿尼在水里玩得很开心。电话响了，我跑去接电话，留他自己在那里拍打水花。

34

"嗨，塔克尔。"

"鲍比也在听电话。你就当是电话会议吧。"

"嗨，鲍比。"

塔克尔语速飞快地说："我们正往……"

"阿尼在洗澡。我要睡觉了。我们都要睡觉了。"

"嗯嗯，但是……"

鲍比打断了他："吉尔伯特，我们只是要让你出点儿主意。"

阿尼在浴缸里游泳，妈妈伴着电视睡觉，艾米正在和冰激凌亲热，我就站在车道边上等他们。街那头有车灯出现了，是麦克伯尔尼殡仪馆的灵车。

"上车。上车。"塔克尔喊道。

我爬进车里，跪在通常装棺材的地方。

"我带了够劲儿的啤酒。"塔克尔说。

鲍比开始滔滔不绝地讲他和塔克尔有多难找到女朋友。他们找我，是想寻求一些支援，让我出一些主意，好像我就是爱情之神。"我们都要受不了了。"

我听着他们的各种计划，每一个都比前一个更乏味、更蠢。他们的所有想法，都特别不入流。

我们不知道怎么就到了塔克尔那儿，身边摆了六件说不清味道的澳大利亚啤酒。他们俩还在抢着说话，很多话都让人觉得荒唐可笑。他们夸张地一挥手，住了嘴，然后齐声说："我们欢迎你发言。"

"你俩啊，"我说，"你俩。"

"你别不好意思承认啊，吉尔伯特。我们的想法超级棒。"

"你俩啊……"

"咋啦？说啊说啊说啊。"鲍比使劲儿叫着。

"我……呃……真不知道说什么了。"

他们觉得我这么说是在夸他们。吉尔伯特没话说了。吉尔伯特被震住了。但过了一会儿，他们就开始了解我的真实想法了。

"好嘛，可能这些算不上最好的主意。但你明白我们想干什么了吧？我们想……"

"我明白你们想干什么。你们想干什么很明白啊。"

塔克尔劈头盖脸地问："你不帮忙，不提点儿建议？"

我看着他们俩，说："你们俩太高看我了。"

"瞧你说的。这镇上有谁能泡到妹子？谁跟那个最漂亮的女孩子约过会？是谁啊？"

我想解释说，他们全都误会了。"我碰都没碰那小东西……"

塔克尔捂住耳朵。"求你别说了，吉尔伯特。我们又不傻。"他放开手，继续道，"你不愿意帮我们，真是伤人。伤到了我。"

鲍比补充说："倒是没伤到我，真的。只是有点儿失望。"

我开口表达自己内心的感受，我说他俩都够了。"要是这个女孩子不懂真实的你，那她就配不上你。她配不上你的时间精力。"

我说这些时，这两个家伙都笑了起来。我选这些话，是因为它能稍微活跃下气氛。我自顾自地想，他们饥渴太久了。

最后，我说了一个简单的请求。"你们要做什么，先问问我，跟我备个案。我得帮你们想想，看看怎么才是最好的行动。"这些话让我听起来就像个政客,糟糕的政客,但还是很起作用的。

鲍比点点头,塔克尔说:"就这么定了。"

我们互相握手。塔克尔说:"我就知道吉尔伯特能帮大忙。我就知道你靠得住,哥们儿。"

"好了,我得回家了。"

他们开车送我回家。我差点儿同时又大哭又大笑。

"晚安,你们俩。"我关上灵车的门。这两个可悲又可笑的朋友开着车走了。艾伦房间的灯亮着。她回家了。其他人都熟睡了。

进了屋,我看到电视机蓝光闪烁,把妈妈的脸映得忽明忽暗。灯光投下的阴影让她肉乎乎的浓眉毛和因为太胖拖长的脸颊、下巴更加明显了。她的灰白头发长得特别疯狂,跟电线一样。这个女人一点儿也不像我妈妈,反而像鬼怪,或者外星人。

今晚,不知道为什么,我轻轻走到客厅那边,离我妈妈近了一些,她身上有股很久远又很遥远的味道,身子像陶土一样重重地安放着。妈妈在听电视上放的《星条旗永不落》。她把音量调大了。

火炮闪闪发光,
炸弹轰轰作响,
它们都是见证……

昏暗闪烁的灯光中,我看见妈妈把一双仿佛吹胀了的手贴在心上。我明白,放国歌的时候,我最好还是别说话。电视屏幕上,一面美国国旗正在风中飘扬,海军、陆军之类的什么人站在下面敬礼。一名播音员说,第五频道的节目播放完毕,于是只剩下嗞嗞的电波声。妈妈把电视按成静音,但没有关掉,就让那满屏幕的雪花闪烁着。

"吉尔伯特。"

"嗯,妈妈?"

"兰斯·道奇真是好人啊。"

我什么话也没说。

她伸手从桌子下面拿出一袋薯片,应该是一直放在她脚边的。她轻轻撕开了袋子,把袋子放好。接下来的几分钟,我就坐在角落的一张小凳子上,而她一把接一把地吃着薯片。薯片迅速没有了,妈妈把袋子里的碎屑都抖干净,伸手拍拍嘴。我没有看她,眼睛映着电视上的雪花。

"下一任美国总统?"她说,"他肯定是疯了。"妈妈哈哈大笑,特别为阿尼骄傲,也很感激兰斯这么好心,"我只想看到那孩子满十八岁,这是我唯一的愿望。"

我点点头,表示懂她的意思。我就坐在那儿一言不发,她又打开了一盒"女主人"纸杯蛋糕。

我自顾自地想,我在杂货店工作,把食物带回家,去买东西,艾米让买什么就买什么,我求兰姆森先生让我赊账。每当妈妈开始吃东西,我就觉得自己是这项罪恶的同谋。

她哼了一声。我转过去看她,发现她把那黑白色的蛋糕揪下来一块儿,递给我。我摇摇头表示"不吃,谢谢"。她张开嘴,好像为我的拒绝感到高兴,把她手上那点儿蛋糕吞了下去,声音很像我们家的吸尘器。

妈妈吃了五个蛋糕,还不罢休。我心想,自己一直坐在这儿,就是心怀渺茫的希望,觉得如果我在这里坐得够长,呼吸她的味道,看着她那巨大的头,也许就能试着爱她了。

她伸手拿起盒子里的最后一个纸杯蛋糕,我站起来,很想给她擦嘴,但是最后只擦了擦自己的。这场聆听她嘴巴制造噪声的静坐行动以失败而告终。

"妈妈,你该睡觉了。"

"啥?"

"睡觉。闭上眼睛睡觉吧。"

"哈?"

"睡觉,休息。你该歇歇了。"

"吉尔伯特,就你所知,你见咱家进过强盗或者杀人犯吗?"

"没有,妈妈。"

"你觉得这是为什么?"

电视荧幕的光一直在闪。

"我不知道,妈妈。"

"别那样摇头,显得你特别像你爸。"

"您刚才说什么来着……"

"我说,从来没人闯进过咱家。因为我就在这儿盯着。他们要来弄你,得先过我这关。我看谁敢过我这关。"

她说得对。什么罪犯杀手的,绝不可能企图进我们家,只要她坐在自己的椅子上。妈妈就是我们的哨兵。

"有很多很多全家遭殃的那种事情。入室抢劫的,晚上做事的跟踪狂,就这么逛啊逛的,选一家,弄个标记。拿着绳子和枪闯进去,把全家都绑了,开枪把每个人都杀了。要是我让哪个诡秘的人闯入我家,一晚上就把我生出来的所有孩子杀了,那我也该让天杀了。"

她从正在抽的那包烟里抽出最后一支烟,点燃。

"以后有一天,你可能会明白生孩子是什么感觉;明白那种看着一个人的眼睛,就知道你是那双眼睛存在的原因的感觉。"妈妈略略思考了一下,"我下面说的话,可能不应该说出口的。我一看到你,就觉得自己是神，或者女神！反正就是神一样的！这个家就是我的王国。是的，吉尔伯特，这把椅子就是我的宝座。而你，吉尔伯特，就是我的骑士，身穿微微发亮的盔甲。"

"闪闪，妈妈，我猜你应该是想说闪闪发亮吧。"

"不是，我自己说的话自己知道。你不闪，吉尔伯特。你只是微微发亮。听到了吗，你微微发亮！好，晚安。"

"什么？"

"晚安。"她朝我这边吐出一口烟，围绕在我脸上。我回到自己房间前，一直忍着没咳嗽。等进了房间，一个人的时候，我咳啊咳啊，咳到肚子痛，喉咙仿佛撕裂了一般。

35

我很早就醒了，被尿憋醒的。方便完正要冲水，我听到浴缸里有水声。透过玻璃的淋浴门，我看到一个人影。我把门滑开，看到了他。是阿尼。他的船啊、塑料鱼什么的还漂着，泡泡早就没了，他双眼往外凸，身体动不了。阿尼睡着了，一晚上都待在浴缸里。他的手指和脚都皱起来了，像葡萄干似的，他一定会觉得永远都这样了。待在水里已经够难的了，但得在水里待一整晚这个想法，肯定把他给彻底击垮了。我帮这可怜的孩子把水放干净，然后拿了他的恐龙毛巾，给他擦身子。

"没事了，阿尼，没事了。"

他抖个不停，一句话也说不出来。我帮他清理耳朵里的水，而另一种水填满了他的双眼。

"没事了。"

吃早饭的时候，他没有吃吐司。我给他撒了比往常还要多的肉桂糖,他还是不吃。正在炒蛋的艾米一脸担忧地望着我。我耸耸肩。接着,我做了一个自觉特别巧妙深刻的类比,说食物就像汽油,如果"你,阿尼,是一辆车,肯定在车道上开不动了。阿尼得加油喽"。没有任何效果。他就那样坐在那儿,脸皱成一团,背弓得像一块石头,盯着手指上那些波浪一样的褶皱。"阿尼,会消失的。"我说,但他摇摇头,"会的。我保证,你皱皱的手指会变成原来那样的。"

艾米说:"这些事情吉尔伯特最懂啦。你听吉尔伯特的准没错。"

没人吃的吐司,是最最让人低落的东西。于是,没有退路的我准备再努力一次,开口说:"阿尼,你想想吐司的感受好吗?就是,如果你是这片吐司,要是被人嫌弃,没有人爱,会有什么感觉呀?"他通常对这样的事情很有同情心。但今天例外。

于是,我伸手要把吐司扔进垃圾堆,但他突然像弹簧一样伸出手,把两片吐司都抓住。他把两片都捏成一个小球,一个扔向艾米,另一个扔过来打我。他吼道:"我会淹死啊!我会淹死啊!"然后他跑出厨房,跑出家门。

艾米看着我,我看着她。通常我俩总有一个会去看看阿尼睡了没有,不知道为什么,昨晚我俩都忘了。但把他留在浴缸里的,是我。

艾伦懒洋洋地走进厨房,艾米说:"你能去找找阿尼吗?"

"很愿意啊。然后呢?那之后又是什么事?接着要做什么?"

"麻烦你去找一下阿尼。"

"我在这里真好,是吧?有人干这些苦活累活真好。要是没有我,你们这些人怎么办呢?"

我说:"会更开心。"

她假装没听到这些话,非常夸张地捶了一下橱柜门,长叹一声,像冬天刮了一阵风,接着她途经厕所检查了一下自己的妆。干完这些之后,她终于跺着脚跑出去了,一边尖叫着:"阿尼!阿!尼!"

一分钟不到她就回来了,说:"我们的阿尼消失了,凡人救不了他,要是我们能用不一样的办法养育他,要是我们教他……"

艾米把还在锅里的炒蛋倒进垃圾箱。她扯了张纸巾擦擦嘴,走出了厨房。

艾米打开后门时,艾伦说:"我的蛋呢?"艾米什么也没说,纱门嘎吱一声关上了。她走到后院,坐在野餐桌前。这张桌子曾经有着鲜红的颜色,现在已经褪色得厉害。

艾伦悄声抱怨了一句:"这个家啊!"看来她应该生在更好的家庭。她看了看放麦片的架子,上面有三盒妈妈的麦片。"哦,太棒了,只能吃奇多圈。这一天开始得简直糟透了,我就不该起床。"

我想说,可能你就不该出生,艾伦。但我很清楚,这样的生活,不是哪一个人的错。有些人说,出生在这世上是我们自己选择的,我们提出要求,被批准了;我们被派到这个世界,是因为我们想活。我觉得不是。完全是抽签看运气。有些人不得不活着,有些人却可以坐在一边什么也不管。

"吉尔伯特?"

有时候我讨厌所有知道我名字的人。

"吉尔伯特?"艾伦一遍遍叫着,喊了九遍才说到重点。九遍也不算多,她的纪录是十四遍。

"有话快说,艾伦。"我说。

"看着我。"

"我知道你长啥样。"我看着后窗,艾米还坐在野餐桌边。

"吉尔伯特,看着我。吉尔伯特?"她又开始了,就这么不断叫我名字。

我转身劈头盖脸地问:"你想干吗?"

艾伦脸上有微妙的笑,她被我的语气惊到了,但跟我有了眼神接触还是很开心。她眨眨眼,轻声说:"耶稣和我都爱你。"

真是猝不及防。我还没想到怎么回应她,她就拿了一只大碗,倒满了奇多圈,又往里面放了个很大的沙拉勺和很多牛奶,然后去餐厅递给妈妈。

"艾伦,你怎么这么好。你很爱妈妈,是不是呀?"

"是的,妈妈,我爱你。"

我听到勺子砸到墙上的声音。妈妈甩勺子去打艾伦,没打中。

我看着窗外,一看艾米的背影就知道,她的状态和草坪上那些家具差不多。一看家里的野餐桌,就知道这家的生活是否过得像浪漫田园。我们的野餐桌在流着血泪控诉。我们碎裂,我们剥落,我们腐烂。

我走出后门,穿过院子,与她保持一米多的距离。"我去找那孩子,好吗?"艾米什么也没说,但我看得出来,这句话让她好了些。对她来说,最伤心的就是有时候觉得是自己一个人在战斗。我走到房子前面,走到卡车前,启动了卡车,心里想着,艾米想要忘掉墨菲,是不是像我想要忘掉贝琪一样强烈。

到处都找不到阿尼,于是我去上班了,打了个电话跟艾米讲了一下。

"你去水塔看了吗?"

"去了,他不在。但是你别担心,他会出现的。"

"烦透了,"艾米说,"我们又得再搞一遍水的事儿。"

"不用,他长大了,他会没事的。他今晚洗澡,或者我带他去游泳。不会有事的,艾米。"

"我没法再搞一遍水的事儿了。"

我们说完话,我把电话挂掉。我费心劳神地去系围裙,后面打的结很松。兰姆森先生突然喊道:"没事吧?"

"好得很。"我说。他走进那个小小的隔间办公室,我自己小声嘟囔着:"好得不能再好了。我那个妈,要是烧烤酱够的话,连自己的胳膊也能吃了;我的混蛋哥哥和坏蛋姐姐离开了这个镇子;我的妹妹是个小贱人;还有我那个越来越胖的姐姐,该找个体面的男人,却没找到;还有傻弟弟,我们推测,他很可能又躲起来了,而且再次对水充满了恐惧。"

"你说什么呢,吉尔伯特?"兰姆森先生从办公室门后面探出头来。

"没什么,先生。"

"但是我听到了啊,你在讲什么事儿,吉尔伯特。有话可以对我说,你知道的。"

"我只是在说,您说得对,兰姆森先生。人生啊。"

他一脸疑问。

"人生处处都是惊喜。最棒最棒的惊喜。我说的就是这个。"

"好小子,就该这么想。"

36

我在拖把桶里装了热水和洗衣粉,盯着那热乎乎的泡沫,想起了阿尼。我确信,关键就是要让他尽快再进一次浴缸。我推着那个灰桶往四号过道走去,一路检查了一下地上有没有落下的吸尘球。我把拖把浸湿,挤掉多余的水分,去拖铺了一块块油毡的地面。

"吉尔伯特·格雷普!"传来一个特别响亮的声音。

我没有抬头看,因为很怕看到发出这个声音的人。

"看到吉尔伯特·格雷普真开心啊!"

"是啊,"兰姆森先生表示同意,"快看,是谁来了!"

我没法抬头看。

"吉尔伯特,先别拖地了。看看谁来了。"

我把拖把放进桶里,用围裙擦干手,抬起眼睛瞥了一眼,看是不是猜对了。

刺眼的阳光透过窗户射进店里,来客沐浴在金黄的阳光里,穿着一件运动外套,系着蓝色领带,熨烫平整的休闲裤,配干净的白色网球鞋,领子上别着一朵红色的康乃馨,头发完美无瑕,一脸的笑容,去参加选美比赛也完全够格,他就是造物主做出的独一无二的怪物,兰斯·道奇先生。

"嗨。"我说,努力装出一副不惊讶的样子。

"也向你热情问好呀。"兰斯发出那种属于男人的轻笑,通常是为了在紧张时刻缓解气氛,"他看见我可不太高兴啊,兰姆森先生。"

"他肯定很高兴啊。"

"不高兴。吉尔伯特总是很特别。"

"但你来了他还是很高兴啊。你是高兴的吧,吉尔伯特?"

我点点头,因为兰姆森先生希望我点头。

一群恩多拉的小孩子从停车场那边跑过来,要看看咱们这位小镇英雄。至少有十五个孩子,他们大笑着、尖叫着,发出刺耳的声音,好像兰斯是"甲壳虫"乐队成员似的。

兰斯发现孩子们正朝他跑来,自信突然就变成了恐慌。"哦,天哪!"他哭喊一声。我笑了。"有没有地方让我躲一躲?"他紧紧抓住兰姆森先生的肩膀,问道。

"这儿,后面。"我主动领着兰斯去了储藏室,他躲了进去。

孩子们跑进商店,每个人都以同样的音量在喊叫:"他人呢?他人呢?兰姆森先生?他在吗?我们想见他!我们一定要见他!"

孩子们围着兰姆森先生,把他的围裙又扯又拖,跟爆米花一样上蹿下跳。兰姆森先生想保护兰斯的隐私,但他也不是那种藏得住秘密的人,我从来没听过他说谎。他深吸一口气说:"兰斯·道奇是兰姆森杂货店的老朋友,我还记得那时候……"

"他在哪儿?我们知道他在这儿!他妈妈跟我们说的!"孩子们开始在过道里找人。我站在储藏室门口,假装收拾狗粮,但更像是门卫或者守卫。场面很快就会失控。

"好了,孩子们,孩子们!"

他们暂时消停了。

"兰斯那种地位的人压力很大。大家给他提了很多要求。"

"他在哪儿?他在哪儿?"

"你们要尊重兰斯!"

"我猜他肯定在后面。"一个瘦得像竹竿似的男孩说。

"嗯,是的,但是你必须尊重……"

孩子们朝我站着的地方涌过来。他们看到我,暂停了一下。他们流着口水,一脸贪婪,就像狼,而兰斯就是他们要抓的小鹿。我觉得这事儿是躲不开了,于是让了位,让他们冲过去。兰姆森先生抬起胳膊在空中一挥。

"我能怎么办?"我问。

"我知道。"

我在想,他们肯定不用费力就能抓住兰斯,突然前门传来一阵急促的捶打声,咱们的英雄头发已经变得乱糟糟的,上气不接下气地推开门,吼道:"带我走!"

兰姆森先生招手让我去帮兰斯。我把钥匙拿出来,没有脱围裙,以冲刺的速度跑到我的卡车前。孩子们从商店后门跑出来,兰斯藏在后面的车厢里。我慢慢启动车子开走,他一直藏在里面。

"谢谢你。我的天哪,谢谢你。"

"应该的。"我说。

看他呼气吸气的样子,就跟快死了一样。"好热啊,真烦人。"

"我知道。"

"哎呀。"

他的上嘴唇有很多汗珠。上学的时候课间休息时他也会这样流汗。

"要我载你去哪儿呢?"

他恍惚了一秒,突然变成一副垂头丧气的样子。"呃,烦。"

"我把你送回家?"

"不。不!"

"行。"

"我妈请了全镇的女人,以我的名义办了一个午餐会。我受不了。我一定得逃出来。我对天发誓,她真的把全恩多拉的女性全都请来了。"

格雷普家的女性一个也没被邀请啊,我本来想说。不过大家其实都达成了共识,重要的社交场合,格雷普家的人一个也上不了宾客名单。

"你有空吗,吉尔伯特?"

"呃,我要上班……"

"我请你吃汉堡,怎么样?"

兰斯·道奇,本镇最有名的人物,想请我,吉尔伯特,吃汉堡。要是我缺乏男子气概,可能会掐掐自己,确信自己是否在做梦。

有胎记的贝弗利来为我们服务。我请她找个角落的卡座,好给兰斯一些隐私空间。

"咱们坐这儿吧?"兰斯指着中间最显眼的那桌问我。

"坐这儿谁都能看见你。"我边说边把围裙解下来,放在大腿上。

"嗯，这个嘛，反正那什么就是这样的，你懂的……"

"做名人？"

"做新闻人。"

兰斯面对窗户坐下来。比起注意我，他更注意那些从外面经过的人。他一方面想逃离那些饥渴的人群，另一方面又喜欢大家关注他，很担心有一天会失去这些关注。兰斯要了菜单，给自己要了两杯水，每杯水里面放三个冰块。贝弗利一边听一边无意识地用左手遮住那块樱桃红的胎记。她肯定觉得，兰斯不应该看到这样的东西。

厄尔·拉普戴着一顶厨师帽，从后厨偷看，难以置信地点着头。

我们点菜了。我点了一个简单的芝士汉堡、薯条和可乐。兰斯点了一杯草莓奶昔，不加奶盖，旁边要缀一颗樱桃。

几分钟之后奶昔就来了。我的汉堡、薯条和可乐却迟迟没有上来。兰斯大吸了两口，奶昔就喝完了。等我点的菜到了，他拿了一根最大的薯条，蘸了下我刚刚挤出来的番茄酱，说"就吃一根"，然后咬了一口，"你介意吗？"

"不。"

我应该谢谢兰斯给阿尼发了个"下一任美国总统"奖，但我决定不说谢谢。可能我不感激他，他反而会更尊重我。我一边吃一边想，我认识的最出名的人就坐在我对面，看着我的食物。

"你喜欢恩多拉，是吧？"

我耸耸肩。

"很明显是喜欢。你还待在这儿呢。每天我在得梅因做自己的事情时，你，吉尔伯特，就在这里。高中毕业后这七年，我见识了很多，也做了很多。而你呢，就只在恩多拉做事。真是好玩，两个人的人生竟然可以这么不一样。"

"好玩啊。"我说。

兰斯暂停讲话，又拿了一根薯条，蘸了番茄酱，先是像拿烟一样拿了一会儿，然后吃掉了。"但是，这样马儿才会跑得快，美国才可能伟大。同一个镇的两个人，能成为如此不同的人，换了别的地方就不可能了。这世界真奇妙啊。"

"嗯。"

说到这儿，兰斯闭了嘴。他一根又一根地吃着薯条，还尝了我的汉堡，我把自己的盘子朝他那边推了推。我猜出名就是这样的吧，喜欢吃别人的那份。

和他坐在一起，我有一种奇怪的感觉，就像随时有人在监视我。我听到人声，转身一看，餐厅外面已经聚了一小群镇上的人。他们各自在交谈，但却不时朝我们这边瞟一眼，完全看得出来，他们是在看兰斯，注意他咬每一口东西。

我走过去想把窗帘拉上。

"你干吗，吉尔伯特？"

"太阳没晃到你眼睛吗？"我问。

"没有！"他嘴里塞满了我的食物。

"我还以为应该拉上……"

"天哪，不。不！"

"哦。"我坐下来，他继续吃。贝弗利又给他端来一份薯条，一手捂着领口，一手放下盘子。"店里请客。"她说。

兰斯拿起番茄酱准备吃，我说："我妈觉得你超级棒。"

兰斯抬起头，盯着外面那些对他崇拜不已的人，说："我很讨妈妈们的喜欢。"

"我知道。"

"年轻人呢？"他问，"他们觉得呢？"

"嗯，我的姐姐妹妹和弟弟都觉得你是最棒的。"

"真的吗？"

"我那个小弟，你知道的，就是那个傻弟弟，他很崇拜……"

兰斯说："你是说那个'下一任美国总统'？"

我看着他，假装一副迷糊的样子，好像根本不知道他在说什么。

兰斯四处打量，就是不看我。"但是最重要的是，吉尔伯特·格雷普怎么看我呢？啊？"

我盯着他，努力地编织谎言。

漫长的沉默过后，我说："我觉得……"

"嗯？"

"我觉得你……"

兰斯抬头看窗外，眼珠突然向外凸出了一点，门被推开了，我看到他脸上出现意乱情迷的表情。"哦，天哪，"他悄声说，"天哪。"

我刚想问"怎么了"，突然就闻到了那个味道。是她！我听到她朝我们这边走来的脚步声，打了个响指，喊道："您是……那个……您是……那个……"

兰斯示意我站起来，以便让她坐在我的座位上。我站起来往后退。她一直打着响指，努力回忆他的名字，还把手心贴在额头上，脸涨得通红，很激动的样子。哎，这不是我熟悉的那个贝琪。

"对，是我。"兰斯终于说话了。

她深吸了一口气："我想也是。"

兰斯指着我之前坐的椅子，示意她坐下。

"您稍微等一下，好吗？"她说道。

兰斯说："当然可以啦。"

"坐这儿，别动！"贝琪说着又站起来，朝门口走去。

兰斯笑了："我就在这儿等你。"他往我这边看，递过来一个眼神，意思是自己总遇到这样的事。他慢慢坐下，调整了一下裤子，手肘撑在桌上，轻笑起来。

贝琪打开餐厅的大门，吹了几声响亮的口哨："喂，孩子们！他在这儿！"

兰斯僵住了，他肯定在想："她真的按我想的去做了吗？"他看着我。我耸耸肩。听到那群"暴孩"在接近，他悄悄弓着身子从厨房逃到后面去了，那一大群孩子飞跑到了门前。厄尔·拉普伸出一把扫帚，挡住了他们的去路。现在，这群孩子应该有快五十个了。他们转过身，分散开来，自动分成两组，一半往左，一半往右。这下兰斯只能靠自己了。

阿尼就跟在人群后面，他奔跑着想追上大部队。他决定不了究竟跟随哪一队跑。我走到餐馆外面，趁他还没看见我，抓住了他。"阿尼。"我说。

他看着我，有点儿惊讶竟然有人认识他。他花了一会儿来研究我，感觉他好像不记得我是谁了。接着他笑了，然后又变成一副恐惧的表情，大喊："不要水，吉尔伯特。不要水！"

"嘘！"我说。传来一阵响亮的尖叫，我看到兰斯正在跑，孩子们穷追不舍。听到他们的喊声，阿尼也要开跑，但我在他身后给了他个熊抱。他挣扎着，力气很大。"别这样，阿尼。艾米想让你回家。"

他突然就不挣扎了。我还在想着，这次倒挺容易。突然就看到贝琪站在大概十五米之外的地方，跨坐在自行车上，往我们这边看。

我都忘了贝琪还在。

阿尼慢慢朝她走过去。他轻轻摇着头。他举起手去摸她。

"不要。"我说。

贝琪牵起他的手，放在自己额头上。她让阿尼摸了自己的脸、自己的嘴。他竟然做了我只能在梦里做的事。他很安静，也很乖巧，因为，就连智障的阿尼也知道，这个女孩很特别。

229.

我说:"走吧,老弟。"

她说:"你等他摸完。"

阿尼继续自己的探索。我转身看着餐厅,发现贝弗利正看着我们,然后把窗帘拉上了。

我催阿尼快一点儿,这样就可以回家了。我跑到卡车上坐着。阿尼的手四处乱摸,摸了她的腰、她的脖子。我按了按喇叭,他的手还是放在她身上。我猜她是允许的,因为阿尼的摸来摸去并没有性的意味,真是奇了怪了。不过,我还是没得选,只能一直按着喇叭,按得很大声。

他终于摸完了,朝我的卡车跑来,垂着头,脸上洋溢着最甜蜜的微笑。他上了车。我们都看着贝琪。他招了招手。我挂了倒挡。

我可能该向她道谢,于是从停车场开走之前,摇下车窗,把头探出去。但我还没开口,她就说:"不用说了。"

"不行。谢……"我住了嘴。感觉有什么不对。我一脚踩下油门,带阿尼回家了。

37

第二天早晨。七月六日。

阿尼在浴缸里过夜,才过去二十四小时,他拒绝洗澡的后果就已经有了很充分的展现:他脸上有各种颜色的数不清的污渍和斑块。几分钟前,有一个匿名电话打来,问我们需不需要香皂。艾米很生气,我哈哈大笑。我说,如果他想这么干,那就尽管回归尘土好啦。

我还是请了一天假,现在正在前院的灌木丛后面,跪在地上,想把管子连到外面的龙头上去。我想,要是能让阿尼从喷出的水雾里跑过去,至少能洗去他身上的一些灰尘和泥巴。水管连不上龙头,常青灌木的针叶又刺得我的光腿生疼,我听到汽车喇叭的声音,害怕是塔克尔或者鲍比,于是很慢很慢地从灌木后面站起来。这两个家伙一直在打电话,求我跟他们见面,希望我教给他们一点儿泡妞的经验。

我从灌木丛中露出头来。我吃了一惊,竟然是卡佛先生开着老婆的旅行车。他很慌乱地摇下车窗,喊道:"吉尔伯特!吉尔伯特·格雷普!"

该来的终于来了。卡佛夫人跟他坦白了一切,他带着钢锯来割我的老二了。

"什么事儿啊?嗯?"我说。

"吉尔伯特,你在这儿就好了。真是谢天谢地。"卡佛先生全身都是热气腾腾的样子,脸颊通红,像冬天被冻伤一样。

"我给你弄点儿柠檬水什么的,卡佛先生?"

"不用了。上车。你有时间吗?"

"呃,其实没有。"

"十五分钟就行了,最多二十分钟。我马上就载你回来。就这一次。"这个男人一副绝望的样子,所以,就算搭他的车可能会没命,我还是上去了。

走之前我告诉艾米,遇到点儿事,我很快回来,她不用担心阿尼。"我会把他弄干净的。"

"你还剩下十天。"我跨上卡佛先生的车,她说道。

卡佛先生朝镇子那头开去。安全带都系着,我们的膝盖顶在下巴上,因为卡佛先生的前排座位椅背都弄得很直。"真是不敢相信。"卡佛先生说道。

"什么不敢相信,先生?"

"你叫我'先生'。我很感激。我很感谢。你要是我儿子就好了,

231

吉尔伯特。你知道怎么满足一个男人的自尊心。"他顿了顿,手在方向盘上颤抖,"我实在很感谢你为我这么做,吉尔伯特。你太棒了。"

"哎呀,谢谢。"我偷偷在车子里四下瞥,看有没有他可能用来结果我的来复枪。但卡佛先生和我犯了同样的错误,我也看到他和梅兰妮了。所以,在他做出极端行为之前,我应该还有谈判的筹码。

"有一个男人,在这个世界上特别努力地活着。这个男人想做点儿好事,为这个明显缺乏尊严的世界添点儿尊严。你很努力地树立榜样,去影响那些你能影响的人。而当你尽了一切努力,还是不够,而且很不够,真是非常非常地悲伤。"

"肯定的,"我说,"或者说,我想也是。"

"所以,他们想要游泳池。我们在阵亡将士纪念日那天开家庭会议时,他们表达得很明确。我听他们都说了,然后仔细地解释给他们听。我拿了一个笔记簿,把支出一项一项列出来,然后非常巧妙地做了还算优秀的讲解,说现在要游泳池不太实际。你以为这样就结束了吗?"

"是的。"

"不,我的儿子们就是不消停。"

说到这儿,他把车停进了"恩多拉长队"的停车场。"我需要点儿时间冷静冷静。行吗?"

呃,我还能说什么呀?所以我点点头,说"没事",装出一副很关心的样子看着他。

"你这么关心我,真好,吉尔伯特。"

我回答说:"卡佛先生,你和你的保险也总在陪伴着我呀。"真不知道这话是从哪里冒出来的。

"这话真好听啊。"

"嗯……"

"我爱我的儿子们。我努力工作。要多努力有多努力,都是为了我的儿子们。"

我脑海中突然浮现出梅兰妮躺在办公桌上的样子,假发掉了,垂在那儿。卡佛先生额头上有密密的青筋暴出,双眼凸出。我心想,这是不是卡佛先生说的努力工作?

"我做了很多牺牲。我买了很多东西,刚好就是在四日国庆日那天到。但结果没想到,得梅因的仓库出错了,寄去了曼森城,过去这两天简直像地狱一样。这东西一定得安个跟踪器才行啊。"

"安在什么上面?"

"喂!你不记得啦?吉尔伯特,我很失望啊!"我只能说,卡佛先生也太容易失望了,"你肯定记得我邀请你第一个来试试我们家的蹦床吧。"

"嗯,当然了。嗯。我在想什么呢?"

他启动了旅行车,我们又上路了。开进卡佛家的车道时,他说:"这件事快让我瘫痪了。"

我们围着房子走,卡佛先生把着白色木桩门,我走了进去。在后院正中心的位置,是一个全新的蹦床。框架是深蓝色的,弹簧银晃晃的,蹦床的部分特别棒,是黑色的。

"你觉得怎么样?"

"呃,哇塞!"我说。

"贝蒂,让孩子们出来吧!"

我回头去看他们家的房子,所有的窗帘和百叶窗都是拉起来的。后门"吱呀"一声打开了,我看到卡佛夫人的手在为托德和道格把着门。他们踏步走出来,低头看着自己的脚。他们穿着游泳衣。

"托德、道格,过来。"

两个孩子懒洋洋地走过来,越来越近,卡佛先生说:"看着,吉尔伯特。"

"看什么?"我说。

卡佛先生伸出一根手指,"嘘"了一声。他让我别出声,然后把身子弯到和孩子们平视的高度,我猜他是要显得亲密,但看着真是蠢,而且不舒服。"看吉尔伯特玩得多开心。看他。"卡佛先生拍拍蹦床,示意我上去,我刚要上去,他又说,"吉尔伯特,你的鞋。"我把鞋蹬掉,"看他跳上跳下,跳上跳下。你们看他的脸。看看这得有多好玩啊。"

我开始跳,但孩子们都没抬头看。

"跳高点儿。"

我用了全身的力气跳高一些。孩子们还是盯着自己的脚。"快看吉尔伯特啊!看他玩得多开心啊!看他!他玩得好开心啊!是吧,吉尔伯特?"

"是的。"

"你说什么?"

"是的!是的!我玩得好开心啊!"

"看哪,孩子们,看哪!"

他们还是不看,我开始大喊大叫,但并不是因为开心。我只是想快点儿把这事儿办了好回家。另外,我也觉得这是欠他的,也是对他老婆的一点儿回报。

我脸上浮现出这辈子最光明积极的表情,跳得很高,但孩子们还是不抬头。卡佛先生突然拽了托德的头发,拉着道格的胳膊。"看哪!该死的,看哪!"托德朝爸爸拳打脚踢。道格挣脱了,边哭喊着边跑进屋找妈妈。卡佛先生举起托德,把他扔向空中。托德掉在地上,一声闷响。

"住手!住手!"我喊道。

托德跑进屋,看得出来没受伤,就是一副受了惊吓的样子。

我从蹦床上下来。

卡佛先生很安静,跪在地上。他慢慢站起来,拍拍裤子,转身看着我,露出一口牙。"见到你很高兴,吉尔伯特。真的很高兴。"

他往屋里走,胸高高地挺着,脸上有非常骄傲的表情,就像一切都按计划进行了。

我穿上鞋子,从后门走了。我看到卡佛夫人在厨房窗户边看着我。我们的目光接触了一会儿,然后我移开了。

离开卡佛家时,我自言自语地小声说:"不能打人啊。再怎么样也不能打人啊。"

我准备走回家,要走大概三千米。

我在脑子里给卡佛先生写了一张便条,最后的信息大概是这样:至少有些爸爸有勇气不去过这样的人生。

38

我沿着十三号公路边往回走,奇普·迈尔斯的吉普车停在我身边。他将我载回了家。

"谢谢你,奇普。"

"随时效劳。"

我差点儿就脱口说"你的银牙齿太糟糕了",但我没说,只是礼貌地说了声"再见",然后关上门,我们继续假装是朋友。

阿尼站在前廊上,身上又多了一些灰尘,脸上还有食物的污渍。他拿着一个牛皮纸和麻绳包装的小盒子。包裹的收件人写的是我。

"我能打开吗?我能打开吗?"

我对他说:"随便看。"他就拉了麻绳,从边上把纸撕开。结果打不开,有点儿失望,于是把盒子举过头顶,准备甩在地上。

"阿尼,不要!"

他停下来,把舌头伸出来往上翘,好像在擦自己的脸。艾米拿着剪刀出现了。阿尼和我一起剪掉麻绳,然后他迅速撕了纸,掀开盒子上的盖子。艾米在一边看着。我们家的人都喜欢礼物。

里面有几百颗小泡沫,阿尼从里面拿出一张很大的黑白照片,镶着金光闪闪的相框。照片上那张脸很假,牙齿是做过的,头发抹着发胶,很硬。上面用红色的马克笔写道:"吉尔伯特,谢谢你的午饭。"

"兰斯斯斯斯斯斯斯!"阿尼说,拿着照片跑出门去,可能是想给全镇的人看看他新交的这个最好的朋友有多帅。

"是送给你的,"艾米说,"你却给了阿尼,真好。"

"他不识字真好。"我说。

"是啊,真好。"

之后我回了房间,躺在床上。现在,这个世界上全是兰斯·道奇的粉丝,我却觉得很多事情的目的很难解释。他是一个假到不能再假的人,结果人人都想得到他,人人都想成为他,或者认识他、触摸他。

突然,有人推开了房间的门,艾伦狂乱地喊道:"我有紧急消息!"

我扯过床单,迅速把自己的腿盖起来。"敲门啊,懂不懂!"

她没理我,只是问:"你认识卡佛先生吧?"

"不认识。"

"你认识的。"

"好吧。他怎么了?他怎么了?他怎么了?"

"出事儿了。"

"什么事儿?"

"可能是他中了大奖,也可能是晕倒了或者死了。反正就是出大事儿了。"

"到底出了什么事儿?"

"我不知道出了什么事儿,反正就是出事儿了,我不知道!"艾伦越说越泄气,"难道我是新闻发言人吗?"

艾米给卡佛家打电话,但占线。我开车经过,看到他家门口有很多车,人们蜂拥而进他们的房间。镇上肯定有人知道,于是我开车回到广场。我发现阿尼想把兰斯的照片塞进恩多拉那个内战大炮复制品的炮筒里。我按了喇叭,他跑过来。

"嘿,吉尔伯特。嘿。"

"你想搭车吗?"

"嗯。"阿尼爬到卡车后面。

"过来跟我坐一起,好吗?"

"但是我不想啊。"

"我知道你不想,但你必须这么做。因为卡佛先生出事儿了,我们得去看看怎么了。"

"我知道怎么了。"

"好。你过来跟我坐一起,不然我不开车。"

阿尼爬到前面来了,手里拽着那张照片。

"嗯,我知道。"他一直不停地重复这句话,"我知道,天哪,我知道。"

"行,老弟,跟我讲讲怎么了。"

他咬着嘴唇。

"跟我讲讲怎么了。"

阿尼不说话了,他把一只手伸进裤子里,开始挠屁股,又挠挠前面,再伸出来挠胳膊。

"你洗个澡就不会痒了。"

"不要!"

"好吧,我只是说……"

"不要!不要!不要!不要!"

我在恩多拉中间的信号灯那里停下,我看见蒂姆和汤米·拜尔斯坐着轮椅过去了。他们在比赛,猪皮蒂姆看起来会赢。

"你弄不干净我!"阿尼大喊,打开门,下了卡车。我看着这个脏兮兮的弟弟跑去了两栋房子之间。

有人敲车窗,于是我摇下车窗,把头探出去。猪皮蒂姆抬头看着我,汤米在路的另一边,朝猪皮蒂姆打着响指,要他快走。蒂姆说:"你听说了吗?"他这么问,我还真看不出来是好消息还是坏消息,"卡佛,那个卖保险的。"

"嗯?"

"就是那个搞得我们根本没什么收益的混蛋。我们倒还算好运,你知道,我妈在得梅因认识人。"

"他怎么了?"

"他死了。"

我爆发出一阵大笑,不是因为觉得好笑。这个大笑有点儿类似于"我的老天啊"。蒂姆说,他刚知道的时候,也大笑起来。

"那我就不觉得自己那么坏了,嗯。"我说。

"他是淹死的。好像还有心脏病什么的,但具体的我就不太清楚了。最好笑的是什么,他死在那种塑料游泳池里,只有二十五到三十厘米深。"蒂姆推了一下轮椅上的黑色把手,倒了车,一张猪皮脸绽放着非常灿烂的笑容,"回见。"双胞胎一起开着轮椅走了。

回到家，我把这件事告诉了艾米，艾米叫醒了妈妈，妈妈说："年轻人一个接一个死去，你就知道你活得太长了。"艾伦想张口说话，但嘴里含了一勺酸奶，舌头都伸不直："他四十多岁吧？"妈妈说："对，就是。"

塔克尔打电话来说，鲍比说，他们把卡佛先生送去尸检了。有人怀疑是伪造意外。"他们觉得可能是谋杀。"

"真的吗？"

"这个小镇需要有这么件事儿了。精彩的谋杀，明白吗？"

"塔克尔，你真恶心。"我心里突然涌起一阵恐惧的剧痛，眼前突然浮现出一场审判，有人在讲卡佛先生和梅兰妮、卡佛夫人和我的故事。"我得挂了。"我说。

"最后一件事。你知不知道你在跟谁说话？"

"知道。"

"我觉得你不知道，吉尔伯特。我觉得你根本不明白。"

"再见……"

"等一下，你，我的朋友，正在和恩多拉最棒的新餐馆的新经理助理讲话。"

我礼节性地说："祝贺了。"

"谢谢。"他开始讲他去了莫特利的另一家谷仓汉堡，参加入职典礼。他说他暗自希望是卡佛夫人杀了卡佛先生，因为这样恩多拉就能吸引一些游客和来探访故事的人，这样能带来很多很多生意。"我想开业的时候应该能见到你吧，吉尔伯特。七月十四日。在日历上记下这一天。"

什么日历啊？

"你说十四号吗？"

"是的，吉尔伯特，你是我最好的朋友哦。"

"我现在就记下来。"我边说边伸展着手指，什么也没写。

39

自从阿尼眼睛受伤变瞎和拜尔斯家的双胞胎发生事故之后，这个镇子就没有因为一件事情这么热闹过了。因为要等尸检报告，葬礼推迟了两天。传得最广的说法就是卡佛夫人为了保险收益杀了他。显然，大部分人都知道卡佛先生和梅兰妮的事。我一直在等调查员或侦探上门找我询问，但目前为止还没人上门。好像没人知道贝蒂·卡佛和我的事。

鲍比去了"冰雪梦"，点了一杯奶昔，告诉艾伦，尸检之后，法官送回来的卡佛先生的尸体各部件被打乱了。鲍比和他爸爸熬了一个通宵，才把身体拼在一起。艾伦听得像筛糠一样抖起来，在装甜筒的箱子旁边吐了。

今天，星期一，七月十日，卡佛先生死去四天之后，法医才同意下葬。很明显，尽管死得蹊跷，却找不到任何证据证明他是被谋杀的。塔克尔关于一场精彩审判的梦很快破灭了。贝蒂·卡佛夫人可以自由自在地行走在这片伟大的土地上。

过去，这么重要的人死了，兰姆森先生通常会歇业一整天。但为了保持竞争力，我们还是从早上七点开到了中午。这样我们就有两个小时打扫好，再去教堂。"美食天地"放假都不关门，更别说为这个全镇唯一的保险人了。毕竟，生意就是生意。而且，葬礼之后，大家通常会感到很饿。我觉得可能是大家都觉得时间不多了，我们最好能吃多少就吃多少。这个话不能对我妈讲。大家肯定都去"美食天地"了，因为我们的店空无一人。时间大概是十一点十五分，我正在拆将近两升的牛奶的包装,有人进店来了。兰姆森先生正在储藏室里忙着,于是我沿着一号过道往那边看,发现小小的手,一共四只,抓着很多很多巧克力棒、一袋袋的口香糖以及爱心糖。一个温柔的声音说:"你们想买什么都可以。"

我走到他们的过道边,说:"托德、道格,你们好呀。"

"孩子们,向吉尔伯特·格雷普问好。"

他们根本没有开口。

两个孩子穿着一模一样的蓝色西装,卡佛夫人穿着我见过的最性感的黑色裙子。

"我跟孩子们讲了,他们想买什么都可以。请你不要觉得我是个糟糕的妈妈。"

孩子们看起来像是哭了很多天的样子,他们的手上满是糖果、巧克力棒和口香糖里的贴纸。卡佛夫人说要买一包烟,不知道女人该不该抽薄荷烟。

"我不知道。"我说。

她说她要一盒萨勒姆,因为她特别希望像那个烟广告里的女孩子们一样。听她说的这话,好像真的相信抽烟就能把她变得更美。"肯从来都不准我抽烟,会影响健康。不过肯的下场咱们都知道了,对吧?"

我静静地看着她。

"吉尔伯特,你结账吧。我们要去教堂了。"

"免费的。"

"不要这样。我一定要付钱。"

"不用付了,夫人。"她正要打开钱包,但听到我说"夫人",又停了手。"你好像忘了什么。"她说。

我想说,我根本忘不掉,我不可能忘得掉我们的点点滴滴。但我什么也没说。我看着她,就像看一个素未谋面的陌生人。她是顾客,我是店员。她笑了。她知道我忘不掉的。其实,对她来说,遗忘要容易很多。

我开始扫描巧克力棒、口香糖,偶尔也在不计价的情况下"放"走一两块糖。卡佛夫人扯出两张二十美元的钞票。

"一共二十七块五。"

"不用找了。"

如果她想让我觉得自己像一个卖身的,那真是很成功了。

"这个我不能接受。"

"你可以接受。你一定要接受。为了我。"

我把身子紧紧靠在收银台上。她让两个孩子出去坐上一辆黑色的葬礼轿车,我才发现,这车一直等在外面。鲍比坐在驾驶座上。换作平时,他肯定会跟我挥手打招呼,但他现在是在工作。

"这事儿让他们很难过。"她说的是两个孩子。

"哈?"

"孩子们,这事儿让他们很难过。"

"是的。"

"是啊,这种事情你懂的,对吧?"她伸出左手,就是戴了结婚戒指的那只,放在我手上,"你那时候多大呢?就是你爸爸……"

"七岁。"

"哦,和托德一样大。"

"嗯。"

"所以你应该明白我的孩子是什么感受。"

"嗯,应该吧。"

"你肯定明白的。"她不想跟我再聊这个话题了,她用另一只手敲着香烟盒,想弄一支出来,"你想我了吗?"

"最近没怎么见你。"

"我知道。你想我了吗?"

我说:"嗯。"

贝蒂·卡佛夫人笑了。她看得出我什么时候是在说谎,于是更使劲儿地敲着香烟盒。"我看到大家打开盒子之前都是这么做的。他们是这么做的吗?"

"有些人是这样。"我说。

"你是这样的人吗?"

我想说我不知道自己到底是哪类人,但我希望她能快点儿离开,而且我实在很抱歉竟然和她卷入这样的关系中,又有点儿希望我们没有结束。我才二十四岁,而你比我老多了,卡佛夫人,我们彼此要学的东西应该已经学到头了,所以我们就往前看吧,请你开始新的生活。

我慢慢地把要找的零钱拿出来,一个五美分、两个一美元、两个五美元。我伸手要给她,她不接。

"你稍微想想就能清楚,卡佛先生是做保险的,这一行的附加收益很少,唯一的附加收益,就是活下来的人能得到大量大量的生活保障。"卡佛夫人笑了,好像想让我惊叹什么似的,但我连眼睛都没眨一下,"你猜猜肯上了多少保险?"

我不知道,所以无言以对。

"就这么说吧,不但够了,还绰绰有余。有几个逗号,很多零。"

我面无表情。

"你在想到底是不是意外,是吗?镇上的人都在想,对吧?"她有点儿歇斯底里了,"跟我讲讲他们是怎么说的!"

"我不知道他们怎么说。我又不是电话接线员。"

"你总能听到一些事情吧。"

"看着是挺可疑的,在那种嬉水池里淹死,做到这一点可不容易啊。"

"卡佛先生不会游泳,这个你知道吗?"

"不知道,我们从来没谈过这个话题。"

"嗯,他不会游泳。我希望你跟大家说说……"

"我会跟所有朋友说的。"

"别跟我耍小聪明哦,小伙子。"她的脸开始变色,解释说,肯开车去了莫特利,买了个嬉水池,"他正用水管往里面装水,突然心脏病发作,掉进水里了。孩子们以为爸爸是在和他们闹着玩。后来他们过来找我,我们把他拉出水,他已经死了。"她有些笨拙地打开那盒烟。我从收银抽屉里拿出一盒火柴,帮她点了烟。她轻轻咳嗽了几声,说:"你不相信我说的?你觉得是我杀了他,是不是?"

我一言不发。我比较迷恋她拿烟的样子,但她的手指有点儿颤抖。这比她是不是杀人犯要有趣多了。我觉得,这男人该死,不过可能应该有更凶残更惊悚的下场。

有客人进店了,是斯塔普斯夫人,镇上的钢琴老师,在美孚石油加油站工作的巴克是她儿子。斯塔普斯夫人直接走到后面的狗粮区。她有一只柯利牧羊犬,叫"莱西"。就是这些充满创意的想法,让这个镇子这么令人激动[①]。

贝蒂·卡佛夫人压低了声音继续说:"吉尔伯特,卡佛先生和我最后一次做爱,就是我怀上道格那天晚上。我没开玩笑。肯觉得做爱就是要造人。有个二儿子,简直像用真人上了保险。我很幸运,遇到另一个小男孩,你。"

我说:"哦。"她说的这些对我可能太深刻了。我四处寻找能当烟

[①] 莱西这个名字来自电影《灵犬莱西》。莱西是一只牧羊犬。

灰缸的东西。我找了一只空的可乐罐，伸手递出去。她在罐口抖了抖烟灰。她拿着那根烟站着，没有抽。我想，要是有谁站在店铺窗外往里看，不听我们的谈话，可能会觉得这一幕很好笑。这个女人呢，穿着参加葬礼的黑色裙子，手里拿着一根香烟，在跟吉尔伯特·格雷普说话，斯塔普斯夫人则搬着一袋将近五公斤的"康乐多"狗粮，费劲儿地往柜台这边走。真是太好笑了。斯塔普斯夫人付了狗粮的钱。我说要帮她搬出去，她说她可以应付，自己一直都能应付。她没有对卡佛夫人表示任何哀悼，这似乎没有礼貌。但话说回来，很多人从来不承认死亡。

她搬着狗粮离开，我差点儿要像狗一样叫唤出来了。

"菲利斯生我的气了。所有的葬礼都会邀请她去奏乐，你知道的，但肯的葬礼我不想要音乐。她觉得我对她有意见，但我对她是完全没有看法的呀。都是因为我那个亡夫。听着是不是很怪，亡夫？"

我说："等这些事情都忙完了，你去对她解释吧。"

"不，这些事情忙完了，我就要走了。我在考虑把孩子们带去圣路易斯。感觉圣路易斯怎么样？"

我耸耸肩。

"肯很讨厌圣路易斯。我觉得这就说明那里应该很好。"

从一进店开始，贝蒂·卡佛夫人就一直披散着头发，看起来有点儿疯狂，也让人很容易想到可能是她杀了丈夫。我还在想，她为什么等了那么久才动手。"你在想是我杀了他。我看你眼睛就知道你在想什么。一直都这样，我只要看你的眼睛，就知道你在想什么。"

我说："我一直在想，应该是有可能的。就是你杀了卡佛先生这件事情。"

"吉尔伯特，"她说，那语气好像是想多要一条面包，或者询问奶酪通心粉价格似的,"你怎么能狠心杀一个死了很多年的男人呢?"

"说得好。"我说。她知道自己说得好。我很负责任地一直举着那个可乐罐,她把那支烟熄灭在罐子里,结束了这个大获全胜的回合。道格回到店里,嘴上沾着巧克力。

"妈咪。"他说。

"妈咪马上就来,宝贝儿。"

罐子里飘出青烟。

"再见,吉尔伯特。"

她走出店门。鲍比一直开着车门等候着,上车之前,她扯掉了自己的寡妇面纱。

40

葬礼之后,艾米和我径直回家了。

妈妈问:"怎么样?"

艾米说:"无法与爸爸的葬礼相比,但也来了很多人。没有音乐,仪式很短。"

"就像生命。"妈妈说。

我朝楼梯那边走去,把可乐罐藏在身后。

"你拿着那个罐子干吗?"妈妈喊道。

我耸耸肩,大笑起来,因为完全想不出合理的答案。我继续往楼上走。进房间之后,我给架子最低处的一个角落掸了掸灰。我往罐子里看,看到那个烟屁股上还留着她的唇印。我还记得她嘴唇的感觉。我从来没赢过奖,蓝绶带或者奖牌之类的,但当我把这个罐子放在它的新家,放在那个装着贝琪西瓜子的纸杯旁边时,我觉得,我终于赢得了什么。

进了厕所,我看着镜子里的自己。还不赖。我解开褐色涤纶裤子的腰带,解下领带。我二十四岁了,唯一的领带竟然是卡夹式的。我不想学怎么系领带。因为有了我爸爸在脖子上打结的先例,我选择不跟他学。在这样的思路下,我一般不打领带,例外的只有最欢乐的场合,就是葬礼。我参加过三次葬礼。第一次当然是我爸爸的,那年我七岁。第二次是我外公沃茨的,那年我十岁。他住在本州另一端的马丁斯堡,拖拉机倒下来,压死了他。

我打开淋浴,站到水下。

水淋在身上,参加葬礼的衣服乱七八糟地散在浴室的地面上。我突然想到,我的兄弟姐妹,我妈妈,还有我,是格雷普家最后一批人了。

妈妈是独生女,很小的时候就失去了自己的妈妈。我的爷爷劳伦斯·格雷普,喝酒把自己喝死了。这些都是我出生之前的事。爷爷应该是满怀仇恨的恶人,他有两个儿子,我爸爸阿尔伯特·劳伦斯·格雷普,还有吉尔伯特·帕尔默·格雷普。吉尔伯特·帕尔默·格雷普在第二次世界大战中去世了,在飞机上被人打了下来。他和其他死去的格雷普葬在一起,跟我爸爸大概隔了四座坟墓。爸爸妈妈没有给拉里取名吉尔伯特·帕尔默,我奶奶多蒂·格雷普好像很有意见。我出生的时候,全家都高兴得很,这样就能平息我那个多蒂奶奶的不满。她一个人独居在爱荷华州的奥登。过去这八九年来,多蒂奶奶一直住在疗养院(就是叫这个名字,对吧)。她把所有的事情和所有的人都忘了。妈妈很鄙视她,我们对她唯一的回忆,也是那时候喷在我们脸上的烟,我们使劲儿咳嗽,她又会喷更多。从真正意义上讲,多蒂奶奶已经死了。我们没有叔叔舅舅、姑姑姨妈,也没有表亲。

我把淋浴改成泡澡,把浴缸边上龙头的塞子拔掉。我把阿尼的泡泡浴液倒进来。这个粉红的瓶子几乎还是满的,因为用得少。他已经

247.

快一个星期没有洗澡了。

我坐在热水里，泡泡覆盖了我，只有头搁在外面。我的发尾湿了。午后的阳光很热，再加上热水，搞得我满脸都是汗，我张口呼吸，喉咙火烧火燎的。在这样的时候，我才能完全地理解，为什么这么多人需要嗑药，需要谷仓汉堡。只要能有什么东西，让日子撑得下去就行。我放了浴缸里的水，一直待在里面，等着水慢慢抽干。水位降到和我齐平，然后比我更低。

吃完晚饭，我穿上干净的衣服，梳好头发，拍了点儿拉里留下的须后水。我下了楼，去开卡车。艾伦正在前廊上，拿着一本现在随身带着的全新白色的《圣经》，勾画里面的语句。"你去哪儿？"她问，"我很远就闻到了你的味道。"

"味道"一词让我哈哈大笑。轮到她嫌别人味道重了。

"我正在勾画写得好的部分，"她说，"希望你可以翻翻，这样你就会对充满罪恶的自我产生同情……"她继续说着，感觉自己正在累积去天堂的积分。我上了车，开走了。

到了卡佛家，我敲了敲门。里面有很多亲戚，还有供收拾打包的箱子。音响里放着尼尔·戴尔蒙德[①]的歌。一个年纪稍大的女人开了门，她看着就像卡佛先生男扮女装。她肯定是他母亲。

"我找贝……卡佛夫人。"

她打开前廊的门，把我从头到脚打量一番，看来我身上有什么东西让她发自内心地恶心。

"这是我最体面的一身了，女士。"我想这么说。但只是露出一个

---

① Neil Diamond，二十世纪六十年代至八十年代美国最成功的流行歌手和创作人之一。

"卡佛先生去世了我很遗憾"的微笑，这好像缓解了状况，暂时的。

那女人关上门。我肯定等了有五分钟。贝蒂·卡佛夫人打开门时，我以为她还穿着葬礼的衣服，结果她却换上了牛仔裤，还穿着卡佛先生的一件 T 恤，非常宽松，她穿着很性感。

"吉尔伯特。"她说。

"嗨。"我站在那儿，她等我开口说话，"我想告诉你……呃……圣路易斯感觉是个很不错的……机会……"

她像个很自豪的家长那样笑了，并点点头。

"嗯……应该是个特别棒的机会……我一直都觉得圣路易斯……呃……啊……阿尼的生日派对之后呢……我呢……就……可以——"

"吉尔伯特，"她说，"哦，吉尔伯特。"

"你应该明白我要说什么。"

"我们已经道过别了。"

"是啊，但是……"

"我们老是这样再见来再见去的，那就没有意义了，对吧？"

门开了，托德说："妈妈，妈妈！丹叔叔在变魔术呢。快来看哪，妈妈！快来！"他拉了拉她的 T 恤。

她说："等一下，妈妈跟吉尔伯特·格雷普马上就谈完了。"

托德进去了，门关了。前廊的灯灭了，贝蒂·卡佛夫人和我就这样站在黑暗中。

"肯定是托德……"

"没关系……"

"他肯定不小心碰到开关了。我去打开……"

"不用。"

没什么话好说，没什么事好做。她一眼就看透了我，她明白我想利用她做自己逃离的跳板。我们站了一会儿，接着她推开纱门，进了屋，让门慢慢地关上。

丹叔叔肯定是在变魔术了，因为音乐声变小了，我听到他们家亲戚的"哇哇哇""啊啊啊"声，还有孩子的笑声。我站在那里听着。

开卡车头灯的时候，我特地把灯光对准卡佛家的房子。我调整了卡车的位置，这样灯光就能明晃晃地照在客厅的窗户上。这样她就能注意到吉尔伯特·格雷普开车离开了。

塔克尔住的地方亮着灯，里面的电视也开着。我听到职业摔跤节目的声音。我得很大声地敲门才行。

鲍比开了门。他成功取代了我，成为塔克尔最好的朋友。

"吉尔伯特。"

"嗨。"

他们把我迎进塔克尔这个车库兼公寓的房子，让我觉得自己像进了一个顶级秘密俱乐部，还是一个不受欢迎的客人。

"我没看到灵车，鲍比。"

"是的，我爸爸觉得葬礼之后的几天最好还是不要开。在这么脆弱的时候还要让大家联想起死亡，有点儿不地道。再等两三天我就又可以开出来了。当然，要是又有人翘辫子，那我又得多等几天。"

电视上，一个有很多文身的大块头胖子正在捶打一个戴雪花面罩的人。这个人个子比较小，但是肌肉很发达。塔克尔朝前斜着身子，完全沉浸在摔跤中。我坐下来问自己："那么多地方可以去，干吗非得来这儿？"最终，文身男快把面罩男勒死了，面罩男突然反杀，击倒了文身男，全场尖叫欢呼。这时开始插播广告。塔克尔调低音量，转身看着我。"我们想给你提点儿建议。我们，呃……"

"信任你。"鲍比说。

"对……向你讲了我们和女孩子交往的真实情况。你没有提任何的建议，没有任何的帮助。"塔克尔继续说，"今晚我们还能放你进来，那是你的幸运。我还真是认真想过就让你在外面，一个人站着，这样就能……"

"反省。"

"对，反省你缺乏行动，反省你没照顾好两个兄弟，鲍比和塔克尔。"

我听到的真是这样的话？

"你好像不太赞成我们的想法，但又没给我们提供其他的想法、其他的选择。"

我的大脑飞速运转。现在，我需要这些家伙。我需要蠢人的安慰。

"朋友都是互相帮助的，吉尔伯特。朋友会打电话。朋友会聊天。朋友们……呃……呃……很友好。"

鲍比很赞同地点点头。

我说："你们俩以为我是泡妞大师啊。"

"不，并不觉得。"

"你只不过是运气更好吧。"

"那干吗还找我帮忙？"

"因为你有经验。"塔克尔说的话就像征兵广告。

"我倒真的有个想法，一直在考虑。"（对，考虑了大概二十秒。）"但你们俩好像对我的想法没有兴趣……"

塔克尔说他们有兴趣，非常有兴趣，但不想抱太高的期待。

鲍比对这件事比较冷静，但他也特别想知道我的想法。

"你们知道辛迪·曼斯菲尔德吧？"

"嗯。"

"嗯，辛迪总会在周日晚上召集一群女生去基督教堂集会。她们学《圣经》，祈祷的时候会互相牵着手，而且经常拥抱。我妹妹刚刚加入那个,应该有十至二十个女孩,年龄不同的。"

"你到底想说什么呀?"塔克尔问。

"我觉得我说得很清楚了。"

鲍比点点头,他明白我的意思了。

塔克尔又问了几个根本不值得重复回答的小问题,我做了解释。

塔克尔来了句"哦哦哦哦,我懂了"。

我打开他的一罐淡啤酒,大口喝了下去。我又拿了一罐要路上喝。正要离开的时候,我这个矮小的朋友说:"吉尔伯特?"

"怎么了,塔克尔?"

我低头看着他,他眼睛里起了水,脸上慢慢浮现出笑容:"敬拜上帝。"

"继续练习。"我说。

"我爱耶稣。"

"要用心练习,塔克尔,你听上去特别做作。"

鲍比在房间里走来走去,背诵台词。他的台本大概是这样写的:"一天,睡梦中,我突然感觉,生命是如此空虚。我做了个梦,有这么一群人,就是你们这些女孩子,在我的梦里。有个声音说:去找她们,去找那些女孩子,请求她们接纳你,成为其中一员。"

"'其中'这个词不错,"我喊道,"这个词就像《圣经》里写的!"

塔克尔开始唱《耶稣爱我》,但一会儿就唱不下去了,因为不记得歌词了。

我突然就成了最棒最棒的人,此时退场,才能稳固我在他们心中的地位。我开车经过镇上的每一条街。我在看有没有什么事情发生。

我经过拉莉的老地方,发现贝琪站在前院,抬头看着夜空。我摇下副驾驶那边的窗户,正要说"怎么样啊",她突然指着天空,轻声言语起来。

"什么？"我说。

她又指了一遍，但我没看她指的地方。我看着她："你说什么？"

"月亮，吉尔伯特。真美啊，月亮。"

哦，天哪，我还是走吧。

我踩了油门，一溜烟跑了。

我往公墓开去。我走在坟墓之间，看着那些墓碑、树，甚至也看到我的卡车挡泥板上凹陷的地方。我哪里都看了，就是不看月亮。

41

现在是第二天下午晚些时候，七月十一日，星期二，距离家里的大事儿还有五天。整整一个白天我们都在清扫楼下，为那一天做准备。午饭时詹妮斯打了电话来，说她每天"过问"一下，直到星期六到家。拉里又给我寄了一张支票，用来付"必要的开支"。兰姆森也给了我更多的假，在家里帮忙准备。

就在刚才，阿尼像袋鼠一样在厨房里跳来跳去，用脏兮兮、泥糊糊的脚把干净的地板走了一遍。艾米抬头想了想，对眼前的情况做出了理性决策。"再过几天阿尼就十八岁了，我们就让他自己决定什么时候洗澡。他已经是成年人了。他一直痒，身上的土越来越厚，随他去好了。他最后一定会忍不住的，随时都会去洗澡。"她等我回应，但我无话可回，"让他作为成年人自己做决定，是不是很棒？"艾米·格雷普再次找到了一件事情的光明面。

但她肯定很清楚，我为了那孩子愿意洗澡，什么办法都用尽了。她也知道，没用的。

妈妈一直在检查那个大日子的流程安排。计划是我们做的，但任何事情都要得到她的批准：菜单、派对主题色、宾客名单。县里三个地区的智障孩子大概有十个,那天下午都会来玩几个小时。每个孩子的身形跟阿尼差不多,都和他一样有着含混的、专属于智障孩子的嗓音。派对上会做游戏,还有拆礼物的环节。每项活动都有精心的安排,食材已经慢慢堆积存放起来,一切都有条不紊地进行着。

所以。

我再一次快要把地板拖完时,艾米走进厨房说:"门口停了辆大卡车,快看看是谁。"她叫我出去看是合情合理的,自从墨菲事件之后,她就对大卡车和上面的司机特别反感。

我出了门,看到一个人,比我年轻些,正要把车子停在路边。副驾驶有个年纪稍微大点儿的人,拿着个烟斗,但没抽烟。年轻人说:"我要找阿尼·格雷普先生。"

"他就在这附近某个地方。"

"我要给他送样东西。"

"我帮他签了……"

"不行,抱歉,必须是他本人签收。"

"这很好,但是……"

"哥们儿,咱们是有规定的,只有阿尼·格雷普才能签收。"

我说,我弟弟有点儿特别。

"嗯,所以呢?我们都很特别啊。听着,必须是他签收,不然就不给。"

一个全身是泥的脏东西,抬着一块大石头,跑到房子这边。他没法把石头举过头顶,就随便扔到路边了。他朝那个人低吼一声。

"过来,阿尼。"我说。

送件员看着这个脏孩子,迅速把笔递给我。我本想说"早跟你说了啊",但没有。我在 X 旁边签了名。送件员递给我一张卡,"是给……呃……呃……"

"阿尼。"我说。我打开贺卡,慢慢地大声读出来。

"阿尼,有点儿早了,但祝你生日快乐的心不变。"

艾米和艾伦站在前廊上看着,两个送件员抬起卡车的后门。艾米透过纱门喊妈妈,把看到的事情同步告诉妈妈。"是给阿尼的!早到的生日礼物!是谁送的啊,吉尔伯特?"

我跟她说了。

"妈妈!是卡佛夫人送的!"艾米又问我,"是什么?跟我们说说是什么!"

我跟艾米说了我的猜测。

"吉尔伯特觉得是蹦床,妈妈!"

"嗯,就是的。"年轻人说,把蹦床的几条金属腿搬出车厢递给我。

两个送件员和我一起把蹦床搬到后院,阿尼指了想要放的位置,我们就把它组装好。艾伦拿来一张五美元,当作给两个人的小费。他们挑逗她,她就尽情享受他们贪婪的眼神。

两人开车走了,艾米喊道:"吃晚饭!"

艾伦请求说:"再等一分钟。"阿尼已经爬到蹦床上了。他想上下跳,却总是跌倒。艾伦很心急,站在边上,喊道:"该我了!该我了!"阿尼在草坪上走来走去,嘟囔着:"是我的,是我,的!"我在想,卡佛先生会不会在他去了的地方看着这一切呢。

我对艾米说,我不吃饭了。给阿尼的这份礼物,就像往我心上插了一刀。大家都在里面吃晚饭,我就躺在蹦床上看天空。我听到艾伦叫阿尼不要把吃的往外吐。妈妈要吃第三轮。艾米很礼貌地求阿尼去洗澡,还跟他说浑身干净了,会感到"无比开心"。阿尼很聪明地说,妈妈也不洗澡。艾米解释说,妈妈是大人,年纪大的人不会像年轻人那样容易脏,可阿尼根本不吃这一套。艾伦说她吃好了,要去洗澡了。

我记得入睡前的最后一件事,是楼上传来艾伦洗澡的水声。肯定是因为这个,我才梦到了下雨。

我梦到雨一直下一直下,阿尼被冲干净了。爸爸和我一起去钓鱼,我们什么也没钓到。我们什么也没说。很好,只是钓鱼,只是和他一起坐在船上,只是钓鱼就够了。

"哦!天哪!"

我睁开眼睛,发现太阳还没有沉下去。肯定是很短的一个梦,就像一集卡通片的长度。

"哦!天哪!"艾米尖叫道,"救命!"

"怎么啦?"我从蹦床上坐起来,喊道。

"妈妈!妈妈!"

我向屋里跑去。

"不!不不不!"

我踏上前廊,快速进了屋。艾米正往桌子对面伸手,想要摸到妈妈。妈妈脸色苍白,无法呼吸,肩膀紧紧地夹着脖子,晚饭卡住了她的喉咙。

"妈妈!妈妈!"

我想伸手抱住她,按照别人说的,握个拳,迅速地抱起来往后甩,把食物甩出来。但我的手无法抱住她的肚子。艾伦衣服都没穿好,就跑下楼了。我把妈妈的嘴巴掰开,艾米把手伸进去,竭力避开她那巨大的舌头。片刻之后,妈妈的脸就憋成了蓝紫色。我们都在制造各种声响,说着各种各样的话,但我什么也听不到。绝对的安静与刺耳的喧闹,此刻是同时存在的。

阿尼在旁边看着,一直在问:"为什么?为什么?为什么?"没人回答他。千层面、烤玉米和蓝莓马芬在妈妈嘴里混成了湿乎乎的、黏黏的糊糊。

我只想说:"别死。"

艾米扶住妈妈的下巴,我把两只手都握成拳头,迅速往她的上腹部捶了几拳,希望能把呼吸道打通。

"叫哈维医生!"不知道是谁喊了一句。

哈维医生的号码就用红墨水写在电话正上方的墙上。他其实就住在三个街区之外。

艾伦拨了号,讲了情况。

"他来吗?他来吗?"

"加油,妈妈。加油!吐出来!吐出来!"

她的眼睛闭上,又睁开,又闭上。阿尼尖叫着:"别吼!别吼!"

"把他带出去!"艾米说。

"阿尼,你过来,我有惊喜。"艾伦拉着他的胳膊,求他跟自己走,"阿尼!阿!尼!"阿尼不听。他拿起一个盘子朝墙上甩去,玻璃碎了。这下真是棒啊。他又拿起妈妈的盘子,迅速往上扔。盘子碎成一片片,像雨一样劈头盖脸而来。我扑倒阿尼,把他扛了出去,扔在前廊上。妈妈正在无声地尖叫,妈妈要死了,现在。我们都知道,我们都感觉到了,而我们什么也做不了。

艾伦说:"求你了,妈妈。坚持住啊,妈妈!"

艾米开始道歉:"对不起对不起,都是我的错。我爱你,妈妈,求你不要放弃。哈维医生马上就来了。他要来了。"

不知道为什么,我开始打她的后脑勺,狠狠地打。突然,那一大块,一大坨,或者说一大片食物涌了出来,她鼻子中流出不明液体,食物向子弹一样射在桌上。

妈妈急促地深呼吸着。声音很大,满含恐惧。

哈维医生是跑着上门来的。他穿着睡衣和休闲裤。他快步走到妈妈身边。我们让开了路,等着按照他的吩咐做。

十五分钟之后,哈维医生往妈妈那边斜着身子。妈妈小声说喉咙很痛。

"感觉就像从嘴里生了个孩子。"为了缓解紧张气氛,哈维医生说了句笑话,想让我们放松,但没人笑。他笑了,看得出来,他很后悔说这句话。

我洗了手,艾米在清理碎玻璃,妈妈坐在椅子上,仍在发抖。

换了别的医生,此时早就离开了,但哈维医生没有。他曾经是我爸爸最好的朋友。他走到阿尼身边,第三次向他解释,妈妈没事了。阿尼一直重复着一句话:"不好玩,不好玩。"

艾伦去帮艾米拿吸尘器,我看到麦克伯尔尼殡仪馆的灵车开进家里的车道。我飞快跑出门去。

"你他妈的快给我滚出去,滚!滚!滚!"

我使劲捶打着灵车的盖子。鲍比坐在车里,反应过来要把车门锁上。但我趁他没锁上之前,打开了副驾驶的门,拽着他说:"你胆子真大啊。她没死。我妈妈还没死。你他妈的混账!"

我伸拳就要打他。他脸色苍白,身上有古龙水之类的味道。艾伦站在前廊上尖叫道:"住手!住手!"

我退后,下了灵车,很凶地指着鲍比,叫他快把车开走。"滚出去,你他妈的!"

"我今晚跟他约会啦。"

"啥?"

"我今晚跟鲍比约会。"

鲍比挂了倒挡,开始倒车。

"哦,这下好了!"艾伦吼道,"我这辈子全完了!"

她的眼泪一下子冲出来。鲍比吓死了,赶紧挂挡要开走。我跑到车前面,堵住他的去路。他朝我开过来,我爬到车盖上。"听我解释。"我说，鲍比摇摇头，"听我解释，鲍比。我们的妈妈……"

艾伦跟着灵车跑，捏着她那本《圣经》。"吉尔伯特以为你是为了妈妈来的，鲍比。我们的妈妈刚刚快要死了。他还以为你是……"

鲍比停下灵车，他看也不看我一眼。我从他衬衫上拽了几颗扣子，他脖子都被我掐红了。

我从车盖上滑下来。"对不起。"我对艾伦说。她告诉鲍比，约会必须取消，因为妈妈出事了。我叫她尽管去。"好好玩，艾米和我会照顾妈妈的。"

她不情不愿地上了麦克伯尔尼殡仪馆的灵车，两个人开车走了。我往屋里走，发现阿尼抱着一棵树不放。我把他像剥树皮一样地剥下来，我们一起走上前廊的台阶。

屋里，哈维医生正在让妈妈喝水。

"咽东西很痛。"她说。

他把杯子倒满。

她啜了一小口，说："好痛！"

42

肯定已经半夜了。

我从厨房的窗户望出去，看到她在点烟。我走到正在帮妈妈舀苹果酱的艾米身边。艾米说："没事了，吉尔伯特。你出去吧，想出去多久就多久。"妈妈一脸茫然，艾米对她说："吉尔伯特的朋友在外面。"

半小时前，哈维医生走了。我给贝琪打了电话。她说她马上过来。她问我到底是怎么回事，我说："没事，真的。"但她肯定听到我声音里的颤抖。

我走出后门。我们没有拥抱，也没有接吻，只是握了握手。我把这一天的事情讲给她听，蹦床，不愿意洗澡的弟弟，还有死亡的气息。

很快，我在后院散步，干巴巴的草让一双光脚很痒。阿尼在床上睡觉，艾伦出去了，艾米和妈妈坐在一起，看着一部老电影。电视让整个房子都发着蓝光。

"感觉你在另一个地方似的。"

"是的，"我说，"我们差点儿就失去妈妈了。"

"哦，"她说，"但是她没死。这是好事，对吧？"

我什么也没说。

"你不高兴吗？"

我耸耸肩。

"你想要个拖累？"

我摇摇头。

贝琪长出了一口气。她出气的声音很好听。

我坐在后院的秋千上，贝琪盘着腿坐在我前面的地上。天空中布满了星星。

"我想跳舞，"她说，"或者脱光了到处跑，对着月亮唱歌。就是做些提醒我还活着的事情。"

"啥？"

"提醒我还活着。"

"什么活着？"

"我们还活着。"

"我很清楚我活着，谢谢你。"

贝琪在鞋头上熄灭了烟，站起来，来了个侧手翻。然后，她开始有节奏地跳起了舞。"来吧！"她说。

我不动。

"那是你的错。"她的动作幅度更大了,手臂四处挥舞,头乱甩,头发乱飞。

"我经常犯错。"我说。

刚才的五分钟感觉就像五小时。我还坐在秋千上,贝琪还在不停地跳着"祈雨舞"。她在笑,在旋转,不像是假装很开心的样子。她是不伪装的。午夜,我们在爱荷华的恩多拉,这个女孩子活得真尽兴啊。我想把头埋进枕头里。我走到家里的一棵树旁边,上面结着橘色的莓果。我摘下一把,朝她甩过去。前面两下都没打中,第三下打中了。她突然停下了。她看着我,深深看着我的眼睛。那目光灼得我很痛。

我看着她,就像在问,"怎么了?怎么回事?"

"我不知道你是怎么回事,吉尔伯特。这么晚了,你打电话给我……我过来了……你却什么也不说。"

我又甩了第四颗莓果,第五颗。

"……别甩那些东西了,你就是在假装什么都没……"

我迅速地又摘下果子,用自己从未有过的棒球投手一样的技术,转转胳膊,大概扔出去十颗莓果,纷纷砸在贝琪身上。

"……你还朝我扔东西……"她不说话了,快步走向靠在房子墙壁上的自行车。她刚往车上一跨,我就说:"让我走路送你回去。"

"不。"

"让我送你吧,求你了。"

"去你的。"

"向你扔果子,对不起了。对不起。"

我们彼此无话地走了一段。唯一的声音是自行车的咔嗒咔嗒声和蚱蜢发出的声音。她开始抽烟。我的手发着抖。

"你把自己封闭得太厉害了。"

"没有，我没有。"我边说边把手揣进口袋，免得她看到我在抖。

"感觉，吉尔伯特。是人就应该有感觉。"

"我有感觉的。"

"哈。"

"我有很多的……"

"你很久以前就没有感觉了。看看你自己吧。你差点儿没了妈妈，结果还出来跟我一起走路。"

"是啊，因为……"我说，"因为……呃……我在努力活着。你不明白吗？"

她狠狠地瞪着我，接着握住车头，把她的自行车从我这里抢走，上了车。她的烟掉在地上。

"我有感觉的！我是一个有感觉的人！"

她骑走了。

"你就是怕我，小女孩儿！你也有怕的时候！"

她骑远了。

我低头一看，她的烟还没熄灭。我弯下腰，捡起来，沿着南边主街的中间走了回去，想把剩下的抽完。

"妈妈睡了。"艾米到门口来接我，对我说。

我说："很好。"

"你知道她有多久没在晚上睡过觉了吗？"

"是啊。今天闹这一出，妈妈肯定很难消化。"

艾米没听懂我在开玩笑。不过她从来没觉得我们家的人好笑，所以听不懂也在意料之中。"我们差点儿就失去她了，吉尔伯特。"

"嗯，我知道。"

妈妈打着鼾，还哼哼着，她每爆发出一阵声响，艾米就会开心一下。

电视开着，但声音很小。

"嘿，"我说，"我们把电视关了吧，它也得休息啊。"我们家的电视是二十四小时连轴转。

"妈妈喜欢这个光，有助于她睡觉。"

"好，行，随便你。"

"吉尔伯特？"

我已经走上了第二级台阶，准备回房睡觉。

"啥？"

艾米带着非常紧迫的感觉，悄声说。

"我们要把阿尼的生日办成最棒的生日。为了妈妈。"电视的蓝光在艾米身上投射出阴影，"吉尔伯特，你听见了吗？"

我停下来，深深地看着她。那闪烁的蓝光，让我这三十四岁的姐姐看上去有八十二岁。

"怎么了？"

我说："哦，我只是在想，咱们都不再年轻了。我在想，我更喜欢以前的咱们。"

"我懂你的意思。我也更喜欢以前的咱们。我们没有做过一家人该做的事情。不像别人的家，不像真的一家人，所以阿尼的生日才这么……呃……"艾米走神了，可能是因为她困了。这时楼上传来一声响，有点儿像闷闷的鼓声。阿尼又开始搞他的音乐了。这声响是他在撞击东西。

"最好趁他还没把头骨撞碎，阻止他。你睡觉吗？"

"暂时还不睡。"

"妈妈会没事的。"

"还有艾伦啊。"

"什么?她还没回来啊?"

艾米说:"没有。"

阿尼睡觉时总是把膝盖蜷缩起来,头往床板上一磕一磕的。我不叫醒他,只是在他和床板之间放上一个枕头,这样声音就闷了,也能保护他的脑子。每磕一次,就有尘土扬灰,"噗"的一声散开来。

我下了楼,说要去找找那个正值青春期的女孩。艾米说不用。我正要回楼上,她又叫我和她一起等,所以就等了。我们用很小的音量一起看了一部老电影。艾米悄声说:"希望妈妈不要醒。艾伦还在外面,她肯定会担心的。"这部电影急需多插播点儿广告。

我对自己说,鲍比最好别碰我这妹妹,不然我揍死他。

"有事儿吗,吉尔伯特?"

"啥?"

"你好像心不在焉的,有事瞒着我?"

我?绝对没有,我对自己说。

"你不在状态。你在想别的。有什么事儿吗?"

我肯定是睡着了,因为我不记得怎么回答艾米的,也不记得电影的结局了。醒来以后,我看到艾米正在给艾伦开门。我迅速站起来,甩甩头,我妹妹冲进来,来了句:"大家都好吗?"艾米叹了口气,我朝窗外看去,鲍比开着灵车走了。

"大家晚安。"艾伦一边像唱歌一样说出这句话,一边脚步轻快地上了楼梯。这孩子跑得太快了,我们也特别累,所以就这么轻易地放过了她。

艾米看着我:"你闻到她身上的啤酒味儿了吗?"

我耸耸肩。

"我闻到啤酒味儿了。"她说。

我心想,喝醉不是问题,错的人喝醉了才是问题。"你想我跟她谈谈吗?"我问。

"不。"

"她只是个孩子。"

"我知道。明天我来立规矩。"

"好。"我说,但很清楚艾米会心软。我一步两级地上了楼梯。艾米去看妈妈,最后又拿了点儿零食。我经过厕所的门,艾伦已经在里面了。我听到她在呕吐。"别忘了冲水。"我对门那边说,又等着她回答。她又吐了。

"青春啊!"我边上床边自言自语。

# 第五部分

43

"……她把牙套摘了以后,就像刚刚松了绳子的狗。一会儿是镇花儿,一会儿又是基督教徒,现在,她开始夜不归宿了。"

艾米的脸凑在我窗前,看着我。

"你一定得跟她解释一下男人的事情,吉尔伯特,让她清楚男人的天性。现在她牙齿矫正了,我却很担心她在别的事情上不走正道。"

"行,行,我跟她谈。"

艾米继续唠叨着,我把头夹在枕头和床垫之间,把她的声音挡掉。我使劲地压着枕头,直到她离开。

我穿上了短裤和一件红黄色的爱荷华州立大学 T 恤(这是詹妮斯母校的校服)。尿尿的时候,我屏住呼吸,因为厕所里全是艾伦那带着啤酒味儿的呕吐留下的恶臭。我沿着走廊,敲了她的门。

"开着呢。"

"嘿,艾伦。"

我妹妹躺在她的粉色床上,头发和脸还是宿醉的样子。她正在看一本《国家地理》。我用最温柔的声音说:"你什么时候开始看那个啦?"

"现在开始。"

"看那样的东西,别人会觉得你很聪明。"

"那就别告诉别人呗。"

"人是会变的。你看书,证明了我的理论,人是会变的。"

"我不是真的在看书,只是在看图片。"她开始迅速地翻页。

"你没看书,我还真是松了口气。"

她把头发撩到后面。我们俩都知道我为什么来她房间,两人都等着对方先开口。

"哦,天哪!"艾伦这么一喊,最有可能是不想让我说想说的话。

"怎么了?"

"快看这个。"

艾伦给我看了两张图片,是非洲还是什么地方一个不为人知的部落,什么原始部落。我看到的第一张图,是个男人的面部特写,他鼻子上吊着一个巨大的黄色圆环。

"好痛。"我说。

"你看那张。"

是五个女人和很多孩子。女人们没有穿上衣,也没有内衣,她们在水边用手洗衣服,乳房就那样垂挂着。

"你信吗?"

我耸耸肩。

"这本杂志在图书馆里摆了很久了。这些女人怎么不害羞啊,也不尴尬。换我肯定尴尬死了。"

"说起尴尬……"

艾伦停下来,看着我,眯着眼睛,好像要在我脑袋上烧个洞。"我真的不能被打扰,吉尔伯特。"

"你才十六岁,年龄不够,你不……"

"听到啦,老爸!"

我移开目光,语气轻柔地说:"我不是你爸爸。我也不想当你爸爸。"

"但你真的在努力做他的事儿哦。不准训我!我只有一个爸爸,如果他不想坚持到亲眼看我出生,那没关系,随便!但是你代替不了他的位置!"艾伦的脸涨得通红,脖子上青筋暴出,"昨天晚上妈妈差点儿死了!我去我的朋友们那里寻求安慰!我们是喝了点儿酒,那又怎么了?!我恨你,我恨自以为是我爸爸的混蛋哥哥!我恨这个家!"

我小声说:"你别以为你是一个人。"

"什么?你说什么来着,爸爸!"

"我说,别以为我们家就你一个人恨来恨去的!"

这句话让艾伦迷糊了好一阵子。我趁机站起来,离开了房间。

"请你关门。"

我把门敞开着就走了,遇到等在走廊上的阿尼,他全身是土。"去,运动去吧。"我说。

阿尼跑进艾伦的房间,跳到她身上。

"阿尼,别闹了!你把我的床弄脏了!阿尼!"

楼下,妈妈正一拳拳捶打着桌子,吼道:"我的奇多呢?我的奇多呢?!"艾米在厕所里喊:"等等,妈妈,马上就来。"我在厨房里找到那个有花朵图案的大沙拉碗,倒了半盒麦圈进去,再拿上四升牛奶,到了吃饭的地方,像个高等餐厅的服务员一样,把一切都摆好。

"哎哟,吉尔伯特,你啥时候这么爱你妈妈啦?"

"是因为爱吗?"

妈妈换了频道,艾米冲了水。楼上,阿尼还在继续惊吓艾伦。

我启动卡车,发现得加油了。我凭着最后一点儿油,开到了戴夫·艾伦的加油站。因为要是今天也得听那乒乒乓乓的声音,估计我得崩溃。

271

"嘿，吉尔伯特。"他嘴里叼着一根牙签说。有些人呢，叼着根牙签显得很有智慧。戴夫就是其中之一。

"嘿，戴夫，怎么这么高兴啊？"

"昨天，区域经理来了，查账什么的，你懂的。评估运营情况。"

"评估得怎么样？"

"他很满意。"

"太好啦，戴夫，为你高兴。区域经理都是大人物，权力很大。"

"嗯，就说他们各自的行业，应该是的。"

我的油箱加满了，一共是十五美元六十二美分，我付的零钱刚刚好。我启动了卡车，戴夫走到车窗边说："吉尔伯特，你还没听我说完呢。"

"我在听。"

他刚要开口，就传来汽车喇叭的声音。是梅兰妮的大众甲壳虫。她拼命挥手，让我开过去。

"回见，戴夫。"我打断了他的话。

我开车跟着梅兰妮，出了城往东，上了十三号公路。她在公墓边熄了火，我也在她后面停了车。我坐在车里看着她把花放在卡佛先生那座新墓上。梅兰妮的假发看上去似乎有点儿枯，她的身体往我的卡车这边挪动，显然是用尽了全身每一丝力气来尽量抬头挺胸。我摇下车窗，她笑了，她今早涂口红的时候，应该是有点儿潦草。

"吉尔伯特，呃……这件，事情，我应付得，不太好。"

我盯着她那副反光的墨镜，尽量忘记她牙齿上那几抹口红。

"我想他。"她说。梅兰妮把墨镜抬起来擦眼泪，很快又放下。她的眼里交织着血丝，眼袋又肿又紫。"有件事儿应该跟你说的。肯和我，相爱。"

"不可能！"我装出大吃一惊的样子。

"有可能,吉尔伯特。他懂我。他拥抱我。你肯定明白的。你自己肯定也有痛苦的,对吧?"

"我挺好的。"

"但你晚上肯定也会心痛的。"

我一副疑惑的样子,皱起脸,表示"我不知道你在说什么"。

"我一直知道你和贝蒂的事儿。这样的话我的事儿也算没错。所以,现在我是一个人,你也是一个人了。也许我们能成为彼此的安慰,就是度过这段难熬的时间。你觉得呢,吉尔伯特?"

"你什么意思呢?"

"肯不在了。贝蒂离开了。而我需要……你呢……可能……"

她怕不是这个意思吧?!

我对梅兰妮解释说,她应该找个更好的。"我不可能变成肯·卡佛那样的男人,就是不可能。"

"不对,吉尔伯特,你们俩在很多地方挺像的。"

梅兰妮要拉我的手,我赶紧把手从窗边抽走。我解释说,现在没心情谈恋爱。"我需要时间。"

梅兰妮点点头表示理解,又哈哈笑了一声,好像说自己也经历过,然后摇摇头,像在回忆很多年前的事情。"你当然需要时间了。"

44

回到恩多拉,我开到"冰雪梦",并没有去想为什么。门口停着两辆很脏的卡车,店里坐了三个块头很大、浑身冒油的客人,有点儿像建筑工人。艾伦一个人在工作。我闲逛到外带窗口,她转身过来,我发现她脸很红。打开窗户的一瞬间,她的笑容就消失了。"您需要点儿什么?"

店里的几个人互相之间在咬耳朵。我认出了他们。就是那些在谷仓汉堡工地工作的人。他们手里都拿着加长啤酒罐,总是不约而同地喝着。这样的人,衣服和头发上总是沾点儿油漆、水泥和土什么的,他们喜欢自己砂纸一样粗糙的手。以艾伦现在的年纪,只要是那种能舌头不打结、不抖说完一整句话的,她都能被迷得五迷三道的。

"先生,您需要什么?"艾伦重复了一遍,她当我是陌生人,"您是不是需要巧克力旋风?我们有坚果、旋风、碎糖、香蕉片……"

我小声说:"我知道你要干吗。"

"滚。"她也悄声回应我。

"不行。这些人信不得。"

"你认识他们啊?不认识吧,吉尔伯特。"

"不认识,也不想认识。"

"你到底想干吗啊?"

三个巨人相互之间不咬耳朵了,朝我们这边看过来。艾伦感觉到了,转身看着他们,脸上露出最甜的微笑,说:"你们稍等,马上就来。"

他们含混地说:"好啊,宝贝儿。""妈的,宝贝儿。""不着急,宝贝儿,我们时间多的是。"

我喉咙哽了一下。

三个人里面最丑的那个(说他丑都是抬举他了)说话了:"喂,哥们儿,你打嗝啊?"

"没有,我很好,谢谢。"接着我看着艾伦,悄声说,"我担心你的安全。"

"我能治你这位客人的打嗝。你把他送出去,我马上就治好他的打嗝。"

艾伦说:"我觉得他没有打嗝。"她递给我一个塑料杯,里面装着水,"要点单吗,先生?"

"嘿,多尼,"其中一个说,"你觉不觉得这两人认识啊?"

"嗯,我也觉得。"

"你俩认识吗?"

艾伦转身用最诚挚的声音说:"不,我以前从来没见过这个人。"

长这么大,我还是头一次什么话也不想说了。我晕晕地走向卡车,那几个人哈哈大笑,朝我挥手再见。天气真热。恩多拉就像一间桑拿房。要是我一直待在这儿,一定会被融化的。

回到家,艾伦不停地唠叨:"星期五。求你了,吉尔伯特。星期五之前把他给弄干净。"

我刚要说"好",电话铃响了。

"吉尔伯特家,我是艾米。"艾米听着那边说话,"哦,天哪。哦,是的。当然!"感觉艾米好像中了大奖。

等她挂了电话,我使劲儿问她:"怎么了?怎么回事?什么事?"

"今晚十点的新闻是由兰斯播报。"

"是吗?"

"是的,吉尔伯特,就是他。"

晚饭时间到了,从道奇打电话来宣布儿子的消息后,我们又接了六个电话。我没吃东西,一动不动地坐着,按摩我有点儿痛的胃。

艾米端上水果沙拉,说:"菲利斯·斯塔普斯打电话来说,教堂租了一台大屏幕电视来看新闻。我只在电视节目上看到过那种电视。在那么大的屏幕上看新闻,就跟看电影一样了。"

艾米问:"阿尼,你想不想看大电视的大屏幕啊?"

他从餐盘上抬起头来,脸上到处都是土。他说:"天哪,艾米,天哪。"

妈妈正在客厅吃东西,突然插嘴说:"到目前为止,兰斯只做过'屏幕上'的采访、特别报道,还去波尔克县工艺集市做过一个很好玩的专题。播新闻还真的没有。这就算是爱荷华的奥斯卡了吧。"

艾米和艾伦互相盯着对方。阿尼伸出两只手,拉扯着自己的头发。

饭快吃完了,艾米又唠叨起来:"这种看大屏幕的机会可不是说有就有的。有人跟我一起去吗?"

只有阿尼看着像在认真考虑。妈妈当然是哪里都不会去的。我对任何属于上帝的地方,还有兰斯,都很反感,所以决定待在家里。我转身看着艾伦说:"你打算干吗呀,艾伦,亲爱的?"

她叹了口气,突然爆发了:"生活啊!没有什么是简单的,没有什么是明了的。辛迪家邀请我去,霍依家也邀请我去,还有五个教堂邀请我,鲍比的殡仪馆也邀请我,现在,你又给我加上大屏幕这个选项。我不知道自己受不受得了。真希望生活没这么复杂啊,真的。我真是头疼,饭都吃不下。"

"我也是。"

"闭嘴,吉尔伯特。"

"不,我和你一样,也没胃口。"

"要干吗……等等……到底怎么啦,吉尔伯特?我说你是因为我不吃饭的啊?"

"嗯,差不多吧。"

"嗯,今天我听了很多屁话,但是,天哪,最糟糕的一句屁话就是你说的。你讨厌自己的人生,怪不着我啊。你过得不精彩,别怪我啊,行吗?"

艾伦继续大叫着,叫着叫着消停了,我猜她是终于发现无人在听她的喊叫。她不说话了,把叉子戳进沙拉里,说了几句家里没人能听得懂的话。

我挪到离她更近的地方,对着她哈哈大笑。

她说:"看到了吧?明白我是什么意思了吧?"

艾米说:"够了!你们俩!"

妈妈满嘴都是食物,她用闷闷的声音说:"对!够!了!咱!们!家!要!幸!福!这!要!求!过!分!吗?"她边说,嘴里的残渣边往外掉。

艾伦看着艾米,悄声说:"能听懂她在说什么吗?刚才说的话有人听懂了吗?"

"幸福的家什么的。"我说。

"哦,是啊。"

接下来的几分钟,我们彬彬有礼。有人要求,我们就把食物递给对方,还会说"谢谢"和"请"。唯一让我保持理智的动力,就是知道这样的日子只用忍四天了。

"哦。"艾伦说,为了跟我和好,她主动提出洗碗。

"你的疹子怎么办?"我突然说。

"我的手忍忍就好了。"她说着就开始放水。

我想告诉她,如果要弥补她给我造成的残酷的伤害,她大概得洗很多年的碗,但我什么也没说。我露出一个一切没问题的微笑,是被我们家训练出来的微笑。

"今天下午说不认识你,对不起啦。但是,吉尔伯特,有兄弟的话,会让别的男人觉得不好。说我有哥哥,那我就有点儿像凡人了。我不想这些男人觉得我是凡人。"

我差点儿要说"你成功了",但只是看着她把手浸到漂满洗洁精泡沫的水中。她还在说啊说的，刷盘子的动作很慢，我祈祷她的疹子再长回来。阿尼跑了过去，他脏得特别丢人，我差点儿都要把他拽起来塞进水槽里。我环顾这个厨房，想了想正在其中的未来。那种混乱和恶臭实在让人无法忍受。曾经，这个家还有一种粗糙的魅力，如今是荡然无存了。现在我们就像爱荷华屁股上长了个包。

今晚，镇子上的所有人都要围在电视机前，看那个伪君子把我们骗得团团转。谷仓汉堡建得差不多了，学校被烧了，阿尼很快就十八岁了。我真是要感谢兰斯·道奇，让我突然想清楚了这一切。我的下一步很明确了——我要离开这个地方，我要离开恩多拉。

"吉尔伯特，你突然笑了。"艾米一边拿湿布帮妈妈擦脸，一边对我说。

"是吗？"

"很久很久很久了，我都没见你这样笑过。"

"这个……"

艾米想知道我在想什么，突然露出这么少见的快乐表情。她想知道是怎么回事。

我耸耸肩。

"到底怎么了，吉尔伯特？"

我的笑容里，绝对没有这个家，也没有那个密歇根女孩。我咧开嘴开心地笑，是因为决定离开，决定逃走，开始新生活。

45

我拉出床底下那一堆垃圾。很多很多脏袜子，还有很多年没碰过的旧衣服，几本落满了灰的杂志，全是裸女照，还有我的皮鞋，棕色的，需要上油了。左脚那只鞋不知被什么东西砸到了，完全弯起来了，皱了。我不会带太多东西上路，但也该开始收拾了。

我听到艾米在敲门，说"进来"之前，我把杂志又塞回床底下。

她推开我的门。"阿尼决定去看大屏幕。"

"但他这么脏……"

"还是得带他去。他想看。"

门完全打开了，她看到我正在翻的那堆东西，也看到旁边的行李箱。

我说："艾伦呢？"

"我不知道她要干吗，但她今晚肯定不会待在家里。"

"很好，"我说，"因为艾伦……"

"我懂，吉尔伯特，我懂你的感受。"

"谢谢。"我说。她耸耸肩，好像在说不用谢，然后径直走了。

"艾米？"

她停下了。

"有件事得告诉你。"

她转身说："吉尔伯特，我又不是傻子。我缺点很多，但绝不傻。"离开之前，她看着那个装了一半的行李箱，直直地盯着。"吉尔伯特，"她说，"你会等到派对以后，对吧？派对的时候你会在的吧。"

我看着她，说："是的。"

她走了，没关我的门。

"艾米？"

"嗯，怎么了？"她回喊。

"把拉里没用完的古龙水给阿尼喷点儿试试，能让他的味儿没那么大。"

"嗯，好。"

我继续收拾东西，叠衣服。每当我决定带不带某件衬衫，或者

279.

为袜子配对时，眼前就会闪现出艾米刚才的表情。她看到我的行李箱时，心里有一部分死去了。我想把一切都向她解释清楚，又不知道从何说起。我决定今天先不收拾了。我什么也没干地坐了很久。然后我拿出十年级的纪念册，其实更像是杂志。我翻到其中一页，夹了一张撕破的纸，像书签一样。我看着那一页上自己的照片，还不错。往上数三张照片就是兰斯·道奇，那时候的他还没有去健身房，没有做那一口完美的牙齿，没有刻意留胡子。有那么一瞬间，我觉得特别惊讶，我这样一个人的照片，竟然能和兰斯的照片出现在同一页上。

接着，我躺在床上，看着天花板上的裂缝。有朋友把艾伦接走了。艾米和阿尼上了诺瓦，开去了教堂。

还有五分钟多少多少秒，新闻就要开始了。我在房间里整理各种文件，为自己是恩多拉唯一不看电视的人而感到骄傲。

妈妈在楼下不断喊着我的名字，就像不停滴水的龙头，一直喊到我出现为止。

现在，我一个根本不知道哪个按钮管什么用的人，就在电视机前，调整着天线，调整着电视的颜色，尽量把兰斯弄成绿色的。

妈妈说："这样看着挺好。就这样吧。"

我可以告退了。我感谢这位不知名的神，感谢的方式就是从厨房柜子里拿了一瓶橙汁和"高地"薯片。这薯片是得梅因产的，我很信任这个牌子。

我在厨房里听到新闻开播了。播音员说："十点新闻，兰斯·道奇！"他还说了些别的名字，但我都记不住。新闻的主题音乐全是喇叭和打字机的声音。我从餐厅瞟了一眼，屏幕上出现了新闻播报台，有点儿像一个巨大的"3"。兰斯坐在中间，穿着一件蓝色西装，打着红底白点领带。

镜头给了个特写,屏幕上是他的一张大脸,他的头发看上去是刚刚剪过的,样子是前所未有的自信。他不断地往外喷射字字句句,就像这些话都是他想出来的。根本看不到他的眼神有什么动静。你甚至看不出来他是在照着稿子念。

我想象着坐满了人的教堂,还有酒吧、居民的家里,全镇人民都在为他欢呼加油。我感觉自己眼眶湿了,但赶紧否定了这个想法。我不会流泪,谢谢,就算是为了兰斯·道奇,也不会。

广告时间,我帮妈妈拿了一包烟,打开来,给了她一支。她用嘴唇夹住烟,我点燃了。"我这个儿子啊,可真是一位绅士哦。"妈妈说。

新闻又开始了,兰斯的脸又填满了电视机屏幕。

"吉尔伯特?"妈妈说。

我什么也没说,只是坐在那儿,可能还在摇头。

"这不是看电视的时候。"她说,把遥控器一推,关掉了电视。有时候妈妈真是心善。"你想聊聊吗?"

"晚安,妈妈。"

"那个小伙子很有才华,吉尔伯特。"

"是的。"我边说边上楼。

"嗯,如果你想聊……"

我上了楼进了房间,用红椅子抵住门,躺在床上,衣服没脱。我房间的天花板上有一团团阴影,就像乌云。

几个小时以后,我终于睡着了。

睡梦中,我突然听到有人在大喊。"滚!滚开!"

我打开阿尼房间的灯,发现他坐起来了,白色的床单缠在他那灰乎乎脏兮兮的头上。他的脖子和手臂上全是土。突然亮灯,他的脸都吓得皱起来了。

"怎么了，阿尼？"

"没什么。"

"怎么回事？"

"没事。"

"做噩梦了？"

"没有。"

我帮他摆了下枕头，拿了一只恐龙和两头熊的毛绒玩具，放在他睡觉时脑袋的位置。"有时候，人们睡觉的时候，脑子里会放小电影。"

"做梦？"阿尼说。

"对。"

"有个梦，很糟糕很可怕。"

"嗯。你知道吗，阿尼？"他看着我，眼睛已经适应了灯光，"别担心，我不会让任何人伤害你的。这个你知道，对吧？"

"嗯。"

我拥抱他，说晚安。

"留下，留下！"

"但是……"

"别走，吉尔伯特，别走。"

我关上他房间的灯，上了下铺，就躺在硬床板上。"阿尼？"

"怎么了？"

"有时候呢，人……呃……人不得不摆脱一下……呃……逃走……"

"但是你会留下来。保证？你现在就待在这儿。保证？"

"好，阿尼，今晚我就留在这儿。"

"嗯嗯。"他咯咯笑起来。

"嘿，阿尼，你觉得兰斯·道奇这个人怎么样？"

他安静下来了。"哦，天哪，真是个天在啊。"

"天才。应该说是天才。"

"嗯嗯，我知道啊，吉尔伯特。天哪，我知道的啊。"

阿尼用了二十分钟左右的时间撞头，我一直等到他撞完，然后溜出了房间。妈妈正在楼下说话。

"你胆子还真大呢。我就是这么想的。什么？阿尼很好，谢了。脏，是脏。但是他很好，你没有权利……你没有权利……"

等我下到最后一级台阶，看到电视是开着的，发着蓝光，小声地播放着一则广告。跟妈妈说话的人一定是在厨房里。我偷偷溜到走廊。

"不……我们对阿尼很好……换个什么机构，换个家，都做不到这么好……我们已经坚持……有时候这样就够了……什么？我知道你很抱歉……你应该抱歉……"

我看着厨房，看到妈妈坐在桌前，坐得直直的，手里拿着点燃的烟，身边摆着一袋薯片和一碗水果。

"妈妈？"我低声说。

她突然朝我这边转头，眼里全是怒火。

"你没事吧？"我说。

她瞪着我站的那个漆黑一团的地方。

"你在对谁说话啊？"我问。

她把香烟叼在嘴里，闭上眼睛，一副"我马上要长吸一口"的样子，说："我什么时候在跟谁说话啊？"

她还真是把我问住了。

"我可能是在厘清思绪，我可能是在出声地想问题。"

283

我走近了一点儿，经过那一堆脏盘子，经过水槽下面那臭烘烘的垃圾。我听到黑暗中有只苍蝇嗡嗡嗡地飞过，伸手想打它。"感觉你好像在跟谁说话。"我说，希望她能解释一下。

"睡觉去。"

"你没事吧？"

"晚安。"

她调大了电视的音量。我刚走到楼梯口要上去，她突然说："那个兰斯·道奇啊，还真不是个一般人！"

我转身看到她笑得一脸骄傲。她很崇拜兰斯。

"他妈妈一定很骄傲吧！你不觉得吗，吉尔伯特？你不觉得吗？"

我看着她，这么肥，这么胖。我想说点儿什么，却说不出来。

"艾米说，他可能会长期做播音员。很有可能！他每天晚上都会上新闻！你觉得怎么样，哈？"

我慢慢上楼去。妈妈还在说。我知道我会走。我会离开这里。阿尼的派对之后，我会坐上卡车，头也不回地开走。

我很早就醒了，环视着我的房间。我蜷缩在床上，卷成了一个球。我刚刚才想到，我要离开恩多拉，却无处可去。

46

吃早饭时，人人都在说"兰斯如何如何""兰斯这样这样""兰斯那样那样"。阿尼想用自己的手指当黄油刀，因为他说"所有的银餐具都很脏"。一个双手黑得像炭的男孩子竟然说出这样的话。我站在前廊上，观察着天空。乌黑的云，雨的味道。

艾米走出来。我说："你看那些云啊。"

"你应该看兰斯。"

"或许吧,"我打断她,"我们把阿尼锁在屋外面,他就可以被雨冲洗干净了。"

"可能吧。"她说着,我就上了卡车。

"你要是去看了那个大屏幕,会很喜欢的……"艾米不说了。她看着我无精打采的身体和毫无表情的脸。她刚想说点什么,我就转动钥匙点火,让卡车加速,再挂倒挡。我一边往后退,她一边看着我,我知道,她明白了。

我开走了。

我开到"恩多拉长队",一大早就想买个一件六瓶的啤酒。但多娜一看见我就问,看见兰斯没有,是不是很棒。我转身就走,一个字也没回答。

到了店里,兰姆森先生好像精神不错,生意也挺好,看天气似乎快要下雨了。乌云不断涌来,结果大家聊的仍然是兰斯。

大概中午的时候,一辆橙蓝相间的大货车开过店门口。我停下手里的活,看着卡佛一家的东西就这么被运走了,后面跟着卡佛家的旅行车,胡乱地堆满了箱子。我差点儿就跑到街上去追她的车了。

兰姆森先生笑容满面,像以往一样全心全意地为顾客服务,好像他们是全世界最重要的大人物。他朝我挥手:"奶制品随时要送来,你把牛奶摆一下,点清楚,好吗?"

我朝蓝色的板条箱走去。我把脱脂牛奶摆在一起,再把全脂和低脂的牛奶分开。不知道为什么,看到牛奶,我总会想起我妈妈。当然,也许很显然会有这种想法,一想起我用嘴含着她的奶头,想到她喂我,用奶填饱我的肚子,我就不会很舒服。

兰斯的照片,就是挂在"奇迹面包"挂钟旁边的那一幅,从高处"瞪"着我。我决定把这照片偷了,包成礼物的样子扔进垃圾堆。我还从来没见过妈妈对谁像对兰斯这样，这么骄傲，这么欣赏。

送奶制品的车来了。我做完我的事情，就下了班往家里走。乌云聚集起来，下午感觉就像晚上，黑压压的，天色泛着青紫，闷闷的。

现在，我开着车从店里回家，想着该怎么办。我感觉自己的计划行不通。我瞟了一眼后视镜，看到贝琪挥舞着双手，使劲蹬着自行车，想跟上我。我不会停车的。我一踩油门，加速了。但她还跟着我。我意识到，她最终还是会追上我的。她会在我最意想不到的时候打电话，她可以出现在任何时间、任何地点。于是，我靠边停车。她来到我坐的那边。我摇下车窗，本以为她会累得上气不接下气，结果她喘都不带喘的。

我说："你应该……"

"我身体好得很。"

"哦。要下雨了。"我说。

"我知道。不是很好吗？"

"下雨骑自行车不太好吧。"

"你说什么就是什么，吉尔伯特。"她看着我的样子，就像知道什么我自己都不知道的事情。她仔细看着我的脸，说，"你看着心情不好。"

"我吗？没有，绝对没有。"

"是因为兰斯吧？昨晚你很难过，对不对？"

"没什么大不了的。"我说。

她看着我。我躲避着她的目光。

她咯咯笑起来。她好像很喜欢兰斯抛头露面以及这件事带给我的影响。"你不是兰斯，吉尔伯特。谢天谢地你不是。"

我看着里程表，想知道我开了多远。

贝琪还在说话。"反正，你将来要做更大的事情，它就等在那里。"

很重要很特别的事情等在那里，就在你眼睛下面。"

我很讨厌她这种扬扬自得、自以为什么都知道的样子。反正我觉得她是装的。

"吉尔伯特？"

"嗯，咋了？"

"哎哟，有敌意啊。"

"咋了？咋了？求你快说完，这样我就可以走了。"

"你现在就可以走。"

"说完了？"

她离我近了一些，温柔地说："别担心，总有一天你会离开恩多拉的。"

"谁说要离开了？"

"嗯，是很自然的事。现在大家都这样。"

"我又不是大家！"

她看着我，摇摇头，回应说："你肯定不是大家。相信我，时机到了你就会离开。但有件事应该告诉你。"

我开动卡车。这女孩现在有了新名字，她叫"烦人"。

"吉尔伯特……别……"

"到底怎么了？"我挂了挡，但脚踩着刹车。这样我就可以迅速开走。我转身看着她，眼里冷冷的。贝琪把脸伸进车窗，用她的嘴唇找到我的嘴唇。软软的，长久地贴着。

吻。

她回到自行车上，我紧闭着双眼，又睁开。她骑车走了。我喊道："喂，等一下！"她没有停车。我开车跟在她身后，按着喇叭。贝琪离得越来越远，于是我加速了。我离她特别近，要是这时候她摔一跤，我的卡车就会直接压过去，所以我稍微减了速。她骑到铁轨那边时，一滴雨砸在我的挡风玻璃上。又一滴。很多很多滴。我拉好手刹，看着她骑车远去。我摸着自己的嘴唇。她转身来看我。我坐在卡车里，引擎还在转动，任凭雨水模糊挡风玻璃。雨点砸在车顶，砸在引擎盖上，听着像子弹。

全县的农民都在跳舞，歌颂雨神。而兰斯·道奇就在某个地方，格雷普家的其他人也在某个地方，准备回家。同时，一个疯女孩骑着车走了，自由自在。而在这条街上，我的卡车等在铁轨上，在瓢泼大雨中。我的手背压着嘴唇。哦，我的天哪。

于是我打开雨刷器，让它们把雨水挤走。大雨中，我慢慢开车回了家。哦，真的好慢好慢噢。

47

我从车上下来走到家门口的一路上，被雨点劈头盖脸地打着。我推开门，看到艾米站在那里，手里拿着一张照片。"嘿，艾米。"

她伸手把照片递给我，说："送给你。"

"为什么？"

她悄声说："给你离家的礼物。"

我不知道该说什么。我看着那张照片，是一个二十岁出头的男人，乱蓬蓬的头发，亲切的微笑。男人穿着一件黑红相间的法兰绒衬衫，扶着一棵圣诞树，应该是他刚刚砍下来的。要是我能活到五十多岁，就可以说这照片里的人是我。这是爸爸的照片。我感叹道："哇。"

"特别像。不敢相信，是吧？"

"嗯。"

"吉尔伯特，你很多方面都很像他，坚守着错误。也许，要是他离开……"

"艾米……"

"要是他出去了，他可能就不会……你懂的。我不希望你最后也和爸爸一样。"

"但我永远不会……"

"这个不好说。谁也说不准。"

我再看照片，一阵沉默。我端详着自己的爸爸。终于，我开口了："我的笑容没这么亲切。"

"咱们打个赌吧，"艾米接话说，"嘿，阿尼在地下室，要是你能让他跑到雨里，就能洗干净了。为了你姐，好吗？"

"阿尼！"我喊着，"阿尼！"我温柔地叫着他的名字，就像最好的朋友，"老弟，我有惊喜给你。嘿，出来呀！我不会让你去外面的，阿尼。"

没影儿，没声儿。

我到洗衣房那一堆脏衣服里去找。

"保证，吉尔伯特。你保证？"

我转过身去，看到阿尼站在那些支架横梁之间。他的头发已经油腻到不行，脸上灰蒙蒙的一层，还有干掉的土。今天下午，他脸上又添了褐色的油渍，从鼻孔外面一直延伸到上嘴唇。从昨天起他脸上就沾了果冻。这么脏的阿尼，看起来却比任何时候都要开心。

"你躲哪儿去了？"

他不回答，却说："保证不去外面？"

"一定。"

他坐在一个比较矮的支撑板上，我说："我想给你看样东西。"

"嗯。"

我把照片递过去。他看着照片，嘴巴张开，吱吱叫起来。

"你知道这是谁吗,阿尼,你知道吗?"

他飞快地摇头。

"谁?"

他指着我:"是你啊,吉尔伯特,天哪。"

"不,不是。"

"肯定是。"

"不是,是你爸爸。"

"不是。"

"是你的爸爸……呃……如果他在这儿的话,就会让你洗干净。他会打你,如果你不……"

阿尼看着照片说:"你缩了,你缩了。"我想把照片拿过来,但阿尼紧紧捂在自己脏兮兮的胸口,跑了出去,上了楼梯。

艾米在客厅为派对进行布置,有派对帽、纸盘子、塑料叉子和勺子,离派对还有三天呢。

"艾米,"我说,"我试过了。"

"你一定要把他弄干净。在星期天之前!"

"好,好。"

"你一定要办到。"

"但愿吧,但我不知道……"

"实在不行就把他绑了。你一定要把他弄干净。"

"艾米?"

"嗯,怎么了,吉尔伯特?怎么怎么怎么了?"

我想告诉她,我是多么讨厌被人说像我爸爸,我长得像他又不是我的错,我不知道自己要是待在这儿,待在恩多拉,会出什么事,我会干什么。我其实根本不知道自己该去哪儿,更重要的是,今天下午,那个密歇根女孩吻了我,吻了我。很简单,我就是不知道该怎么办。我正想着,该怎么最充分地表达这些想法,艾米就问我:"怎么了?"

"不提了。"

"别啊,怎么了?"

"呃……啊,我爱你。"

艾米手上那一袋叉子都掉了,她说:"你不知道我多需要这句话。"她拥抱了我,胖胖的手臂软软地搭在我背上,闭着眼睛,而我则睁着眼到处看,看着这一屋子的派对用品。艾米像恋人一样抱着我,我则用一只手拍着她的肩膀。大雨倾盆,雨点在地上弹射。也许后面还会有闪电呢。

整个下午我们都在准备派对。

现在我们坐在客厅,吃着冻比萨。六点新闻开始的时候,我站起来,走到我的卡车旁。

我在雨中开车去"恩多拉长队"。

"多娜,别问问题,好吗?"

"好啊,吉尔伯特。"她说着拿出一盒万宝路。

"我要买避孕套。别多想。别跟看笑话一样看我。"

多娜咯咯地笑了,摆出一小盒,三只装的那种。盒子是蓝色的。我一分不多地付了钱。

"我想问,哪个女孩子这么好运?"

"你问好了,但是……"

"你不会告诉我?"

"对。拜拜,多娜。"

"大家都知道是谁哦,吉尔伯特。"

我走了。

雨点大颗大颗地砸在我的挡风玻璃上,基本看不清路。我慢悠悠地把车开到拉莉的老地方。贝琪站在院子里,浑身都湿透了。她朝我走来。我摸了摸裤子口袋,里面有我从盒子里拿出来的一个避孕套。另外两个则在驾驶座的盒子里。

"嗨。"她说。

我把车窗摇下一条缝。"上车。"

"外面这么棒。"

"你都湿透了。来吧,上车。"

贝琪从我车前绕过去,打开副驾驶的门,上了车。她的T恤湿了,胸部凸显,我只能尽量把手放在方向盘上。她发现我在看她的胸部。女孩子大多都会不好意思,大多都会拿手臂挡住。但贝琪一动不动地坐着,盯着我,说:"内在,才重要。"

我们坐在车里,听着雨声。

我说:"今天那个时候,我心情真的很不好,不知道继续活下去有什么意义。你……呃……你在我没有防备的时候。"

"什么时候?"

"就是你……呃……亲我。"

"哦。"

"我都已经打消了……"

"打消什么了……"

"身体接触的念头。"

我笑起来,她盯着我。我看着她想说"能不能接着来",但她把头转开了。

"我们去个什么地方吧。"她说。

好。好好好好好。

我朝镇子外面的公墓开去。
"吉尔伯特……"
"嗯?"
"别想干吗,好吗?"
"什么意思?"
"亲你是想给你希望,没其他意思。"
我的车速慢下来。"你说什么?"
"你当时心情很不好,什么都不顺心。你有情绪的时候挺迷人的,我抗拒不了。"
"什么呀?你到底在说什么?"
"不会再亲了。至少暂时不会再有。"
我看着她,脸上的表情是:"啥?!"
"你把自己封闭得太厉害了,现在就是这样。你脆弱的时候,还让人挺想亲的,但是现在……"
"我?不可能。我可能有很多毛病,但不可能封闭自己啊。"
"你整个人都是抽离的、错位的。你不喜欢你自己。你甚至看不见自己。"
我口袋里装了一个避孕套啊,我自顾自地想着。我只想看她的裸体。"就亲一下。"
"不。"
"轻轻点一下呢?"
"不。不不不。"
"别这样。"
"不,要是你这么想逃避自己,想象一下你逃避我得多快啊。"

"行。好吧。嗯，随便。"

我送她回家。她就是骚。贝琪真是太骚了。

"也许有一天我们可以牵手，也许。"

她关上门，进了屋，找她外婆去了。我坐在卡车里，尖叫着，自己也不知道在喊什么。我抓起衬衫擦嘴，狠狠地擦，擦掉关于她嘴唇的记忆。

深夜，我赤裸着躺在床上。我很愤怒，也很孤独。

外面的雨下得不那么急了，地面和街道都被洗干净了。我听到妈妈在楼下和艾米大喊大叫，问阿尼什么时候能洗个澡。睡意很快袭来，眼下也只有睡觉这一个好办法。

早上，阿尼这个活闹钟来到我门口。他喊着："谷仓汉堡，谷仓汉堡。"

"妈的。"我自言自语，迅速跳下床。我睡过头了。

外面肯定有两百多人，什么样的都有，我每个都认识。阿尼和我在卡车上看着。塔克尔的爸爸拿着一架录像机到处走，拍着各种庆祝活动。塔克尔站在众多新员工之中，戴着"谷仓汉堡"的帽子。他比大多数员工都要高出一头。

有人发表演讲。空气中飘满了汉堡和薯条的味道，阿尼用鼻子闻了闻，揉揉肚子。我说："阿尼，别。"

"我想吃！我想吃！"

"你不能下这辆车。"

"但是我想……"

"你太脏了。"

"对！"阿尼特别骄傲，"好吃，好吃。"

他说着就要下车。我拽着他的胳膊,把他留在车里。"阿尼,你给我坐好。"

他噘起了嘴。

众人鼓掌,盖普斯镇长开始剪彩,莫特利高地爵士乐队开始演奏《我们才刚刚开始》。

仪式结束了,塔克尔拥抱了父母。《恩多拉快报》的一个记者开始拍照。人们纷纷挤进去要第一个尝鲜。我回头看着卡车后面,"美食天地"的停车场里大概有四十辆车,真是生意兴隆啊!

"我想吃东西,我想吃东西!"

我启动车子,说:"阿尼,今天不行。"开动的时候,我突然想到了一个很好的主意。我转头看着他,开始谈判。我告诉他,要是能听话让我们好好搓洗一下,洗得特别干净,我就把他带来谷仓汉堡吃一顿。

"什么时候什么时候什么时候?"

"你一擦干水就来。我带你过来,你想点什么都可以。"

他说:"好。"

"那该洗澡了。"

他点点头:"好。"

"恐怕得洗了,老弟。"

"好!我说了,好!"

我早就习惯了他的拒绝,从没想过他会同意我的建议。"不会很快哦,阿尼。你想洗干净的,对吧?"

"对!"

我们回到家里,妈妈正在跟着节目猜答案,艾米则把一层层的蛋糕拿出烤箱。我朝她竖了大拇指。她一脸困惑地看着我,于是我做了个"等着瞧"的口型,指着阿尼。接着我牵着他的手,一起上楼了。我倒了泡泡浴,把他的塑料玩具扔进去。"咱们游个泳吧,老弟。"

"你也进去。"

"啥?"

"你也进去,吉尔伯特!"

我很多年没跟弟弟一起洗澡了。但此时此刻,我什么都愿意做,只要能把他弄干净。

我脱掉衣服,面前这个土球指着我的私处,发出惯常的尖笑。"阿尼,嘘,求你了。"他觉得真是太好玩了。我进了浴缸,慢慢地坐进滚烫的水里,适应了之后朝他微笑。"好了,阿尼,进来吧。谷仓汉堡,我们……"

他转身跑出浴室。咚咚咚地下了楼梯,纱门砰的一声关上了。

我待在浴室里,到处都是泡泡。我吼道:"这烂摊子不是我弄的!不是我弄的!"

48

"我跟他一起下水……"

"然后呢?"

"他把我给整了。"

"你还有两天,两天后就要开派对了。"

"我知道。"

我在厨房里把自己"风干"。艾米忙着做今年的生日蛋糕,她要做三层。妈妈把电视调到一档晨间谈话节目。今天的主题是领养,她立马就睡着了。艾伦和那些喜欢涂唇彩的女性朋友去了莫特利,她会在那儿给阿尼买一身过生日穿的新衣服。

"我列了一张要买的单子,吉尔伯特。"

"好。"

"你今天去买!"

"好。"

"詹妮斯打电话来了,她明天晚上回来。她让我委婉地跟你说,她会租车,不需要你去接她。她不知道你会不会生气。"

"你觉得呢?"

"她要直接开到美发店。"

"美发店?"

"妈妈想去'恩多拉美人',你觉得怎么样?"

我想说"要拯救妈妈的脸,可能需要几个星期吧",但我没说,只是不怎么热情地说:"很棒。"

"我也觉得。"

"最好先预约一下。"

"吉尔伯特,这还用你说吗,我都跟查理说过了。"

查理是"恩多拉美人"的老板,也是首席美容师。查理的胳膊跟我的手指差不多粗。查理是个女人。

"所以呢?"

"听着。明天下午下班以后,她留在店里,接待我们。妈妈的时间预约在六点。查理说,弄多久她就待多久。"

"我希望她一晚上都有时间。"

"吉尔伯特。"

"一晚上加第二天一整天。"

"闭嘴!"

"不管怎么样,妈妈出门,肯定都会让……"

艾米解释说,查理会把窗户挡上,这样没人能看到里面。艾米也打算开车走很少有人走的小路去美发店，妈妈从美发店后门进去。她已经研究了各种各样的细节，不要让别人看到妈妈。

我想告诉艾米，遇到这样的事情要现实一点，就算去了美发店，对提升妈妈形象帮助也不大。但我只是说："蛋糕好大。"

"嗯，是很大。今天就一层层地弄好。明天我来装饰。吉尔伯特，我觉得这肯定是我做得最好的一个蛋糕。"

"是的。"

艾米能做好很多事情，但做生日蛋糕不是其中之一。每年做出来都是不平的。通常里面夹带着头发丝和碎蛋壳。她越努力，蛋糕的样子和味道就越糟。为了做得更好，她提前两天就开始做阿尼的蛋糕了。

我问："有多少个智障孩子要来参加派对？"

"吉尔伯特。"

"嗯……"

"阿尼有六个朋友已经确定了，另外两个还没有确定。"

听艾米这口气，还以为是什么白宫的派对呢。她说"朋友确定了"，意思是有人帮这些孩子确定了。其实有些已不是孩子了，而所有的人连电话号码都不会拨。他们最小的六岁，最大的三十五岁。阿尼年龄排第三，块头排第一，也是最邋遢的。

"星期天我希望你能负责游戏。能帮我这个忙吗？想想关于蹦床能有什么活动是可以让他们参与的。"

"当然，"我说，"你让我干什么都行。"

我手里拿着蛋糕盘，艾米拿了一把刀把周围稍稍修整了一下。纱门被推开了。

"你这么快就回来啦，艾伦？"艾米喊道。

没人说话。门关上了。

"肯定是风吹的。"我说。

艾米把每一层都放在柜台上,正要叠起来。一个更矮、更敦实,头发要秃一些,又更颓丧的"我"走进了厨房。艾米拽着我的胳膊肘,我们看着他找到了花生酱、果冻、面包,开始做三明治。我们站在那儿,等着他说"你们好",反正要说点儿什么,什么都行。他把面包对角切,切成了两个三角形。他抬头看着我们,眼睛眨也不眨,也不说他离开家都一年了,电话也没打来一个,只是每月寄支票。他说:"哦,嘿,你们也想吃吗?"

艾米话都快说不出来了。"你知道我有多讨厌花生酱,你知道的。"

他朝前廊走去,闷声说:"有人说味蕾每二十一天就会换一次。就像我们换上了全新的一副味蕾。"

纱门砰的一声关上了,艾米手足无措,也不知道该想什么。她说:"真烦。"

"嗯。"我说。

客厅里,妈妈开始打鼾。艾米开始摆弄最顶层的蛋糕。她可没做好迎接咱们这位大哥的心理准备。

"你要不要先来装饰啊?"我说。

艾米停下手里的事。"嗯,对。"这时,妈妈的鼾声已经提高到了新的分贝。

纱门开了,他吼道:"妈妈!妈妈!"鼾声停了,"妈妈,你在打呼噜!"

"是吗?我打呼噜吗?"

"是的,对。"

"不好意思。"

纱门摔上了,他又回到前廊去吃他的花生酱和果冻了。妈妈说:

"又不是我愿意打鼾的。它自己要打鼾。又不是我自己喜欢这么做,吉尔伯特。"

他在前廊上,用充满爱意又悦耳的声音说:"我不是吉尔伯特,我是拉里。"

"不,你不是,你蒙不了我。你说的这个儿子只在我小儿子的生日那天回来。"

"我知道,所以我今天回来了。"

妈妈说:"但他生日是在星期天。艾米,今天星期几?"

"星期五,妈妈。"

"对,所以你看,吉尔伯特,你可别想蒙你妈妈。"

沉默,仿佛要永久地持续下去,但可能也就是三四秒的时间。纱门再次打开,拉里的靴子咚咚咚地敲着地板,朝我和艾米走过来。

慌乱之下,他那个秃顶往厨房天花板上反射着一块块的光,他问:"并不是他生日啊?"

艾米摇摇头。

拉里想让我确认:"这是开玩笑的,是不是?"

你才是个玩笑,我想说。

"你早回了两天。"艾米说。

他笑了,但并不是因为开心。

"见到你真高兴啊,拉里,"她说,"你看着不错。"

我什么都没说,我为自己没有言不由衷而骄傲。但他看着我的时候,我还是笑了,就算后面嘴唇会觉得有负罪感。

拉里低头看着自己的脚,哈哈大笑着,似乎出丑的是我们,然后大步走出了家门。艾米追在他后面说:"家里需要人帮忙……"但她还没说出"给野餐桌刷漆……",纱门就被摔上了。拉里上了他的新车,开走了。

我家的纱门，算得上是某种标点符号了。

艾米挥了挥胳膊说："拉里还是老样子。"

"我来给野餐桌刷漆。"

她坚定地说"不"，让我别操心这事。"你要尽全力把阿尼弄干净。话说，他在哪儿啊？"

我耸耸肩。

她拍拍我的肩膀，表示"一切都会没事的"，说："你待会儿去找找他。"

我说："嗯，待会儿，我待会儿去找他。"

她慢慢转着蛋糕，把拉起来的地方全都推了下去。"我感觉自己能坐下来稍微歇一歇。提前安排就是有这个好处。"

"蛋糕真不错。"

"嗯，吉尔伯特，这蛋糕做得太好了。"

我们继续聊着，好像哥哥拉里是个不存在的人。

几分钟后，电话铃响了。艾米接了电话。

"嗯，嗯嗯……我知道……我们知道……我们在解决，拉里……"

拉里打来的？拉里给我们打了电话？

"……我知道很恶心……但是阿尼马上就要成年了。"艾米的脸越来越红，"嗯，要是你真他妈在乎的话，回家就应该勤一点儿，应该回来帮帮忙！"她摔上了电话。

"你没事儿吧？"我说。

"他开车往镇子外面跑，对吧？就看到阿尼在挖虫子。阿尼跑到他面前，给他虫子。他说阿尼全身是土，差点儿没认出来。真烦人，那个男的真烦人。"艾米走到后院，拳头捶在野餐桌上，尖叫道，"去你妈的！去你妈的！"

还从来没人骂人让我这么高兴过。

49

"所以他早回来了两天?"

"嗯。"

"嗯,他工作可能特别忙。压力大,你懂的。"

"他在哪儿工作?"

"我怎么知道!我只是詹妮斯啊。"

"你应该比任何人都要了解他。"

"这种事情,拉里不会说的。我比较了解他,也是因为以前的专业就是如何了解别人。"

我把听筒换到另一只耳朵上。

"你为什么不上班啊,吉尔伯特?你为什么不上班?"

"这周我每天只上半天班。"

"太好了,吉尔伯特。"

我的姐姐詹妮斯太假了。她根本不在乎我什么时候上班。最近她几乎天天打电话,问了我好多傻了吧唧的问题,我都没有回答。"那边天气怎么样?"

"下过雨了。"

"我讨厌下雨。下雨太不方便了。"

庄稼、树木和田野那么需要雨,下雨怎么就不方便了?

"阿尼生日那天最好别下雨。那天天气应该要好的,你觉得呢?"

"嗯,随便吧。"

詹妮斯开始长篇大论讲述她那天要穿什么衣服。我放下电话,走到冰箱旁边,倒了点儿冰水,喝掉,又倒了一些,再拿起电话。

"……所以你觉得怎么样？"

"嗯，好。"

"好？你只会说好？！"

"嗯……对啊，好是最棒的词啦。"

"把艾米给我找来！你是故意在伤我！"

"不，我其实是想说'不'。真的。"

她听着。"真不敢相信你说了'好'。你真是太迟钝了，弟弟。我还真是期待见到你呢。"接着她沉默了，我听到她抽烟的声音，"你听到我刚才的讽刺语气了吗？"

"嗯。"

"因为，吉尔伯特，你就算开车去了南达科他州，我也永远不知道你走了。"

我把电话摔到了地上，听到里面传来她微弱的声音，在尖叫："我！是！开！玩！笑！的！"电话被电话线吊着，听筒打着转。

下午四点，我把喷水器接好了。我穿着夏威夷短裤，站在下面，假装在底下玩。阿尼躲在无花果树后面看着。"真好玩啊！"我说。

阿尼没有动摇。

"真的一定要来试试，哦，天哪。"

他摇摇头。

我一边给他展示如何戏水，一边想起自己在卡佛家玩蹦床。卡佛夫人才离开两天而已。每当电话铃响起，我都希望是她，她向我宣布计划有变，她愿意让我住在圣路易斯。但我这么幻想是在骗谁呢？她不会打电话来了。

艾伦的朋友们送她回来，看见我浑身湿透，都哈哈哈地嘲笑我。艾伦下了辛迪·曼斯菲尔德妈妈的蓝色旅行车。女孩子们朝艾伦喊道:"再见!"她们按着喇叭挥着手,开走了。艾伦看着我身后说:"阿尼,快看看我给你买了什么。"她走进屋里。阿尼跟着她。

你忘了是用我挣的钱买的衣服,这话我差点儿就说出口了,喷水器继续让我淋雨。

"吉尔伯特?这周我很想你呢。"兰姆森先生一边说,一边帮我安放买的东西。

"嗯,先生。"

"你不在,我都没那么开心了。"

"我也一样。"

这是真话。到这周我才想明白,兰姆森杂货店是我的避难所,是我沙漠中的绿洲。

"兰姆森先生?"

"嗯,孩子。"

"在这儿工作,就像行走在月亮上。"

他看着我。他顿了顿,深呼吸,眼眶泛泪,抿着嘴。"哦,吉尔伯特,你真好。"他拿起一大桶花生酱,递给我,"给阿尼的。"

"哦,老板,你太客气了。"

我离开杂货店,那桶花生酱都要把我压垮了,结果发现贝琪坐在我的车盖上。她笑了,像一只小狗一样歪着头。我把装满东西的袋子放在车后面,说:"从我车上下来。"

"不!"

"下来,下来!"

"不!"

"这是我的车,是我的!从车盖上下来!"

"不!"

"妈的,从我的车盖上下来,下来,下来!"

贝琪摇了摇头,滑下来,往家里走。

"离远点儿,"我说,"离我的车盖远点儿!"

她转身朝着我,但还在走。"我不是不想亲你。我想的,但是……"

"但是什么?"

"如果你能看看你自己,看看你眼里的仇恨。如果你能看看……"

我蒙上耳朵。她走了。我立即爆发:"啊啊啊啊啊啊啊啊啊!!!"

我开到洗车的地方,用水冲了车盖。通常我会把整辆车也洗了,但是车后面装着我们家的口粮呢。

等我回到家,艾伦和艾米都在后院。阿尼还是没影儿。没人帮忙,我一个人把东西拿进屋。到了屋里,我看到妈妈已经醒了,自言自语:"我只想看着我儿子满十八岁……"

"我们知道的,妈妈。"

"我是在跟你说话吗?"

"我以为你是在。这儿只有我一个人。"

"吉尔伯特?"

"嗯?"我站在她面前,像观察动物园的动物那样研究着她。她的头发结成一块块的,她的皮肤就像漂过一样白。缺血。

"你以为我说话的时候,就一定是跟你说话吗?"

"不是。只不过是只有我……"

"你爸爸。"

"哈?"

"我在跟你爸爸说话。有时候我会这样。我还是很生他的气,气到我想杀了他。但是,你知道……"

"嗯，我知道。"

"那是他自找的。"她向前斜着身子，把硬硬的胳膊肘靠在摇晃的桌子上，"你知道，我跟你爸爸说话的时候，他跟我说什么吗？你知道他……"

"对不起，"我打断她，"对不起，我……"

"是的。他说对不起。"

妈妈坐了一会儿，用仿佛肿胀的手遮住脸。我说："哦，妈妈。"她又嘟囔了很多话。我听不清，因为她哭了。

最后，她鼓足了勇气，一字一顿地说："对，不，起，阿，尔，伯，特，也，回，不，来，了。没法撤销了，我们就成了这个样子。"

这些话悬在空气中，长久的沉默。我最终壮着胆子问："你是什么意思？"

"我的意思就是，我的孩子们想互相残杀；我的意思是，我的房子越来越凹陷。你注意到地板了吗？我相当于在慢慢铲着这个房子。"

"不，你没有。"

"你看地板啊，看那个弯曲的地方。"

"妈妈，你没有……"

"不要拣我爱听的说。看着我，吉尔伯特，告诉我实话。告诉我。"

我希望把一切言语都忘掉，我希望自己是个两岁小孩。

"说'邦妮·格雷普'，跟我说，吉尔伯特。"

我没有。

"你跟我说，年轻人！"

"好，好。"

"邦妮·格雷普……"

我老老实实地说："邦妮·格雷普……"

"是我的妈妈……"

"是我的妈妈……"

"我恨她。"

我停止重复。

"跟我说——我恨我妈妈。"

我转身往屋外走。

"吉尔伯特？吉尔伯特！"

"好，"我说，我看着她，怒视着她，"我恨你。深深地恨，彻底地恨。我，恨，你。"

妈妈的眼眶似乎涌出了热泪。她深深地长久地看着我。她以为我的恨会让她很开心，但其实她被击垮了。我看不下去了，快步走了出去。

我花了三小时在路上开车，喝了两罐啤酒，抽了一包烟，要努力忘掉这场对话。我失败了。

50

第二天早晨，大日子的前一天，妈妈完全不理我。但我也不会为昨晚的事道歉。是她想要的，我只是满足了她。她必须先自己消化一下。

是的，阿尼还是个泥球。

艾米继续装饰她的生日蛋糕。白色的奶油霜。阿尼喜欢奶油，所以她用了整整两罐。妈妈在看游戏竞赛节目，她很想赢，便把艾米叫到客厅。

她们猜的答案一个都不对。我研究着那个蛋糕，上面用绿色的大写字母写着："十八岁生日快乐，阿尼！"只等把蜡烛插上去了。

艾米跑到厨房里，摇着头："总有一天妈妈和我能赢点儿什么的。"

"嗯,"我说,"这个蛋糕赢了。"

她眯着眼睛看着我,带着批判的眼光,"你觉得啊?"

"这是你做得最好的蛋糕,是最完整的蛋糕,是你——那个词儿怎么说来着?雕塑的。"

"吉尔伯特……"

"吃这个蛋糕简直是犯罪,真的。把它切掉都是犯罪。"

"但是……"

"是的,但我们必须切。谁想吃这个蛋糕我们就端给谁。阿尼的那些朋友,詹妮斯,就连艾伦也可以吃。"

我拍了拍艾米被汗湿透的背。

几分钟过去了。

蛋糕已经接近完美。阿尼拿着一罐小蚱蜢跑了进来。我们不想让他提前看到蛋糕,艾米给了我一个"把阿尼弄走"的眼神。我很快堵住走廊说:"嘿,老弟……"

"怎么了?"他说,"怎么了怎么了怎么了?"

"咱们捉迷藏,怎么样?"

"不。"

"来嘛……"

阿尼感觉到我不允许他进厨房,想要从我腿中间爬过去。我用膝盖夹住他的头,把他困住了。

"吉尔伯特,吉尔伯特……"

妈妈听到他在挣扎,觉得肯定是我的错。她大吼道:"吉尔伯特,吉尔伯特。"我还没反应过来,艾米就已经站在我身后,身体在颤抖,也说着那个我们家最喜欢说的词,"吉尔伯特"。

我转身看艾米时,阿尼还在我的双腿间扭动。他一口咬住我大腿。我拽着他的脚踝把他吊起来。蚱蜢罐子掉了，往前门滚去。我放开阿尼，他扑住罐子，抬头看我。我指着门外说："出去，阿尼。出去。"妈妈已经尖叫起来了："我！只想！看着！儿子！满十八岁！这个！要求！不过分！吧？"阿尼带着他的蚱蜢跑出去了，妈妈暂时不叫了，点燃了一支烟。艾米招手让我回厨房，我伸出一根手指，让她"等一会儿"，然后往门外看。阿尼站在院子中间，正往无花果树干上撞头。我转身朝艾米走去，妈妈突然说："我儿子怎么样？"

"我很好。"我说。

"阿尼！阿，尼，怎么样？"

"他很好。"

"他在干什么？"

"在调整，妈妈。"我又看了一眼阿尼，看到他往邮箱那边去了。他把蚱蜢放好，迅速把金属门放下来，砍掉蚱蜢的头。

进了厨房，我看到艾米跪在地上，她面前的蛋糕摔在了地上，奶油霜飞溅得到处都是。

"我碰都没碰到，就是滑了一下，然后掉了。是慢慢地掉下来的，我接不住……现在……现在……我怎么办？"

我说了安慰她的话，"会有办法的""一切都会好的"之类的，结果越帮越忙。我正要建议说重新做一个蛋糕，艾米说："我做不出比这个更好的了。"

她说得对，她做不到更好了。

我问："那你想干什么？"

我就这么说吧，我这位大姐深深挖掘了自己的内心，鼓起了足够的勇气去恢复正常，然后打了"美食天地"的电话。她说话很稳，很清楚。她订蛋糕的时候，我一直畏畏缩缩的。挂掉电话之后，她说：

309.

"你一定要去烘焙区找简。七点就能拿蛋糕了。"

"我去?"

"本来该我去的,但我们要陪妈妈去美发店。"

"但是……"

"谢谢你,吉尔伯特。"

五分钟过去了,我就一直站在这里,站在厨房里,一动不动。我看着艾米拿一块抹布把厨房地上最后一块奶油霜擦干净。

我想清楚了,现在不是抗议的时候,赶紧把嘴里聚集的一大堆口水吞回去。

艾米说:"我知道你对'美食天地'的看法。"

我觉得她不知道。

"你能这么做真是太好了,"她亲了我的面颊,"真的很好。"

51

我在去地狱的路上。

开车穿过镇子的路上,我看到远处戴夫·艾伦的加油站。加点儿油还行。我慢慢开近,戴夫在喊什么,示意我停下来。我伸手关掉广播,听到"乒乓""叮叮"之类的声音。我一脚踩了刹车。戴夫的双臂几乎举到空中了,好像要投降。我慢慢地倒了下车,我不能相信。"乒乓""叮叮"。

"戴夫,这他妈的怎么……"

"你上次在这儿的时候我就想告诉你来着,区域经理……"

我迅速转了轮胎,车子"吱吱"着开了出去,经过管子时,我捂住了自己的耳朵。

巨大的字母闪烁着鲜红的霓虹灯光，每个字母都是我的三倍大。我那双脏鞋子踩在地垫上，自动门开了，我走进去，第一次感觉到，在"美食天地"脚会无力。我进来了，灯太亮了，地面太闪了，真受不了。我就像圣诞节的小孩，骨碌碌地转着眼睛。我暂时忘记了我的家、我的巨型妈妈和我的生活。我看到收银机不止两台，也不止六台，而是十二台。员工们都穿着红白蓝的制服。他们不时咧嘴微笑。音乐从音响系统中涌出。我走在一号过道上，店里的人们，数不清的人们，全都模糊成了一个梦。我看到十几种面包，一袋袋枣子和坚果。二号过道是罐头区，我能想象到的一切这里都有，货物充足，按照序列排好，有很清楚的标牌。我发现到处都是雇员。人们选择食物，把新鲜蔬菜装袋，在闪闪发亮的秤上称桃子。

我想起自己来这里的任务，赶紧去找烘焙区。

"嗯，我来这里领格雷普家订的蛋糕。"我一边说一边找负责蛋糕的简女士。

一头褐色卷发的男人转过身来，脸上全是汗，手指沾满了面粉。他的名牌上写着"简"。他说："格雷普家的蛋糕吗？"

"是的，格雷普。阿尼·格雷普，他十八岁生日快到了。"

糕点师简深呼吸了几下，眼珠子转来转去，努力回忆。

"好像也没多少蛋糕吧……"

简的目光射向我，头开始颤抖。"你说什么？"他说话发音比较含混，还有个女生的名字，真搞不懂，"你可别以为这个县就你们一家订蛋糕！"

他打开一个银色大冰箱，但开得很窄，很难看到里面。我往左边探了探，有那么一瞬间，看到里面只有一个盒子，剩下的就是空空的，发亮又干净。

简磨磨蹭蹭地检查了所有的架子，这边找找那边瞧瞧。他不知道我什么事情都清楚。终于，他把蛋糕拿出来，说："哦，这儿。"然后掀开盒盖让我看。

"挺好，"我对这个有白色奶油，写了绿色字母的蛋糕表示赞许，"可是忘了放蜡烛。"

"哦，天哪。"简捂住了嘴。

"十八根蜡烛，简，是我姐姐订的。"

"好的，先生。马上，等一秒钟。"

我不想看这个满怀歉意的烘焙师去弄蜡烛，于是在"美食天地"逛了逛。七号过道是幼儿玩具；八号过道有尿布和"特百惠"的各种产品；九号过道是果汁、汽水和速冻方便食品。逛十号过道时，我看到一双眼睛，惊讶的眼睛。

"吉尔伯特。"

"嗨。"

兰姆森先生站在我面前。

我们什么也没说，也没什么好说的。我们就在那儿站了一会儿，互相不看对方，但也不知道该往哪儿看。

"先生，我呢……阿尼的蛋糕……嗯……您看……"

兰姆森先生举起手表示不用说，所以我就闭了嘴。他咬了咬下嘴唇，然后嘴唇如同海浪一般翻出来，变成一个灿烂的微笑。"你看到那些龙虾了吗？"

"没有，先生。"

"一定得看看龙虾。我的天哪，太壮观了。还有麦片那一块儿……真是……嗯，我还从来没见过类似的呢……还有，冻橘子汁，不到一美元……所有的价格……他们所有的价格……吉尔伯特……这里很多东西都很便宜……而且……"

我又一次想解释蛋糕的事。兰姆森先生四下看了看，说："没必要解释，孩子。我们真的是被打败了。"

他推着空空的购物车，沿着十号过道离开。我看着他四处看看，慢慢地飘走，仔细研究各种产品。他穿着简单的法兰绒衬衫，蹬着上乘的棕色皮鞋，就这样离我越来越远，视觉上是变小了，但形象还是一样高大。

我脑子里不断回荡着一句话："真是美妙的惊喜。"

我数了绿色和白色的蜡烛，简把蛋糕转动了一下，好让我每一个角度都看一看，但把我弄糊涂了。"还行，"我说，"就还行。"

"你能说的就只是这个吗？你就只能想到这句话？"简有点儿被激怒了，上嘴唇开始滴汗。一滴汗流在蛋糕盒子上，白白的纸冒烟了。

我示意他关上盒子。简没有照办。"请你原谅我这么说，但是这个蛋糕绝对配得上比'还行'更高的称赞。这个蛋糕是'很好'。"

我掏出艾米给我的二十美元。蛋糕的价格是十四美元五美分，为了能快点儿走，我说："不用找了。"

简盖上盒盖，贴了胶带，为了保险起见，套了两层袋子，他微笑着，微笑着，微笑着。

我慢慢地走开了。

"祝你今天开心！"

我走到自动门附近，广播开始放《就这样吧》，有点儿像牙科诊所常常放的那一版。我努力忽略，但兰姆森先生的形象还是在我眼前不断闪现。他和我同时在这儿，互相盯着对方，彼此明白我们都屈服了，跑来舔美国的屁眼儿。

我从"美食天地"消失了。

家里留了张字条，对我和阿尼的晚饭做了安排。我把蛋糕放进

313.

冰箱，艾米专门在里面挪了个空位。我没有打开盒子。阿尼一遍遍地问："是什么？是什么？"我说："是惊喜。"我做了煎芝士三明治，给那孩子倒了一杯巧克力牛奶。

他吃着，嘴边逐渐形成了一圈黄澄澄的芝士，加在油渍、果冻、一块块的花生酱、星星点点的薯片、芝士泡芙、各种味道的"酷爱"、番茄酱和芥末之上。阿尼把自己画成了一幅抽象画。

阿尼和我正在看电视。女生们在下午五点半左右把妈妈装进了诺瓦。没人看见，因为她们把艾米的车开进了车库。六点，她们到了"恩多拉美人"。现在已经八点半了，她们还没回家。没有妈妈的屋里显得很不一样，感觉就像被释放，松了一口气。

电话铃响了，我走到厨房接电话。

"吉尔伯特，蛋糕拿了吧，啊？"

"拿了，艾米。"

"看着怎么样？肯定没我做的好，但是看着……"

"非常好，特别棒。"

"阿尼呢，阿尼怎么样？"

"他在看电视，艾米。阿尼特别好，好得不得了。"

"说出来你肯定不信，你不知道查理在这边做什么。她为妈妈做了很多事，全套的。面部泥膜，新发型，简易上妆。詹妮斯和艾伦特别认真地在旁边看，感觉是在上一堂美容课……"

我扫视了一眼厨房，处处都是勉力维持却失败的结果。油腻的台面，逐渐变黄的地板。美？客厅里，阿尼正在迅速地换台。我也可以跟艾米讲讲在"美食天地"遇到兰姆森先生，还有戴夫·艾伦的事。这些事情我一定要告诉她。我希望她知道我经历了怎样的一天，坚持下来对我来说有多么难。但艾米的声音里有节奏和韵律,很有精神,我不想打断她。

挂掉电话之前,她用唱歌一样的声音说:"如果你能把阿尼弄干净,我会永远爱你。"

"天哪,艾米,你别用唱的啊。"

"把他弄干净。"

"好。你别用唱的就行。"

我挂了电话。

"吉尔伯特,冰箱里是什么,什么东西嘛?"

"就是给阿尼的惊喜啊。"

"哦。"

阿尼坐在妈妈的椅子上。他往自己嘴里塞了一根烟,靠在椅子上,装作抽烟的样子。

"这对你不好。"

"什么?"

"抽烟。抽烟对你不好。"

"你也抽。"

"嗯,看看我现在变啥样儿了呀,哈?"

"嗯。"

我关掉电视。没什么好看的。自从兰斯大获全胜以后,电视和我的关系就回不到从前了。

"吉尔伯特。"

"怎么了,阿尼?"

"你在缩,是不是?"

"是。"

阿尼扭动着脚趾,说"吉尔伯特在缩",快速地说了五遍。

52

传来敲门声。

"谁呀?"我在纱门后面问,"谁——啊?"我打开前廊的灯。一阵微风送来某种香水一样的气味。"你出来吧。"一个声音说。

她从灌木丛后面走出来。

"嗯,"我说,"什么事?"这个密歇根女孩完全无视我语气里那种怀疑,她示意我出去。

"不可能。"

"过来,我有东西给你。"

"鬼扯。"

"来看看嘛。"

屋里的灯光投射在贝琪身上,制造了光影效果,让她看着跟天使似的。她又挥挥自己柔软的手,我飘出去,站在前廊上。"我有礼物给你。"她说。

我四处扫视,看着阿尼爱躲的灌木丛,看着无花果树,看着前面的灌木。"我什么也没看到。"

"等等。"她说着就消失在屋后。

我就站在前廊等她。我是吉尔伯特·格雷普。我二十四岁。我的生活没有方向没有未来。眼下就是证明。

"闭眼。"她喊道。

"不行,绝对不行。"

"就一秒钟,求你了,吉尔伯特。"

我没有理由不闭眼。"闭了。"我说。

我听到脚在走动,棍子断掉了,好像有东西朝我越来越近,我有点儿打寒战。

"我要看了。"我说。

"还没好,还没好。"

我感觉到一股温暖的能量涌来,周身被一股热气包围,她一定离我很近。我悄声说:"你到底要干吗?"

我感觉到她把手放在我额头上,然后摸了摸我的太阳穴,又轻轻地沿着我的胳膊往下。我感觉全身贯穿了一股温暖的气息,有热气在跳动。

"你在对我干什么?"

我正等着答案。贝琪说:"现在睁眼吧。"

一开始有点儿模糊,接着我看到近在咫尺的一张脸。一点点胡须,早早地有了皱纹,看上去一脸恐惧。我有点儿紧张地勉强笑了,那张脸也勉强笑了。我往旁边看去,贝琪正拿着一面大圆镜子,我看着的,就是自己的脸。

"看,你明白我的意思了吧。看你脸上的仇恨。"

我正要说"没看到",阿尼突然叫起来:"吉尔伯特,吉尔伯特!"

我转了转头,从镜子里去看他。他就站在我身后的门厅,下巴上全是奶油,一直到鼻子。

我伸出手掌打向镜子。贝琪往后退了几步,镜子掉在地上。我跳到镜子上,却没有破,连一丝裂痕都没有。阿尼咯咯笑着,贝琪一遍遍喊着我的名字。我没有叫她"闭嘴",也没有冲动愚蠢地去扇她,而是在屋子边上找到阿尼捡回来的一块大石头。我费劲地把石头举过头顶,松开手,但镜子还是没破。

"你破坏东西又于事无补。"

我看着这个女孩子,想用眼神杀了她。

"有更好的办法。想想更好的办法。"

阿尼说:"吉尔伯特越来越弱,越来越弱啊弱……"我转身看着他，坚决地指着屋里，"闭嘴！进去！"

阿尼摇头表示拒绝，舔着还藏了一点儿奶油的手掌心。"够了。"我边说边打开纱门，然后又摔上，把金属门闩给闩上了。

我关上前门之前，贝琪说："吉尔伯特。爱吉尔伯特。"

我把木门也关了，上了锁，抓住阿尼的手腕，检查他的手，还留着一些奶油。我拽着他走向厨房。

"哎哟，哎哟哟。"

冰箱里的蛋糕一看就是阿尼想重新装起来，但没成功。上面留下了一个男孩胖乎乎的手指印，他把大部分的奶油都挖了。阿尼一直扭来扭去，但我就是不放他。"你知道这蛋糕多少钱吗？你知道多少钱吗？你不懂。"我轻柔地说，"你知道你为什么不懂吗？"

阿尼正在奋力挣扎。

"嘿，你知道你为什么不懂吗？"

他狠狠地咬了我的手腕，我的左手狠狠打到他头的一侧。阿尼松开牙齿，倒在地上。他的头撞到了金属垃圾桶。

"哎哟哟哟哟哟。"

他摸着自己脏兮兮的后脑勺。他正要起来，我又稳准狠地往他身上踢了一脚。他往后飞去，头狠狠撞在地上。他发不出任何声音。他完全震惊了。接着他抽抽搭搭地哭泣起来。

"去浴缸，去浴缸。"

阿尼不动。我从他身上跨过去，拽着他的手，走过走廊，他的脚在乱踢，他的鞋在墙上蹭来蹭去。

到了楼梯口，我很坚决。"上楼。上楼。"

阿尼一动不动。

我拽着他，他迅速站起来。

"上楼。"

我推了推他,他就是不动。我开始捶打他的背。每一次都打得更厉害,直到他迈出一步。他停下来,我打得更狠。他又迈出一步,然后再来。

"哎哟,哎哟。"他说。

"走,阿尼。"

我拉开卫生间的门,把他硬塞进了浴缸。他就站在那儿,下嘴唇往外支着。

"脱。"我说。

"不。"

"你给我脱。"

"不!!!"

我开了水,把淋浴开关拉出来,水淋到他身上。阿尼不断甩着水,喊道:"哦哦哦哦哦哦!"我说:"可以的,阿尼!"

"不不不不不。"

"脱衣服,脱衣服!"

"有水,我不行……"

我按下淋浴开关,水从水龙头里出来。"脱!"

下面的水变成深褐色了。

"现在!"我尖叫道。

"吉尔伯特……"他拉起那件脏 T 恤,在头那边卡了一下,但还是脱了下来。他把裤子脱下来,但发现还穿着鞋,于是停下了。我伸手去帮他解鞋带,他飞出一口痰,吐在我脖子上。我把他的一只鞋脱下来,他又吐了口水。我拉了淋浴开关,水洒下来。他正要再吐,我狠狠地扇了他耳光,血从他鼻子里流出来,而我停不下来……阿尼倒在浴缸里,水洒下来。他想挡住我的手,但我动作很快,力道又大。他的头被打得前后晃荡,他说了句什么,一直等到我扇耳光的速度慢下来，关掉水，才听到他在说什么。

"我的眼睛。我的眼睛。我的眼睛。"

阿尼用双手捂住那只好的眼睛。血继续流着。他已经哭不出来，也不觉得痛了。他躺在那儿，内裤湿湿的，裤子刚刚脱到膝盖上，泥糊糊的手指放在脑袋上。我赶紧跑去拿冰块和毛巾。

冰块弄不出来，我在台面上狠狠地砸了几下冰盒，出来了几块。我抓起四块，又拿了毛巾，迅速上了楼。

"给你，阿尼。"

他往后一缩，吼道："不要！"

他鼻子里的血和脸上的土混在一起。

"妈的，妈的，"我说，"你至少把冰块拿过去，不要捂着你的眼睛。阿尼，你看得到，对吧？你的眼睛看得到，对吧？"

他放开双手，看着我，眨眨眼。

"你能看到，对吧？"

他点点头。

我花了二十分钟才让他平静下来，让他把冰块压在脸上。阿尼安静地上了床，算是干净了一半。我安静地站在他门口，听着他轻轻地抽泣。

我这小半辈子，一直都在说"不能打阿尼，没人能伤害阿尼"，现在，就这一晚上，一切都化为泡影，这么容易，这么快。

我对自己，已经超越了仇恨。

现在，他已经睡着了。我先把浴室的烂摊子收拾干净，洗了毛巾，把洒得到处都是的水弄干。然后我到楼下清理了厨房，从冰箱里拿出蛋糕。我找到之前的一罐奶油，把玻璃纸揭开，动手修补这个蛋糕。

53

午夜过后，两辆车的头灯离我们昏暗的房子越来越近。女生们咯咯笑着，我把着前门，妈妈蹒跚着走进来。她们身上都是不同的香水的味道。艾米和妈妈都做了新发型，妈妈烫了卷发，艾米的更碎、更蓬松。

"快看看你妈，"妈妈说，"只为了那个孩子和这一天。记住，只为那个孩子和这一天……"她看见我，不说话了，"你应该很恨我的新发型，是吧，吉尔伯特？"

"不。"我努力挤出一个字。

詹妮斯和艾伦从外面进来了。她们同时在说话，说什么"女孩子们"看起来有多美。詹妮斯建议我也剪个头发。"我有好用的剪刀。"她说她所有男朋友的头发都是她剪的。艾伦说也许有一天她也会去开一家美发店。詹妮斯好像有点儿担心，艾伦又保证说，她当然更想当空姐了，但还是多说了一句："想想那样该有多满足啊。"

"满足什么？"詹妮斯说。

"把丑变美。"

一切都停滞了片刻，太尴尬了。妈妈说："你这话什么意思？"

艾伦的目光四下躲闪，就连她自己也意识到刚才话里的含义。

艾米过来缓和气氛："没什么意思，妈妈。什么意思都没有，对吧？"

艾伦说："我什么意思都没有。"

妈妈说："嘿，你以为我不知道？去做这个发型是我们对时间的最大浪费。我看起来就像毛线卷！"

女生们都表示反对:"不是的,妈妈,不像。"

妈妈尖叫道:"我变得!更难看了!谁能想到!还有!这种!可能?"

我看着她们,每一句话都听得清楚,但满脑子想的却是阿尼。

妈妈在蓝色椅子上坐好。詹妮斯建议她去楼上睡,妈妈嘟囔了几句什么这是她的家她想睡在哪里就睡在哪里,就算长得丑也有权选择睡觉的地方。

詹妮斯说:"你不丑。"

"我丑,我是最丑的。没人会看见我,没人。"

艾伦和詹妮斯异口同声地说:"哦,妈妈。"

我逃进厨房,发现全新升级版的艾米很失望地看着"美食天地"的蛋糕。

"阿尼偷吃了。"我摆出一副愧疚的样子。

"这还想不到吗?"

我想告诉艾米自己对阿尼做了什么。我失控了,我打了阿尼,我下一步会干出什么来呢?我正要坦白,她开口了:"你喜欢我的新造型吗?"

她不像我熟悉的那个艾米。她的头发蓬蓬的,还打了发胶,上眼睑涂成了蓝色。她举起一个白色的包。"查理卖了很多化妆品啊,眼线笔之类的杂七杂八的东西,都卖给我们了。詹妮斯说,这些东西我们一定得有,所以我们就买了。"

艾米还在说话,我看着蛋糕,满脑子想的只有阿尼。"吉尔伯特,你走神了。"

"哦,对不起。"

"出什么事儿了吗?"

"没有。"

"谢谢你去拿蛋糕。对了,你把阿尼弄干净了没?"她问道。

我走上楼去,什么也没说。

艾伦和詹妮斯在前廊上说笑。妈妈坐在椅子上拉扯自己的头发。

"嘘,"我对女生们说,"他睡了。"

"谁睡了?"

"阿尼。"我说。

詹妮斯嘴里叼着一根那种棕色的烟,对我说:"你什么时候这么关心阿尼的幸福了?"艾伦吸了一口詹妮斯的烟,咳嗽起来。

一般来说,我会用俏皮话回过去。我会反击。但在今晚,也是很长时间以来的第一次,我感觉詹妮斯可能是对的。

"我只是开玩笑。"她喊道,接着,我又听到她跟艾伦说,"他今晚怎么了?"

我坐在自己房间里,一直等到她们都上床睡觉。

半夜,我的心里翻江倒海。忍不住了。我本来计划早晨要好好做顿早餐,放在那里等着阿尼。但我要去道歉,要去祈求他的原谅,才能睡得着。于是我往他的房间走去。我看着门上的牌子上写的"阿尼的地盘",把门推开,小心躲过他的玩具走过去。他的房间很黑暗,我伸手去够他的床垫,发现窗户是打开的,开得很大。他不在上铺,也不在下铺。他没有藏在衣柜里。我望着窗外。他要么是爬出去的,要么是掉下去的。

天哪,阿尼不见了。

我迅速跑回房间穿好鞋子。妈妈还坐在楼下,开着电视。她在嘟囔着什么,是梦话。

我在院子里转来转去,悄声喊着:"阿尼!阿尼!"我去看了蹦床,还有柳树下的秋千。

我开车在每条街上转来转去，还去水塔那边看了，都没找到阿尼。我经过广场上的内战大炮，再回到水塔。我喊他的名字，回答我的只有微风。我的双手在颤抖，开车上了公路，看他是不是要搭车去公墓。有一次我们就是在那里找到他的。他在爸爸的坟上上蹿下跳的。他跟我们说，是想要"叫他起床"。他一点儿踪迹都没有。我又开车去了铁路和那座废弃的桥。

我实在不知道该去哪里找了。我想象了所有可能发生的事情。被车撞了，可能从水塔上掉下来了，或者在一片玉米地里走失了。

在南边的信号灯前，我听到水流声。我下了车，跑到路对面，发动机没熄火，头灯也亮着。我离恩多拉镇游泳池还有不到五十米的距离，就听到水飞溅的声音，阿尼在说："不要。不要！"

水面上发着幽幽的蓝光。我从围栏外面望，辨认得出是贝琪，只穿着内衣内裤。阿尼坐在救生员的椅子上。他还穿着超人的睡衣，但没配斗篷。贝琪正在拍水玩水，头发扎成马尾。他们没有看见我。我用手抓住链条栏杆，看着贝琪伸出双臂。她说："你能做到的，阿尼，你可以。"

"不。不不不不不。"

"还记得我跟你说过什么吗？"

他点点头。

"不想发生那样的事，对吧？"

阿尼慢慢站起来，大喊了一声。他像跳水，但更像是掉下去的。碰到水面时，溅起巨大的水花。

他刨着水，贝琪为他鼓掌。

阿尼身上剩下的泥土慢慢被洗干净。我这边开始了。情绪涌上来，我的双眼感到灼痛，感觉就像一块块冰正顺着脸滚落下来，滚啊滚啊滚啊。我对自己说，需要雨刷器。

我走回卡车旁,关上车灯,熄了引擎,坐在车里,车窗没关。我咬着嘴唇,感觉自己的泪水轻而易举就被吞了进去。我听着水花声、笑声和阿尼的尖叫声:"我是一条鱼,我是一条鱼。"

我坐在车里,看着贝琪和阿尼爬过栏杆往回走。她在他头上搭了一块毛巾。他看着就像刚打完一场比赛的拳击手。我把卡车开过去,眼睛肯定又红又肿。我问:"要搭车吗?"

贝琪一副惊讶的样子。也许这是我第一次出其不意地找她。阿尼的脸和身体前所未有地干净,他捂住嘴巴,掩饰自己的笑。

我打开副驾驶的门。他朝我跳过来,伸出双臂抱住我的背,亲了我的脖子。

"吉尔伯特,吉尔伯特。"

我们互相拥抱,感觉就像在比谁抱得更紧似的。阿尼要么是把之前的事情忘了,要么就是很宽容大度。

他坐在卡车后面,贝琪和我一起坐在前面。

"你怎么……你怎么……"

"他在主路上跑。我在外面散步。"

"但是……"

"但是什么?"

"你是怎么让他……"

"挺简单的。我告诉他,要是他不那啥,你就要离开恩多拉……"

"哦。"

"他爱你,吉尔伯特。"

"嗯。"这个我知道。她难道不知道我知道吗?

"你也爱他。"

我脚踩刹车,停了下来。阿尼敲了敲后窗。"嗯。"我说。她伸手盖住我的手。

"我渴了!"车厢里的阿尼吼道。

我在"恩多拉长队"停车,去给阿尼买汽水。他在前廊上喝,还没喝完就睡着了。

"我去去就来。"我说。我把他抱到楼上的卧室,爸爸以前也这么抱我。

贝琪和我坐在前廊上,她说她不困。我说:"太阳马上就要出来了。"她那包烟还剩一根。我进屋去借了妈妈的火柴,我们一起抽这根烟。我俩坐在我家前廊上,屋里的每个人都在睡觉,我突然想起来:"阿尼的生日到了。"

"是啊,"贝琪说,"他的生日到了。"

第六部分

54

贝琪和我,我们聊了一会儿。我开车送她回家,太阳升起来的时候,我还坐在前廊上。

我肯定是睡着了,因为有人迅速地戳我脑门,把我弄醒了。"好啦,我醒啦!"

我睁开眼睛,看见他似笑非笑的脸,浑身散发着须后水的味道,头发还是湿湿的,肯定是在附近某家汽车旅店冲了澡。他进屋去,喊道:"早饭吃什么?"

"我不知道,拉里。"

"大家都去哪儿了?"

"还在睡觉。"我跟着他进去了。

"闻着味道没变。"

我听不出来拉里觉得这到底是好是坏。当然,我们家这个味道啊,就算可能会引起一些怀旧的情绪,但也算不上是好闻的。

还是一大清早。拉里在楼下走了一圈,观察着妈妈,鼓着自己的腮帮子说明她现在有多胖。接着他说:"帮我把车上的东西拿下来。"于是我们来到他的车旁,里面塞满了礼物,各种不同形状的盒子,包装得很好,看起来就很贵的样子。

现在,客厅里差不多摆了十六至十八个盒子。

我说:"你今年又超越了自己。阿尼要死了。"

"不好玩。"

"一个说法而已。"

拉里蹲下来。他穿着棕色的涤纶裤、棕色的鞋子、黄色衬衫,戴着棕色领带,皮带也是棕色的。他看着这些礼物,露出一丝笑容。他肯定是在想象阿尼脸上的表情。

"那孩子会尖叫的。"我说。

拉里一直四处张望,好像我不存在似的,好像这屋子里就他一个人似的。我刚要说"喂",他就站起来了,拍拍裤子,走到外面上了车。他开车走了,没说什么"再见"或者"一会儿回来"的话。

我又回到后院,坐在秋千上。这是拉里的秋千。他弄的。我还记得他以前会推我。

一个小时之后,艾米敲了敲厨房的窗户。她招手叫我进去。

"我去看了阿尼,他好干净啊。我差点儿都认不出来了。谢谢你,谢谢你,谢谢你!"

我带艾米进了客厅,给她看那一堆礼物。"拉里来过了。"

"天哪,快去把阿尼叫醒。"

"让他多睡会儿。"

"把他叫醒,今天是他的大日子。"

"让他多睡会儿。"

我很坚决,艾米做出投降的姿势:"你赢了。"

又过了一会儿,艾伦和詹妮斯站在前廊上,妈妈醒了。今天没有看电视,改成看阿尼的那堆礼物。拉里送的礼物。他想用这些来弥补一年的缺席。

我正在装饰后院,拉里开车回来了。他站在车前,双臂充满期待地张开,喊道:"阿尼,阿尼!你哥哥,你最喜欢的哥哥回来了。"

阿尼跳着来到前廊上，扑进他怀里。阿尼被收买了。

我听到詹妮斯和艾伦在"呜哇哇"地感叹阿尼多干净，看着多帅。妈妈也是。妈妈尖叫起来了，她特别开心。

我一直在装饰，把气球绑在蹦床的边上。我戳破一个气球，四下看看，有没有人听到，有没有人注意到。

派对上的活动从一点到三点，到三点，就上蛋糕和冰激凌。三点半，计划放猫王早期的歌，大家一起跟着跳。这是艾米计划的，但我觉得，一群智障跳来跳去的，也太引人注目了。一个智障也就算了，但一群这样的人，把屋顶掀翻也说不定。

塔克尔打电话来说，他本想来看看的。"但这周正好是开业大酬宾，我这个经理助理事情特别多。我得跟你告假。"

大约中午的时候，妈妈进了厕所，到现在还没出来。

我敲了敲厕所的门。"所有客人都到了，还有他们的父母、邻居。咱们后院有五十个人，妈妈。艾米说你想在屋里看。嗯，反正就这样，无所谓。这个派对很成功，在恩多拉算是很棒的了。麦琪·威尔森帮《恩多拉快报》拍了几张照片。只是在太阳底下，蛋糕开始化了，你得出来了，妈妈。妈妈？"

她把门拉开，眼睛红红的。我说："你还好吗？"

"吉尔伯特，我每天都在向上帝祈祷。我只祈祷一件事情，让我的阿尼多活一些日子，让我看到这一天……"

"我明白。"

"让我说完。我向上帝那个老混蛋祈祷，我说：'让我看到我儿子满十八岁，我就原谅你。'现在，我已经原谅他了。现在，我要吃点儿蛋糕了。"她从门口挤出来，我赶紧让开路，不想被压扁了。她粗重地呼吸着，那条帐篷一样的裙子，后背已经被汗湿透了，她的脚跋拉着拉里的一双拖鞋。她蹒跚地走到后门边，望着外面正在举行的热闹的派对。妈妈不会公开露面，但人们都感觉到她在看；他们都知道她在这儿。就算看不到她，他们也知道，邦妮·格雷普表示很满意。

她看着孩子们在蹦床上跳来跳去，父母们站在一边欢呼着，邻居的孩子在骑单车，而我看着她。"兰姆森先生刚刚送来一样礼物。他正在向你招手呢，妈妈。"她往后退了几步，躲得更远了。我打开门喊道："谢谢您，兰姆森先生，妈妈向您问好！"他点点头，微笑着，拍了拍阿尼的背。兰姆森先生走向他的妻子和他们的道奇达特。

我大喊："蛋糕！蛋糕！"孩子们都跑过来了。其实，这些人不能算孩子了。有些人比我都要大。其中一个叫桑尼的，已经三十五岁了。他的牙齿几乎掉光了，走起路来也有点儿跛，脸还会一阵阵地抽搐。他妈妈肯定七十岁了，朝他吼着，让他过去吃蛋糕。"你喜欢吃蛋糕的啊，桑尼，"她说，"你最爱吃蛋糕了。"

除了家人之外，只有桑尼的妈妈能进屋去看妈妈。她俩很早以前就是好朋友。

孩子们聚在一起，艾米把蛋糕点上蜡烛拿出来。阿尼吹了五次，才把蜡烛吹灭，孩子们都蹦蹦跳跳的。我看着后门，看到妈妈站在阴影中，微笑着，安静地看着。她没什么可说的。一直到艾伦想要在窗户那头给妈妈拍照，她才开了口，朝艾伦挥挥手，吼道："不拍照！不要！"

艾伦哈哈大笑，以为妈妈在开玩笑。"哎哟，谁不喜欢拍照啊。"
詹妮斯说："说，茄子，妈妈。"
妈妈示意我阻止艾伦。所以，艾伦打开门拍照时，我伸手去抢相机，结果把她推倒了。我把相机从她手上抢了下来。这些人都停止了尖叫和蹦跳，看着我把自己的妹妹推倒在地。

艾伦悄声说："也就是这样你才能得逞，是吧，吉尔伯特？"

拉里旁观着这一切，仿佛在看电影，好像他无论说什么做什么都于事无补。他看着好像很喜欢眼前这一出戏。我倒是很想卖他点儿爆米花。我很想朝他大吼一声"这不是在看电影"。

妈妈敲了敲厨房的窗户，她想吃蛋糕，艾米切了很大一块，拿去给她。

阿尼只吃奶油，他还想偷里卡的那块。里卡九岁，也是智障，头巨大，有点儿隆起。她妈妈想让阿尼离远点儿。这一切就在蹦床旁边，在拉里眼前发生，他没有做出任何行动加以阻止，所以我从吵闹的孩子中间挤过去，来到阿尼和里卡打架的地方。我把阿尼拉开，说："不行，阿尼，不行。"

"奶油。奶油！"

"不，"我说，"那是给里卡的。"

阿尼转身看着拉里，他只给了他一个同情的拥抱。我看着我这位大哥，咱们家的"顶梁柱"，心想，有些人啊……

艾米拿出一袋子派对礼物，阿尼以为这些礼物都是给他的。艾米说，他已经拆了礼物了，这些都是给客人们的。

几个晚上前，我们为这些孩子包了糖果、棒棒糖和塑料玩具。艾米说，这是体面的、礼貌的人应该做的。这样别的孩子才不会觉得被冷落。

阿尼再次抗议，艾米复述了一遍他的所有礼物。他总算是记起来了，暂时平静下来。

今天早上，阿尼打开了家人送的礼物。当然，他先打开的是拉里的礼物，一共有十七个盒子。是一辆巨大的火车，每个盒子里都有一截车厢什么的。他们在地下室组装，当客人们来的时候，阿尼已经厌倦了。詹妮斯给了他一张证书，可以带一个朋友飞往北美境内的任何地方。艾伦开始参加竞选,想成为这个幸运儿。艾米给他做了一套新的睡衣,我给了他一个小猪存钱罐和十八枚银闪闪的一美元硬币。妈妈给了他生命,反正她自己是这么说的,她还告诉艾米,如果这都不够,她也不知道怎么才叫够。她还给了他一个拥抱和一个吻。

孩子们打开了派对的赠礼,把里面的巧克力吃了,不安分起来。"我想不出什么办法了。"我对艾米说。突然间詹妮斯举起手,发问:"有人想坐飞机吗?"

客人们都说"好""好啊""我我我"。

艾米和我被指派去搬凳子和椅子。艾伦和詹妮斯让大家排成排。阿尼是飞行员,其他人坐在位子上,朝家人挥手。詹妮斯开始进行飞行须知讲解,艾伦做动作展示。

艾米问我:"是不是很棒?"

我看着整个后院,有人在围观,到处都是蛋糕盘和包装纸,孩子们假装他们在飞,妈妈在里面看着,脸压在窗户上,我无话可说。

"是不是很棒?"艾米又说了一遍。

"呃。很棒。"

55

下午四点十五分,只有三个客人没走。艾米在厨房里忙活。拉里和詹妮斯在前廊。艾伦到处跑着,为派对做记录。这一整天她都在给我左边右边的人拍照,但绝不拍我。我什么也没说,假装不在乎。

我在楼下的厕所里翻找创可贴。我找到了那个盒子,拿出一个大小合适的。桑尼在人行道上的商行把手指关节刮破了,急救的职责得我来承担。

我给桑尼贴好创可贴。艾米说:"天哪,那些孩子还真是跑得快呢。"

"嗯。"我说。

"派对没那么烂,对不对?"

于是我开始情绪饱满而长篇大论地评说这个派对获得了多么大的成功,孩子们玩得很高兴,开心极了。他们在派对预计结束时间之前的一小时离开了,不是因为不好玩。"艾米,"我说,"这些孩子玩得太开心了。他们快要爆炸了,所以他们得赶紧回家过普通的生活。太开心了就会爆炸的。"只是我对"太开心"这个概念并不是很了解。

剩下的几个孩子尖叫着:"吉尔伯特,吉尔伯特。"我又去了后院。我想出一个特别棒的游戏,每个人都能轮到,只要轮到了就跳十五下,再换下一个。只有我会数数,所以赢得了他们的尊重。

"吉尔伯特,艾米叫你去厨房。"艾伦手里拿着照相机,转达了这个消息。

我差点儿要说"给我拍照",但只是告诉孩子们,先别跳了,歇一歇。

我往后门冲刺,飞一般地进了厨房,因为孩子们像合唱一样大喊:"快快快!"

"蹦床很成功啊。"我告诉艾米,跑得有点儿上气不接下气,鼻子和脖子因为一直被太阳晒着,有灼热感。

"我很高兴。"艾米已经收拾了一些塑料盘子和剩菜了,她好像一直在帮别人收拾烂摊子,"吉尔伯特,打起精神来。"

"嗯,好。"我开玩笑地用手去抓橙色的台面,假装在收拾东西。

"我是认真的,有消息要告诉你。"

"嗯?"

"对。"艾米一脸严肃又坚定的样子。

"死人啦?"

"没有。吉尔伯特?"艾米这种怪异的沉默让我有些担心。我抓住柜台,手指都变白了。

"这是阿尼想要的,今天是他的生日,所以他想要什么,我们就满足他。所以,晚饭,我们要去……所有人都去……我们需要你出现,要求你出现。所以,谢谢了,我最喜欢的弟弟。"

她走过来亲我的脸颊。

"不,"我说,"不可能。"

妈妈正在客厅里跟桑尼的妈妈聊天,聊的也应该是这些孩子的妈妈会聊的话题。妈妈喊道:"听桑尼妈妈说。"

桑尼的妈妈把头探进厨房,她的假牙有点儿松了,即使最简单的句子也要费很大力气才能说出来。"桑尼和我第一次去了谷仓。昨天。吃早午餐。"

早午餐?她肯定是在逗我吧。

桑尼的妈妈舔舔嘴唇,用长满汗毛的手捋了捋自己那蓝幽幽的头发。

"我就这么说吧,吉尔伯特,"她倒是把我的名字叫得别有风味,"我没吃过那么好吃的汉堡,从来没有。"

"听到了吗?"妈妈尖叫道,"最好吃的汉堡。"

"还有,"桑尼的妈妈继续说,"不要以为我胃口小,吃到好的汉堡也感觉不出来。这些汉堡,我向你们保证,一定是最好的。"

艾米看着我,好像我别无选择。

孩子们继续喊着"快快快",已经逐渐变成尖叫了。艾伦出其不意地拍了一张照片,艾米站在那里,还有我的后脑勺。闪光灯让艾米快瞎了,我把艾伦推到一边,走了出去。

孩子们看见我了,欢呼起来。开始哀求下一个选自己。

我把里奇和脑袋凸出的里卡推开,说:"该我了。"

我开始跳。

我跳得很高,孩子们看着都停止了抱怨。他们很崇拜吉尔伯特·格雷普能达到那样的高度,他们崇拜地大张着嘴,下巴快掉了。

艾米站在野餐桌旁,在牛仔裤上擦着手。她摇摇头,说了几句话。我慢下来,跪在蹦床上,滚了几圈,然后问艾米:"什么?"

她做了"谷仓汉堡"的口型,然后伸出一只手指指着我。她点着头,很肯定自己已经赢了。

艾米开着她的诺瓦,阿尼坐在宽敞的后座上,一路上都在蹦跳。拉里开车。艾伦坐中间。詹妮斯坐右边,她把她的棕色烟举在车窗外面。妈妈已经对艾米下达了命令,她会在家里等着,我们会把她要吃的东西带回家。

我开着自己的卡车,慢慢地跟着他们。

他们一路上遇到的三个信号灯都是绿灯。我开得慢,刚好在戴夫·艾伦的加油站前遇到红灯停下来。戴夫正在检查一辆普利茅斯的油箱。他看见我,象征性地挥了挥手。我看向另一边,等着变绿灯。

我在谷仓汉堡找停车位花了一会儿时间。他们已经进去了。这个地方生意真好,我希望这儿坐不下格雷普一家,这样我们就不得不去别的地方,最好回家。

我推开门,这个门专门设计成《荒野大镖客》里面那种西部风格。就是你推门进去,门会自动弹回去的那种。但我推开门,没有自动弹回去,所以,也不知道谷仓汉堡的这些人以为自己在骗谁。

我看着一群群的家人和孩子,并没看到自家人。不过,在餐厅的那头,塔克尔·范·代克就站在那里,穿着蓝色涤纶裤子、橙蓝相间的衬衫。我注意到他的名牌，上面用大写字母写了"经理助理"。他朝我竖起大拇指，然后用头指指自己的右边。我朝他走过去，大家吃饭和点餐的声音太大太吵了，我走得越近，他的笑容就越灿烂。

我差点儿想说"塔克尔，够了"，但我什么也没说，只是回报他一个微笑。就连对他，我也要管住自己的嘴。

"你看。"他指着餐厅的一个角落，那儿挂了一个牌子，写着："阿尼·格雷普和朋友们预留"。

我走到家人们坐的地方，他们都抬头看我。拉里、詹妮斯和艾伦坐在一边，艾米和阿尼坐在另一边，我得挤进去。

塔克尔走过来，对我们所有人说："你们得去排队点餐。但是，今天是阿尼的好日子，店长特别请你们享用谷仓汉堡最好的服务。这位是麦琪。"他宣布。麦琪，十四岁，六年级，艾伦说她留了两级。她拿着笔记本，准备记录每个人点的餐。

艾米开始读妈妈点的东西。麦琪写得很快。艾米说完之后，麦琪转过身，走向厨房。

"麦琪。"我只能叫住她。

她停下来。

"你还得记下别人点的餐，刚才那些是给我妈妈的，我们走的时候要打包。"

有那么一会儿，麦琪有点儿糊涂，但接着就想清楚了。她又点了其他人的单。等点到我时，我摇摇头。

艾伦大声说："吉尔伯特，点餐。"

拉里说："我请。"

艾米说："你一定得尝尝筒仓薯条，要么来一杯奶昔。"

我点了"白开水"，大家都气得不得了。艾伦朝詹妮斯说了几句悄悄话，詹妮斯看着我的衬衫，然后又看了我的脸，咯咯笑起来。拉里帮詹妮斯点了烟,她朝我这边喷了口烟,"我什么都不会吃的。"我说。

* * *

吃的端上来了,大家都吃起来,好像每一口都要"哇呜"一下。我一直听着他们说"好吃好吃",肯定是故意要让我后悔不吃东西的,我很清楚。

我还记得贝琪说过,"后悔"是最丑陋的词。

之后就是"家庭"。"家庭"也是很糟糕的词。

"我不后悔。"我说,真希望没有说出口。

詹妮斯喷了一些香草奶昔出来,艾伦吃薯条差点儿噎住了。拉里看着我,就像从来没听过"后悔"这个词。阿尼在桌子下面,因为他弄掉了一片酸黄瓜。艾米正在吃第三个汉堡。只有她在微笑。她下了决心,一定要把今天过成这辈子最美好的日子。

有个声音突然通过麦克风说道:"各位朋友,谷仓汉堡非常自豪地宣布,就在此时此刻,我们的生日厅,格雷普一家在庆祝阿尼·格雷普的十八岁生日。所以呀,咱们这个谷仓里的所有人,请和我们一起唱《生日快乐》。"

塔克尔站在一角,手里拿着一个奶牛形状的蛋糕,很多谷仓汉堡的员工,还有一群顾客纷纷响应。他们站起来,唱了一首走调却很真诚的《生日快乐》。阿尼伸出双手捂住笑得合不拢的嘴。

艾米泪流满面,詹妮斯和艾伦跟着唱起来,拉里还是看着,一副事不关己的样子。

我必须得说,真没料到还有这一招。唱歌的大概有五十人,阿尼开始尖叫，把手指都塞进蛋糕里，没人介意。要是妈妈在这里，肯定会很高兴的。

大家一遍遍地唱，阿尼数到三，把蜡烛吹灭了。

这是今天的第二个蛋糕，艾米来切，大家都吃了。她递给我一块，我接过来，吃了两口。

但我必须得离席。我走到大家点餐的地方，把塔克尔招呼到一边。"谢谢。"我说。

"别谢谢我，"他说，"谢谢谷仓汉堡。我只是执行他们的远见。谷仓汉堡就是这样的风格。"

塔克尔还要说什么，却发现我眼睛里已经全是泪水。他说："怎么了？出什么事儿了？"

他把我拉进一个员工专用的门。我站在他们炸薯条的地方。我的背在颤抖，双手一直捂着脸，别的员工都小心地从我身边绕过去。

塔克尔一句话也没说。他就让我站在那里，避开大家的目光。

"昨晚开始的，我，呃，停不下来。我觉得很傻，"我说，"很傻。"之后，我感谢了他。

他说："这是我的工作。"

我找他要纸巾。他递给我一沓谷仓汉堡的餐巾纸，我把眼睛周围擦干。

56

在谷仓汉堡吃完饭，我们开车回家。拉里、詹妮斯和艾伦那辆车开在前面，接着是艾米的诺瓦，阿尼坐在后座。

到了我们那条街的街口，艾米把左臂伸出窗外，在空中竖了个大拇指。

回到家，女生们都进屋去，把妈妈要吃的东西拿给她。阿尼在家里的车库找到一个旧的门球槌。他转着圈，不断去捶土上或者水泥地裂缝里的那一群群蚂蚁。

拉里和我在后院看着蹦床。我坐在上面，他走到秋千旁，拉了拉绳子，看受力如何。"嗯。"他说。

"秋千怎么样？"我问。

拉里又看了一会儿，可能这一个秋千并不值得他看那么久。接着他又看看我，挠挠头，自顾自地大笑起来，又往上看了十几米，那里，绳子绑在树枝上。

"拉里？"

"嗯。"

"秋千，怎么……样？"

他深吸了一口气说："还蛮结实的。"他坐上去，往上看。

"我还记得你爬到上面的那天，我四年级，你已经是高年级的大孩子了。妈妈说让你别冒险，艾米觉得你肯定会受伤，但你还是做了。你还记得大家都说不可能吗？但你做到了。你还记得吗？"

"不记得。"

"不可能啊，还有晚上，你拿着手电筒熬夜，守着这个秋千，不让邻居的孩子偷偷溜过来免费坐秋千……"

"不记得了。"

"你都想不起来了？"

拉里摇摇头，示意我从蹦床上下来。他脱掉棕色皮鞋，爬到中间去。

"你不想换换衣服吗？不可能穿着这样的西服衬衫，打着领带，跑到蹦床上来跳。拉里，我有几件短袖和短裤。"

拉里还是不回答我。他站起来，踮踮脚，又放下了。他重复了好几次，一直没能跳起来。"傻。"

"哈？"我说。

"蹦床真是傻。"

"但是你要跳，要跳到空中去。"

"我跳了啊。"

"你没有。"

拉里继续用脚趾一上一下地动着。

"跳！"我尖叫起来。

拉里跳了，是因为害怕。他差点儿就摔倒了，赶紧伸出胳膊寻找平衡。拉里气坏了。我哈哈大笑，这可能是很久很久以来我第一次笑这个哥哥。

"我能把你揍得很惨，吉尔伯特。"

"嗯，我知道啊。"

"所以你给我闭嘴。"

"跳！"

这次拉里不动了，阿尼尖叫着绕着房子打转，像袋鼠一样跳着。他往我们这边跳过来，下巴上面糊着番茄酱，嘴上还沾着一块腌黄瓜。

"天哪，给那孩子拿张纸。"拉里说。

"嘿，阿尼，你知道'牙线'这种东西吗？"

阿尼不跳了，说："天哪，你们这些人啊，天哪。"

拉里坐在蹦床上。跳蹦床这事儿他是受不了的。他和我一样害怕，和所有人一样害怕，就算他永远不会承认。

太阳落到树后面去了，天色越来越暗，今天，这个好日子，快要过完了。

艾伦站在前廊上，招手让我们过去。

"什么事儿？"我喊道。

她更疯狂地招手。

"有事。"拉里说完,穿上鞋,往屋里走。阿尼跟在他后面。我靠在蹦床上,直到他们上了前廊的台阶,才不情不愿地跟了过去。

我隔着纱门听到屋里有人在说:"哦,妈妈,你可以的。很好,妈妈。"

妈妈踏上了第三级台阶。她低头看着路,很小心,每一步都踏得很准。詹妮斯在她前面,倒着走,哄着她往上走。"很好,很好。"拉里和艾伦跟在她身后走着,伸着胳膊接住她,好像接得住似的。要是她真的掉下来,他俩肯定会被砸死的。我什么忙也帮不上,真的。我说了几声"妈妈真棒",又喊了几声"你能行的"。但我的嘴大部分时间就那么张着,头不由自主地摇着。

本来嘛,走楼梯,是多么自然的事情。然而,此时的我举起手臂,研究妈妈一旦摔下来该选择哪条逃生路线。我站在拉里和艾米身后,所以我逃生的机会最大。阿尼走进客厅,捶着电视的顶部。

* * *

妈妈走到一半,说:"我不行了。"

"你都上到一半了。"拉里说。

"谁说的?"妈妈很震惊。

"拉里说的。"詹妮斯说。

"不,"妈妈说,"拉里?拉里说话了?"

"嗯。"艾米说。

"拉里,我的儿子,劳伦斯·阿尔伯特·格雷普[①],和他的妈妈说

[①] 拉里是劳伦斯的昵称。

343.

话了?"

"这有什么啊?"拉里问。

妈妈发出声音,如果不是她喘不上气来,那应该是一声大笑。

"我一直……"妈妈完全喘不过气来,话都说不出来,"我又有了……"她深吸了一口气,一定要把话说完,"我又有了力量。"

拉里、艾米和我推着妈妈,詹妮斯和艾伦在上面拉。她终于登上了最后一级台阶。她走到自己的房间,应该是好多年没见了,至少好多个月没见了。妈妈躺在床上,我们还没来得及给她递烟,她就睡着了。

我们打开窗户上的两个扇子,让她好好休息。艾米从自己的房间拿来手摇铃。上学的时候她会摇这个铃铛表示课间休息结束。她把铃铛放在妈妈的床头柜上。要是妈妈需要,就可以摇铃,艾米,我,或者别的人就会迅速跑来。

57

拉里在厨房里听艾米讲话,还拿着支票本。好现象。楼上,我把耳朵贴在艾伦的门上,依稀听到詹妮斯在描述自己那些冒险的经历。两个女孩子咯咯笑着,非常有女生的特点。我去看了一下妈妈,看到她睡得很好,轻轻打着鼾,在美发店烫的卷发压在羽毛枕上。

我回到楼下,看到艾米一脸伤心的样子。我说:"为什么这么不开心啊,哈?"

她说:"你看我的头发,睡一晚上就变得这么难看了。只有查理在弄的时候才好看。永远不会……"

她继续说着。拉里微笑着填写支票。

我从后窗看出去,看到阿尼在蹦床的弹簧之间塞着旧床单。我走到后院,朝他喊:"阿尼,你在干吗呢?修堡垒吗?"他从一张床单后面探出头来,摇摇头,我说,"那干吗啊?你在干吗?"

"天哪,吉尔伯特。天哪,你很笨。"

我朝他走过去,说:"嗯,我知道。在这些事情上我反应确实很慢。你在做什么?"

"一架火箭。"

"哦,你要去哪儿呀?"

"不说。"

"好吧。"

"去找……"

"去找什么?"

"找阿尔伯特。"

这话让我定住了。我爬到床单下面,看着阿尼做他的火箭。我对阿尼说,爸爸今天不在这里,真是错过了很多东西。"他很为你感到骄傲。他会喜欢你所有的朋友,还有镇上那些人。他真是错过了很多。"

"是啊。"阿尼说。

"他没有了解阿尼·格雷普,真是遗憾。"

"嗯,是啊,他真的错过了很多,对。"

艾米和我清扫了楼下,詹妮斯小心地取下横幅和生日的各种标识。"明年还能用。"

已经在说明年的事儿了。我想说,"我们先把今年、今天过好行吗",但这话一点儿也不像我所说的,感觉像贝琪说的,所以我就说:"好主意,詹妮斯。"

"你刚才说什么?"

"我说,好主意。"詹妮斯手里拿着一摞派对帽,一脸困惑,"把装饰品存下来是个好主意,詹妮斯。就这个意思。"

"艾米?"

"嗯?"

"吉尔伯特,我们的兄弟,你认识的吧,就那个吉尔伯特?"

"嗯,我认识他。"

"他刚刚表扬了我。你相信吗?"

"嗯,我相信啊。"

"吉尔伯特!表扬了!我!我现在!死了!也不!后悔了!死了!也不!后悔了!"

"嘘,"我说,"有人在睡觉呢。"

詹妮斯往前廊走去,拿起包,掏出那包棕色烟和一个打火机。

"还剩了一点儿蛋糕。"艾米喊道。

"不用了,谢谢。"

"哎呀,麻烦你们了,帮我把这些吃了吧。趁妈妈醒过来之前,我们把它们都解决了。"艾米递给我满满的两盘,说,"小点儿的那块是给詹妮斯的。"艾米给阿尼和拉里都切了一块,出去递给他们。

詹妮斯咬一口蛋糕,抽一口烟,接着又咬一口抽一口。她这是个一边抽一边吃的系统。

突然就感觉像感恩节大餐之后或圣诞节下午那种懒洋洋的时光。艾米下了楼,手里仍然端着三盘蛋糕。我的只动了一点儿。她说:"你应该上楼去看看。阿尼在妈妈的房间,在她脚边缩成一团睡着了。拉里在后院的蹦床上休息,还趴着呢。艾伦想打盹儿,但是要去参加《圣经》聚会。"

"真好啊。"詹妮斯说。

艾米把一盘盘蛋糕放下,说:"那就敞开吃吧,你们俩。我们把这些吃完。"

"我饱了。"我说。

"吉尔伯特,帮我们吃了吧。"

"你瘦得跟皮包骨一样。"詹妮斯说,"好的,艾米,我们很高兴帮你吃蛋糕。"

* * *

我们三个大吃大嚼了差不多二十分钟,才把剩下的蛋糕吃完。

艾米往后一靠,说:"今天很成功啊,我觉得。就连你们的大哥也过得很开心,妈妈也开心。所有的人,去谷仓汉堡真好,对吧?谢谢你们帮忙,你们俩,我真的很感动……"

艾米又准备开始煽情了,我赶快站起来,把吃完蛋糕后抽的那支烟放在水泥台阶上,刚准备进去,拉里就跑到房子这一头来了。

詹妮斯说:"天快黑了,拉里,你要出发了吗?"

拉里看着她,脸上的表情好像在说:"你说什么呢?"

詹妮斯说:"今天要结束了,你要出发了,对吧?"

"嗯,很快。对。"

艾米说:"嗯,总的说来……真是棒得不可思议……今天。"

真的,今天的新闻好像都挺不可思议的。拉里·格雷普开口说话了。阿尼·格雷普满十八岁了。邦妮·格雷普在她自己的床上睡觉了。吉尔伯特让詹妮斯和艾伦活下来了。

不过嘛,还可以更好。为了让我这小日子的质量更好,我走进已经什么都没有的厨房,把蛋糕盘子扔进垃圾桶。格雷普家的其他人要么在门外,要么在楼上,这里就我一个人。我把电话听筒拿起来,拨了七个号码,迅速地想着该说什么。

"吉尔伯特。"艾米在前廊喊道。

没人接电话,我就挂了。我走到门口问:"怎么了?"突然看到一个人骑着自行车过来了。

是贝琪。

她的头发往后梳成马尾,穿着棕褐色的短裤和凉鞋,没有化妆。什么也没有,只有真实。

"嗨!"我推门走出去,突然就变成世界上最开心的男人。詹妮斯张着嘴合不拢,她还从来没见过这样的美人。艾伦刚刚从房间下来,一下子往后跌倒了。拉里盯着她,动也动不了。只有艾米站起来,走向她,伸出手,说道:"你就是贝琪?"

"是的。"

"这是艾米。"我说,然后轻快地跳下前廊的台阶,往这个美丽的女孩子奔去。我差点儿就要说了,我刚才给你打电话呢。

阿尼也来了,向她跑过来,伸出手臂,摸她的脸。

我说:"咱们走走吧。"

她说:"等阿尼摸完。"

阿尼继续自己的探索,我抬头看着前廊。詹妮斯又在抽烟,艾伦靠在门上,涂了指甲油的手指扯着衬衫的袖子。

"这些是我别的姐妹,詹妮斯。"

詹妮斯吐出一口烟,抬了抬眉毛,点点头。

"还有艾伦,我想你们已经见过了。"

"嗯,我们见过了。"

艾伦很模糊地说了句"嗨"。

"还有拉里。"

拉里微微犹豫了一下,抬手把所剩不多的头发往后梳,慌乱地遮住秃的地方。

艾米叫阿尼快点儿，好让我们去散步。"回见哦，你们俩。"我发誓，艾米说这话的时候眨了眨眼睛。

估计天光还能再有一个小时。我推着贝琪的车，两人在一条没车也没人的路中间走着。但我们也不是孤男寡女，格雷普家别的人正用嫉妒的眼光盯着我们呢。

等我们走到他们看不见的地方，我想开口，但几乎不能呼吸。"我，呃，想，呃……"我努力想说话。

"嗯？"她说。

"你怎么回事儿呢？你是天使还是什么啊？是吗？你就是天使吗？"

"不是。"

"你就是。我知道的，你为我做的一切，还有你那么能猜透我的心思。你就是天使！"我很骄傲，终于为这个女孩子想出了一个符合逻辑的解释，只要这样的事情存在的话。

"不是。"

"别装啦！"

"不是……"

"但是……"

"没有但是，吉尔伯特。我觉得你这个人有意思，除此之外没什么特别之处。"

"我，呃，欠你……"

"不，你不欠。"

"欠的。我欠你的，我要感谢你。"

"你说的就像最后一天上学似的。"

"嗯，就是这个感觉。派对办完了，很成功，妈妈进了房间，阿尼干净了，拉里说话了，这里的一切都好起来了，好起来了。"

"吉尔伯特，好的，随便。"

"都结束了,所有的创伤,所有的情绪,告诉我都结束了。"

她不说话。

"这里都慢下来了,是的。一个新的开始,我不想要什么又快又便宜的东西,只想要个心安。贝琪,你在听吗?"

"好啊,我们亲亲吧。"

"所以……啥?"

"我们可以亲亲。亲亲应该挺好的。"

我尴尬地大笑,她说:"回去陪你的家人吧。明天我们亲亲。"

我走路把她送回家,没有亲,连拥抱都没有。要等到明天。不,有那些话就够了。我脚步轻快地走回家,不断重复着"明天",一路上还蹦跳了一段儿,感觉自己像个六岁的小孩。

我回到家。

艾伦和辛迪·曼斯菲尔德去参加《圣经》聚会了。前廊上的人都散了,只有拉里还在那里,闭眼坐着。

我说:"拉里,怎么了?"

他说:"听爱荷华的声音。"

哦,好吧。随便。

我进了屋,电话铃响了,我是离得最近的。

"我是吉尔伯特·格雷普。"

"明天的日出,想看吗?"

"想!"

"别这么激动啊,吉尔伯特,冷静点儿。"

"呃,好吧,行。"

"我们在广场上见。把你的卡车开来,再带一块毯子。"

"再见，贝琪。"

咔嗒。

我拿着听筒站在原地。我的肚子和腹股沟一带正混乱无序地翻江倒海。哦，我的天哪。我挂掉电话，艾米走过来站在墙角，微笑着。

"这副表情是要干吗？"

艾米说："什么表情？"

"你真是爱管闲事。"

"吉尔伯特交女朋友咯，吉尔伯特交女朋友咯。"

"天哪，艾米，你才五岁吗？"

她大笑着，在水槽里洗了手。我正想朝她喷水或者做点儿什么整整她，詹妮斯拿着蛋糕盘子走进厨房："拉里要载我去给大家买点儿啤酒。有人要喝什么吗？"

"我不喝。"我说。

"妈妈的烟快抽完了。"

詹妮斯说："好。还有吗？"

我摇摇头。艾米说："就这个。"詹妮斯和拉里就出发了。我打开冰箱的冷冻柜，弄了点儿冰出来。艾米正在擦手，我把三四个冰块从她衬衫的背后塞进去。她尖叫起来，想夹住我的头。我把詹妮斯剩下的蛋糕上的奶油抓起来，糊在她脸上。

"哎呀呀，吉尔伯特，别闹了。"她拽着我的头发。

"哎哟。好，艾米。好！"

为了弥补，我弄湿了一块抹布，帮她擦掉鼻子和嘴上的奶油。艾米捡起正在地上融化的冰块，楼上响起丁零丁零的声音。

"是妈妈。"

艾米正往水槽里放冰块，我推了一下，绕过她，往楼上走。"来了，妈妈！"

艾米抓住我的 T 恤，快要扯烂了。
"住手！"
"我会赢的，吉尔伯特，我要……"
"不可能。"
她拽着我的胳膊，我拉着她走。
丁零丁零。

第七部分

58

我们像比赛一样往楼上跑,我赢了。

"艾米和吉尔伯特为您效劳,妈妈。"

妈妈躺在床上,要找我们。她的大手一只伸向我们这边,另一只摇着学校那个铃铛。丁零丁零。

"怎么了,妈妈?"

她想发出声音。窗扇的噪声嗡嗡嗡的,我跑去关掉了。

"怎么了,妈妈,怎么了?"

丁零丁零,铃铛从她手里掉下来。她身体里发出一股刺耳的声音,咔嗒咔嗒的。妈妈的双眼显出很难过的神色。她想要说点儿什么,眼神却开始慌乱涣散。

"怎么了?"艾米说。

妈妈闭上了眼睛,脑袋偏向一边。

我摇了摇她的肩膀。

"不,不!"艾米喊道,"醒醒啊,妈妈,醒醒!"

我压了压她的胸口,狠狠摇了两拳。艾米立刻给她做了人工呼吸。她尽全力了。

然而,妈妈没有心跳了。什么也没有了,什么也没剩下。上一秒她的胸口还在上下起伏,嘴唇还抿在一起。下一秒,就停止了。妈妈的呼吸停止了。

"不,不,吉尔伯特,快告诉我这一切都不是真的。"

"不是真的。"

但的确是真的。

"啊啊啊啊啊啊！！！"艾米爆发出一阵狂吼。我伸出双臂环住她，用尽全身力气紧紧拥抱她。她在抽搐。

"艾米。艾米艾米艾米。"

阿尼还在地上睡着。他没有听到她尖叫和捶床的声音。

妈妈躺在那儿，嘴半张着，闭着眼睛，还保持着在美发店弄的好看的发型，身体把床整个遮住了。我拉着她的手，很快就不会这么温热了。我眼前都掠过了什么画面啊？她生我的场景，满脸都是汗。想想她第一次把我抱在怀里时，是什么表情啊。

艾米再次爆发："啊啊啊啊啊啊！！！"阿尼动了动，但没有醒。

我听说过，女人生孩子的时候都会尖叫，因为太痛了。我想着，生命就这么轻易地逝去，好像冰雪融化，只剩下活着的人在尖叫。

我们站在那里（不知道站了多久），不知道该怎么办。最后，艾米摸着阿尼的头发说："最好把他叫醒。"

"老弟，我是你哥哥，吉尔伯特。阿尼……"

他睁开眼睛，笑了："我知道是你，吉尔伯特，天哪。"

"我得让你……"

"吉尔伯特，我在做梦。我梦到一些好大好大的金鱼，特别大，特别大。你应该看看。你也是，艾米，你也应该看看它们。"

他看到艾米满脸通红，就不说话了。

"阿尼，"我说，"是妈妈。"

他坐起来，看着她。他跨在床上，摸着她的嘴唇。他看上去有点儿困惑。

"妈妈走了。"

阿尼打着她的肩膀，伸手去戳她，咯咯笑起来。我猜他还以为是在开玩笑。过了好一会儿,他终于明白了,安静地坐在妈妈脚边。

拉里开着车回来了。他和詹妮斯拿着两件六罐装啤酒进屋来。我站在上面的楼梯口,招手叫他们上来。"啤酒放在下面。"我说。

他们照办了。詹妮斯拿着烟,先走上台阶。拉里跟在她身后。我指着妈妈的房间,他们进去了。艾米正在给妈妈梳头,阿尼抓着妈妈的脚。詹妮斯先看到这个情况。他们都安静地站在那儿。

拉里离开房间,把厕所的门砸了个洞。詹妮斯没有尖叫也没有哭,她只是呆呆地瞪着眼睛,脸上没有表情,手上那根烟快烧完了。

有那么一会儿,一切都显得很模糊。

艾米振作起来了。她觉得,我们最好给哈维医生或者莫特利的医院打电话。

詹妮斯说现在就打,"我们要把妈妈弄出去。"

艾米说:"要等艾伦回来。"

詹妮斯表示反对。

艾米说:"不行,詹妮斯,她得先见见妈妈。嗯,吉尔伯特?"

"好……"

"去找……"

"好的。"

我把车停在谷仓汉堡的小过道上。"晚上好,您要点餐吗?"

"塔克尔。"

"您要点餐吗,请问?"

"塔克尔,是我。"

"您要点什么,先生?"

"是吉尔伯特!"

"我知道是你。你要点餐吗?"

"我要找……"

"吉尔伯特,区域经理今天晚上在。他在薯条那边。我们要假装互相不认识。我要给他留下一个好印象,这很重要……好的,先生,一份谷仓汉堡特餐、一个大份筒仓薯条和一份草莓牛乳麦芽冰激凌。一共是两美元九十三美分。"

"你看到……"

"嗯,一共是两美元九十三美分。请往前开。"

我开过去。

他从口袋里掏出一张五美元,递给我。我又递给他,他说:"收您五美元,两美元九十三美分,找零拿好。您点的单需要番茄酱吗,先生?"

"你看到艾伦了吗?"

塔克尔瞟了瞟我的眼睛,停下了手上的事情。他用口型说:"你没事吧?"

我摇摇头。

他又用口型说:"怎么……"

"妈妈。"

"嗯?"

"她走了。"

"去哪儿了?"他一边说,一边往我袋子里塞了几乎十五袋番茄酱,"她去哪儿了?"

"你走的时候去哪儿,就是去哪儿。"

他把一袋吃的递给我,悄声说:"你的意思是……不……不……"

"要是你看到艾伦,让她赶紧回家,好吗?"我踩了一脚油门,嘎吱嘎吱地开出去了,地上留下了轮胎的痕迹。

我开得很快，速度表显示已经超过了九十。我车里全是谷仓汉堡那股难闻的快餐味。我把窗户摇下来，把袋子扔了出去。我都能听到妈妈说："晚饭吃什么？有什么可以吃的？"真希望我早就把这吃的甩了。要是我们早点儿甩出去，要是我辞掉杂货店的工作，要是……

我脑子里一直在重复，"妈妈走了"，希望能够早点儿接受这个事实。

旧的铁路桥下停了很多皮卡和别的车。我也停了进去，不停地闪着头灯。一辆车按了喇叭，表示我的灯光很烦。有个男人喊道："嘿，哥们儿，别闹了。"我看到了麦克伯尔尼殡仪馆的灵车。

我敲了敲副驾驶的门。玻璃雾蒙蒙的，车窗都锁上了。鲍比从驾驶座那边下车，说："你非得来破坏我们，是吧？"

我什么也没对鲍比说。"艾伦，把衣服穿好。你必须回家，艾伦！"
"你妹妹已经是大姑娘了。"
"我说，现在。"

艾伦从灵车上下来，一边系着吊带一边说："我恨我哥。我！恨！我！哥！"

鲍比威胁我："等哪天我们单独碰上，吉尔伯特，我要狠狠揍你一顿。"

别的车开始闪灯，按喇叭。

我慢慢地开走，尽量维持着体面。明天他们就会知道妈妈的事了。明天他们会难过的。

一路上艾伦不停地说："什么事儿？什么事儿？出什么事儿了吗？我做错什么了吗？是阿尼吗？天哪，是阿尼。"

"不是阿尼。"

我抽了一根烟。艾伦摇下车窗，假装一阵阵地咳嗽。我能开多快就开多快。她去找安全带。

"你最好有很好的理由，吉尔伯特。因为你毁了我的人生。你毁了我整个人。"

到家了。

哈维医生在前廊上和艾米、拉里说话。艾伦跑到他们身边问："怎么了，怎么回事？"詹妮斯出现了，带着艾伦上了楼。

我来到前廊，哈维医生话说得差不多了。他拥抱了艾米，和拉里握了握手，又伸出来要握我的手。"你妈妈是个好女人，吉尔伯特。"我什么也没说。他右手拿着死亡证明书，于是我们用左手互握，"有我帮得上忙的，尽管开口。"

艾伦哭了，哭得无法控制。我们好说歹说让她平静了下来，能连贯地说话。

我正从厕所出来，迎面撞见她。"吉尔伯特……"她几乎说不出话来，"你知道我和鲍比在干吗，是吧？是不是？在那个，呃，灵车里。"

"不知道。"

"我们在……你懂的……干那个……而妈妈在……"

我看着她肿起来的眼睛和颤抖的嘴唇。"你又不知道，"我温柔地说，"你怎么能知道呢？"

"但是……"

"嘘。嘘。"

"但是……"

"没事的，艾伦。没事的。"

我试着去拥抱她，这样双臂拥抱有点儿尴尬笨拙，但我努力了。

我们回到妈妈的房间。艾伦问了几个问题。

"她痛吗?"

"好像不痛。"

"她害怕吗?"

"应该害怕吧。"

"她……她……她……"

艾伦问什么,我就答什么。艾米拿来一瓶香水往妈妈身上喷。詹妮斯说:"够了。"然后开始拨号叫救护车。

"挂了,詹妮斯。挂了!"我吼道。

她暂停一会儿,看着我,好像我在开玩笑似的,继续拨号。

"挂电话!"我吼道,"我还没准备好让别人带她走。"

詹妮斯温柔地说:"吉尔伯特,时间到了。"

"我还没准备好让他们碰她,把她带走,好吗?"

"但是……"

"都这个时候了,他们会怎么对她呢?会用某个被单盖住她的裸体,放在冷冰冰的房子里,放到明天早上。哈维医生签了死亡证明。我想等到明天早上。"

詹妮斯放下电话:"艾米能别喷香水吗?至少别喷香水了。"

艾米放下了香水瓶。

詹妮斯说:"太阳升起来之前我们打电话吧。我不想外面挤一堆人观看。"

"嗯,"艾伦说,"妈妈不希望有一堆人看的。"

艾米决定,我们就在一两个小时之内打电话。

"我需要多一点时间,来接受妈妈已经走了的事实。"我说,"还有点儿不敢相信,就是不敢相信,对吧?"

我们安静地坐着,女孩子们,还有我。我们看着妈妈,坐了很长时间,艾米让我去叫拉里和阿尼。"别打电话。"我走出房间时说。

我看到阿尼坐在楼下妈妈的椅子上，我说："嘿，老弟。"他说："嗯。"我说："艾米想让你上楼去，好吗？"

"好。"他走过我身边，跺着脚上了楼。

我在地下室找到了拉里，他正在拆那些支柱和横梁。"拉里，住手。"

"这是什么东西？这根木头是什么东西？这是什么？"

"她要压穿地板了。我们不知道该干什么。"

"但这里就是……这里就是……"

"我知道。"

拉里踢了一脚下面的梁，又挥拳打了高一点儿的板子。"我恨这栋房子，我恨。"

"你完全应该恨。"我说。

"我要走了，好吗？我要上车走掉。我不能待在这儿。我不能在这儿。"

"我明白你的感受，但是……"

拉里蹲在角落，就像还在子宫里的胎儿。"但是什么？"

"你还不能离开，就是不能。"

"但是……"他的手臂把膝盖抱得更紧了。

"现在不是走的时候。来吧，艾米想让我们上楼去，我们所有人。来吧，拉里。"

他坐下来，一寸也不愿意挪动。

"来吧，老哥。"我把他拉起来。我们弯着腰绕过支柱横梁，慢慢上了楼。

艾米说："你们觉得我们大家能不能在这里坐一会儿，就一起坐一会儿?"

没人反对。阿尼坐在妈妈的脚边。艾米坐在他旁边。我站在拉里身后,堵住门口,挡住他的去路,免得他又要往外跑。艾伦和詹妮斯站在窗边抽烟。艾伦自己手里也拿着一根烟。

艾米拿了一个录音机来,先放了一盘法兰克·辛纳屈[①]的磁带。妈妈很喜欢法兰克。放完以后,她就开始放猫王的歌。我们中有人哭了,有人凝视着窗外,还有人开始讲妈妈的故事。

詹妮斯说,妈妈曾经是恩多拉的镇花,艾伦和妈妈年轻的时候几乎是一个样子。拉里说妈妈怀孕的时候,总是最开心的。艾米说,她一直都知道,这件事是会发生的,妈妈会死的,但怎么也没想到会是现在。"我很高兴,我们都在。"她说。艾伦说她还是不敢相信自己和妈妈是一个模子刻出来的,而艾米和詹妮斯就长得没那么好看了。我们看着妈妈小时候和少女时代的照片,其中有一张,妈妈大概五岁,抱着一只泰迪熊玩具。她的脸蛋那么悲伤又孤独,戴着冬天的帽子和手套。

我并不是说突然就认定我们的妈妈是圣母玛利亚了。但就算她总是在生气,就算她那么那么那么胖,她还是我们的妈妈。我们在彼此身上,都能找到她的痕迹。我们也知道,她以某种奇怪的方式存在着,并没有离开,只是进入了我们的体内。现在,该我们继续向前了。

猫王的一首歌响起,艾米跳起舞来。拉里也跳起来了。阿尼和詹妮斯一起晃动起来。艾伦举着柯达相机拍照,但闪光灯坏了,所以我也不知道这些照片能不能洗出来。我坐在床上,看着妈妈一动不动地躺在那儿。大家都在她身边动来动去的,转着圈,大笑着,妈妈却十

[①] 法兰克·辛纳屈(Frank Sinatra),美国传奇歌手和影视演员。

分安静,猫王在唱歌。

我看着妈妈,压低声音说:"得把起重机开来才能把你弄走。你知道吗?他们得在天花板上挖个洞。说不定要派一架直升机呢……"

艾米把汗涔涔的脸伸到我面前,说:"吉尔伯特,你在跟谁说话呢?"

"没谁。"我说。

"那就跳舞吧。"她说,"跳舞。"

我开始跳舞。

59

我们都尽情地跳了舞。拉里把啤酒拿上来,有几个打开了罐子。

艾米说:"我很多年没这么跳过舞了。"

詹妮斯说:"我知道得梅因有很多好地方……"

艾伦说:"你舞跳得很好,艾米。"

拉里打了个嗝。阿尼举起手,捂住拉里的嘴说:"别打了,别打了。"

我们大汗淋漓地坐下来。

艾米说:"好,是时候了。"

"什么时候?"我说,感觉满脸血气上涌。

"该打电话了。再过几小时太阳就出来了。我们想在太阳出来之前完事儿,对吧?"

"呃。"

"对。"詹妮斯说。

我说:"把她弄出去得用起重机,大家都明白。这个你们想过没有?"

"不,不用。"

"他们得在房顶上打个洞。她太胖了,根本抬不下去,得要个起重机什么的。"

拉里说,弄妈妈这样的人,可以用液压拉伸机。他叫詹妮斯打电话。詹妮斯站起来,走向电话。

"不!"我吼道,"别!"

"你还需要时间,吉尔伯特,是吗?"艾米说。

"呃。"

"我们可以再等一会儿。"

詹妮斯叹了口气。"我们行动吧。我们打电话吧,好吗?"她拿起电话。

"不不不不不!!!"

阿尼捂住耳朵,大家都不动了,一起看着我。

"别打电话。不要打电话。等到他们把她弄出去,就早上了。人们都会围过来的。麦克伯尔尼殡仪馆的灵车会来。他们会把她放在灵车里,艾伦。大家会不停地议论,悄悄地议论。他们看着她,会自我感觉良好。他们也会开玩笑,会把她作为玩笑。"

艾伦背过身去假装听不到,詹妮斯开始拨号。

"她!不是个!笑话!他们会!笑她!戳她!议论她!别让他们那样做!"

"好了,吉尔伯特,嘘。嘘。"

"她应该有更好的结局!她应该……"我想呼吸,艾米要抱我,但我躲开了,"妈妈!很美!谁都!不许笑……不许笑!"

没有拨号的声音,没有反对的声音,只有我抽泣的声音。

艾伦说:"她很美。不管别人怎么说、怎么想,妈妈很美。"

"那我现在能拨号了吗?"詹妮斯问。

我摇摇头。

"好吧,那么,我的弟弟,你建议我们做些什么呢?"

我冲过去,从她手里抢过电话,像抱橄榄球一样揞在怀里。

"好吧。"詹妮斯说。

我把电话线拔了,拿进我的房间,抽出两个装满衣服的抽屉,把电话放在最上面的抽屉里,走到楼下的走廊。

"你在干吗?"詹妮斯问。别人都在看。

我走到楼下,把抽屉放在前院。我找到一个箱子。在楼上的走廊,我把艾米搜集的"少女神探南茜"系列都倒到这个箱子里。

詹妮斯问:"吉尔伯特在做什么啊?还有人想知道的吗?"

我走过她身边,再次下楼走出去。我在客厅里找了一些垃圾袋。我又到了上面的楼梯口,结果听到艾米问:"几点了?"

拉里说:"两点十五分。"

艾米一句话没说,走过我身边,进了自己的房间。最后,她走出来,搬了一箱子猫王的唱片、猫王的海报,还有拉里很多年前在嘉年华上为她赢回来的毛绒玩具熊。她还拿了一些衣服。到走廊尽头,她停下来,把头探进妈妈的房间,对那些茫然站在原地的人说:"吉尔伯特说得对,要把她弄出去,得要起重机。"

詹妮斯说:"这怎么……"

艾米说:"吉尔伯特还有句话也说对了,他们会嘲笑她议论她。对,妈妈应该有更好的结局。"她把她的东西拿到楼下,放在前院的草坪上。

我把书拿了下去,把衣橱里的衣服清空了,放在人行道那边。不过只有我和艾米在行动。接着艾伦出现在前廊上,手里拿着几个相框。"我该放在哪儿?"她问。

很快大家都开始搬东西了。詹妮斯帮阿尼收拾好他的玩具。艾伦拿了化妆品。拉里从阁楼上拿了飞镖板,还拿了一套百科全书,以及车库里的工具。我们收拾了文件、照片和厨房里的碗盘。

没人说话,但很显然,我们都懂了。

艾米挑了一些家具,餐桌、客厅里的沙发,我们搬出去,放在院子里。没人跑,没人慌,但我们动作很快。我还特意拿了贝琪的西瓜子和卡佛夫人的可乐罐子。

我们跑了很多趟,院子里全是我们的东西。艾米和我站在前廊上看着这一切。一袋袋的衣服,家具,还有旧碗盘,堆得到处都是,院子里全是我们的东西。

"艾米……"我说。

"嗯?"

"你知道我们有这么多东西吗?"

"不知道。我们的确有很多。"她看了看表,"五点过一点儿。"我递给她最后一个沙发垫,她问,"所有的东西都在这儿了吗?"

"嗯。"

60

我们大概花了三个小时,才把想要的东西都搬出来。詹妮斯瘫倒在草地上,艾伦借着路灯的灯光,看着手臂上的汗水。拉里走到自己的车旁边,喊了声:"马上回来。"

女生们,还有阿尼和我,都上楼去抱抱或者亲亲妈妈。艾伦还想最后拍张照片,但胶卷用完了。我们都在屋里走着,有时候面无表情,有时候微笑着,偶尔咯咯一笑,偶尔抽泣一声,但主要还是面无表情地接受这一切。阿尼坐在他房间里说:"拜拜。"他朝房门和橱柜架子挥手告别。

看到一辆车的头灯时，我说："拉里回来了。"我们都下了楼，走到院子里。拉里跑进屋里，上了楼，从窗户能看到他在看着妈妈，然后俯下身子亲了她。他的头低得看不到了。

他回到外面，打开后备厢，把刚才装满的油罐拿出来。我和他一起走到前廊，他开了门，我们走进客厅。房间里只剩下一样家具，就是妈妈的椅子。他用汽油把椅子淋了个遍。我关掉所有的灯。他擦亮一根火柴，我们听到火烧起来的声音。他迅速出了屋。我没那么着急。

外面的女孩子们把沙发掉了个个儿，面向房子。阿尼和艾米坐在上面。艾伦站在他们身边。詹妮斯坐在一把椅子上。拉里跑到别的椅子旁坐下来。我站在前廊上，能听到艾米朝阿尼悄声解释为什么要这么做，虽然我觉得已经很明显了，就连阿尼也是明白的。

我背对着房子，看着我的兄弟姐妹们，他们眼望着火越烧越大，火光照亮了他们的脸。我感觉脖子上很热。屋子里肯定已经是一片火海了。

"吉尔伯特，过来。"

我转身看着熊熊大火。

"吉尔伯特！"

我走过去和大家一起看。

火越来越猛，蔓延得很快，感觉直接冲着妈妈的房间去了。阿尼说："怕，怕。"

很快，太阳就升起来了，警察来了，报社记者来了。我四下看有没有哪个邻居的灯是开着的，有那么几家，但还没人出来。

那火真美。

我想起和贝琪约了看日出。只能改天了。

火焰越蹿越高，我环视着自己的家人。我看到拉里热泪盈眶，眼泪就要流下来了。我看到詹妮斯凝视着眼前的一切，仿佛第一次看到彩虹。艾伦闭着双眼，她在听火的声音。艾米和阿尼一起坐在沙发上，他在问问题。警车在树林间闪着灯，越来越近。我从兜里抽出双手，一只放在拉里的肩膀上，另一只捏捏艾伦的手臂。

　　阿尼对艾米说："快看光，看光。"

　　空气中充满了警笛的声音。妈妈房间的墙在火焰中倒塌了。艾米说："是啊，阿尼，看那光啊。"

文治

磨铁图书旗下子品牌

更好的阅读

出 品 人　沈浩波
特约监制　潘　良　于　北
产品经理　胡马丽花
特约编辑　李芳芳
版权支持　高　蕙　冯晓莹
营销编辑　金　颖　于　双　黑　皮

关注我们

官方微博：@文治图书
官方豆瓣：文治图书
联系我们：wenzhibooks@xiron.net.cn